KB073718

정글북

이 도서의 국립중앙도서관 출판예정도서목록(CIP)은
서지정보유통지원시스템 홈페이지(http://seoji.nl.go.kr)에서 이용하실 수 있습니다.

정글북

러디어드 키플링 지음
강신홍 옮김

Atto Book

The Jungle Book

모글리의 형제들

이제 솔개 '칠'이 어둔 밤을 집으로 데려오네
박쥐 '망'이 풀어주었지
가축들은 외양간과 오두막에 갇혀 있네
새벽이 올 때까지 우리가 자유로운 까닭이지
지금은 긍지와 힘의 시간,
발톱과 송곳니의 시간이네
오, 저 소리를 들어라!
모두에게 사냥의 행운이 있으라
정글의 법칙을 지키는 모두에게!
_정글의 밤 노래

무더운 저녁 일곱 시, 시오니 언덕에서 아비 늑대가 낮 동안의 휴식에서 깨어났다. 몸을 긁적이며 하품을 하고는 발끝에 매달린 졸음을 몰아내듯 다리를 하나씩 쭉쭉 뻗으며 기지개를 켰다. 이리저리 뒹굴며 낑낑거리는 네 마리의 새끼들 속에 어미 늑대가 커다란 잿빛 코를 묻은 채 누워 있었다. 이 늑대 가족이 사는 동굴 입구로 달빛이 비쳐 들었다.

　아비 늑대가 말했다.

　"크릉! 다시 사냥을 나갈 시간이군."

　그리고 아비 늑대가 언덕 아래로 달려 내려가려는 찰나, 꼬리가 덥수룩한 조그만 그림자가 동굴 입구에 나타나 우는 소리를 냈다.

　"오, 늑대들의 우두머리여, 당신에게 행운이 함께하길 빕니다. 고귀한 아기 늑대들에게도 행운이 함께하고 강하고 하얀 이빨이 나길 기원합니다. 그들은 이 세상의 배고픈 짐승들을 결코 잊지 않겠지요."

소리의 주인공은 정글의 음식 찌꺼기 청소부인 자칼 타바키였다. 인도의 늑대들은 그를 멸시했는데 여기저기 쏘다니며 못된 짓을 저지르고 헛소문을 옮기고 다니며 마을의 쓰레기 더미를 뒤져 동물의 가죽 쪼가리를 주워 먹기 때문이었다. 하지만 한편으로는 타바키를 두려워하기도 했는데, 쉽게 흥분해서 미쳐 날뛰기 일쑤였고 그럴 때면 평소의 겁쟁이 같은 모습은 싹 잊고 숲 속을 내달리며 마주치는 것을 가리지 않고 물어뜯었던 것이다. 야생동물에게 닥칠 수 있는 가장 수치스러운 일이 이런 광기였기에 호랑이조차도 타바키가 미쳐 날뛸 때는 그를 피해 몸을 숨기곤 했다. 우리는 인간들은 그러한 광기를 광견병이라고 부르는 반면, 저들은 '드와니'라고 부르며 멀리 달아났다.

아비 늑대가 무뚝뚝하게 말했다.

"들어와서 직접 보라고. 여기에 먹을 거라고는 아무것도 없어."

"늑대가 먹을 건 없겠지요. 하지만 저같이 하찮은 놈에게는 말라빠진 뼈다귀도 진수성찬인 걸요. 우리 같은 지더로그(자칼 족)가 가릴 게 있나요?"

서둘러 동굴 안쪽으로 들어간 타바키는 살점이 조금 붙어있는 사슴 뼈를 찾아냈다. 그러고는 그대로 주저앉더니 신이 나서 뼈다귀를 입에 넣고 깨물었다.

타바키가 입술을 핥으며 말했다.

"이런 훌륭한 음식을 주셔서 감사해요. 고귀한 새끼 늑대들이 정말로 예쁘군요. 눈이 아주 부리부리해요! 아주 어린데 말이에요! 그래요, 정말 대단하군요. 왕의 아이들은 태어날 때부터 범상치 않는 법이라는 사실을 기억하고 있지요."

부모의 면전에서 아이들을 칭찬하는 것만큼 불길한 것도 없다는 사실을 타바키는 누구보다 잘 알고 있었다. 그는 아비 늑대와 어미 늑대의 불쾌한 표정을 보며 즐거워했다.

타바키는 자신의 악행에 기분이 좋아져 조용히 앉아 있었다. 그러고는 심술궂은 목소리로 말했다.

"대호 시어칸이 사냥터를 옮겼답니다. 다음 달에는 이쪽 언덕에서 사냥을 할 거라고 하더군요."

시어칸은 30킬로미터 정도 떨어진 와인궁가 강 근처에 사는 호랑이였다.

아비 늑대가 성난 목소리로 입을 열었다.

"말도 안 되는 소리! 정글의 법칙에 따르면 그에게는 사전 예고도 없이 자신의 사냥 구역을 바꿀 권리가 없어. 시어칸이 나타나면 이 근방에 있는 사냥감들이 전부 겁을 먹고 달아날 거야. 게다가 요즘 나는 두 몫의 사냥을 해야 한단 말이야."

어미 늑대가 조용히 말했다.

"시어칸의 어미가 괜히 그를 룬그리(절름발이)라고 부른 게 아니지. 태어날 때부터 다리 하나를 절었거든. 그래서 소밖에 잡지 못해. 와인궁가 마을 사람들이 화를 내니까 여기로 오는 게로군. 이제 이쪽 사람들을 화나게 할 테고, 인간들은 시어칸을 찾아 정글을 뒤지고 다닐 거야. 이미 시어칸이 멀리 달아나고 없을 때 말이지. 인간들이 풀밭에 불이라도 놓으면 우리는 아이들을 데리고 도망가야겠지. 시어칸에게 고맙다고 해야겠군!"

"시어칸에게 당신이 감사해한다는 뜻을 전할까요?"

타바키가 이죽거리자 아비 늑대가 쏘아붙였다.

"나가! 가서 네 주인과 사냥이나 해. 오늘밤은 이 정도면 충분히 까분 것 같으니."

타바키가 조용히 말했다.

"분부대로 하지요. 시어칸이 저 아래 덤불숲에서 내는 소리를 들으실 수 있겠네요. 굳이 제가 소식을 전할 필요도 없었군요."

아비 늑대가 가만히 귀를 기울였다. 그러자 조그만 강으로 이어지는 계곡 아래에서 으르렁거리는 성난 호랑이의 울음소리가 들려왔다. 자신이 아무것도 잡지 못한 것을 온 정글이 다 알게 되더라도 상관없다는 투였다.

아비 늑대가 말했다.

"멍청하기는! 저렇게 요란스럽게 밤 사냥을 시작하다니! 이 정글의 수사슴이 와인궁가의 살찐 소들 같은 줄 아나보지?"

"쉿! 오늘 밤에 시어칸이 사냥하는 건 소도 수사슴도 아니야."

어미 늑대가 말을 이었다.

"바로 인간이야."

울음소리는 이제 낮게 울리는 가르랑가르랑 소리로 바뀌어 있었다. 그 소리는 사방에서 들려오는 듯했다. 야외에서 잠을 자는 나무꾼과 집시들이 듣고 깜짝 놀라 허둥지둥거리다가 호랑이의 입속으로 달려들어갈 법도 했다.

아비 늑대가 하얀 이빨을 모두 드러내며 으르렁거렸다.

"인간이라니! 흥! 저수지에 있는 딱정벌레와 개구리로는 모자라서 이제는 인간을 먹겠다? 그것도 우리 영역에서?"

정글의 법칙은 각각 합당한 이유를 가지고 있었고, 그 법칙은 모든 네발짐승들에게 인간을 잡아먹지 못하도록 했다. 유일하게 예외가 허용되는 때는 새끼들에게 인간을 사냥하는 법을 가르쳐줄 때뿐이었다. 그나마도 자신의 무리나 종족의 사냥터 바깥에서만 가능했다. 이 법칙의 진짜 이유는 들짐승이 인간을 죽이면 머지않아 코끼리를 타고 총을 든 백인들이 징과 폭죽, 횃불을 든 수백 명의 갈색 원주민들을 이끌고 나타나기 때문이었다. 그렇게 되면 정글에 있는 모든 동물이 고통을 받게 된다. 한편 짐승들 스스로가 겉으로 내세우는 이유는 인간이 모든 생명체 가운데 가장 약하고 방어력이 없으므로 그런 인간을 건드리는 것은 비겁하다는 것이었다. 또 인간을 먹으면 옴에 걸리고 이빨이 빠진다고 했는데, 그것은 사실이었다.

가르랑가르랑 소리가 점점 더 커지더니 흥분한 호랑이가 "어흥!" 하며 내지르는 소리가 쩌렁쩌렁 울렸다.

잠시 후 시어칸이 길게 울부짖었는데 그 소리는 전혀 호랑이답지 않았다. 소리를 들은 어미 늑대가 말했다.

"먹잇감을 놓친 모양이군. 뭐였지?"

아비 늑대가 몇 발짝 달려 나가자 시어칸이 덤불 속에서 뒹굴며 사납게 투덜거리는 소리가 들렸다.

"저 바보는 고작 한다는 짓이 나무꾼의 모닥불에 뛰어들어 발을 데이는 것이로군. 타바키가 함께 있어."

어미 늑대가 한쪽 귀를 쫑긋거리며 말했다.

"뭔가가 언덕을 올라오고 있어. 준비해."

덤불숲에서 작게 바스락거리는 소리가 들렸다. 아비 늑대는 바닥에 엉덩이를 바짝 붙인 채 뛰어오를 태세를 갖췄다. 만약 그 자리에 있었다면 세상에서 가장 멋진 장면을 구경할 수 있었을 것이다.

허공으로 뛰어오르던 늑대가 공중에서 움찔하는 모습을 말이다. 아비 늑대는 자신이 덮치려던 상대가 누군지 확인하기도 전에 몸을 날렸고, 뛰어오른 상태에서 황급히 멈추려고 애를 썼다. 그 결과 늑대는 공중으로 한참을 솟구쳐 올랐다가 다시 제자리에 내려앉았다. 늑대가 날카롭게 외쳤다.

"인간이야! 봐! 인간의 아이야."

아비 늑대 바로 앞에 갈색 피부의 벌거벗은 아이가 낮은 가지를 붙잡고 서 있었다. 이제 겨우 걸음마를 시작한 아이였다. 보드라운 피부에 보조개가 있는 작은 아이였다. 한밤중에 늑대 동굴을 찾아온 최초의 아이기도 했다. 아이는 아비 늑대의 얼굴을 올려다보며 웃음을 터뜨렸다.

어미 늑대가 말했다.

"저게 인간의 새끼라고? 인간의 아이는 처음 보는데. 이리 데려와 봐."

자신의 새끼들을 옮기는 데 익숙한 늑대는 필요하다면 달걀도 깨뜨리지 않고 입으로 물어 옮길 수 있었다. 아비 늑대는 입으로 아이의 등을 단단히 붙잡기는 했지만 등에 이빨 자국 하나 남기지 않고 자기 새끼들 속에 아기를 내려놓았다.

어미 늑대가 부드러운 목소리로 말했다.

"어쩜 조그맣기도 하지! 털이 하나도 없네. 겁도 없고!"

아이는 늑대 새끼들 사이를 헤치고 나가 어미 늑대의 따뜻한 품으로 들어왔다.

"봐봐! 우리 애들과 함께 젖을 빨고 있어. 이게 인간의 아이란 말이지. 제 새끼들 속에 인간의 아이를 둔 늑대가 있었을까?"

아비 늑대가 대답했다.

"간혹 이런 얘기를 듣기는 했지만 우리 무리에서는 없었을 뿐더러 최근에는 어느 곳에서도 들어본 적이 없어. 털이 하나도 없군. 슬쩍 발로 건드리기만 해도 죽을 것 같아. 하지만 보라고. 나를 빤히 올려다보고 있어. 전혀 겁을 내지 않아."

그때 동굴 입구로 들어오던 달빛이 갑자기 사라졌다. 시어칸이 거대한 머리와 어깨를 입구로 들이밀었던 것이다. 시어칸 뒤에 있던 타바키가 날카로운 목소리로 외쳤다.

"주인님. 주인님. 그것이 이 안으로 들어갔습니다!"

"시어칸께서 우리를 찾아오다니 영광이군요. 무슨 일인가요?"

말과 다르게 아비 늑대의 두 눈에는 노여움이 가득했다.

"사냥감 때문이지. 인간의 아이가 이쪽으로 왔다. 그 부모는 이미 도망쳤어. 어서 그 아이를 내놓아라."

시어칸은 아비 늑대의 말처럼 나무꾼의 모닥불에 뛰어들었다가 발을 데였고, 그 고통에 잔뜩 화가 난 상태였다. 하지만 아비 늑대는 동굴 입구가 좁아서 호랑이가 들어올 수 없다는 사실을 잘 알고 있었다. 마치 통 속에 갇혀 싸우겠다고 몸부림치는 사람처럼 이미 어깨와 앞발이 꽉 낀 상태였다.

아비 늑대가 말했다.

"늑대들은 자유로운 종족이오. 오직 무리의 우두머리가 내린 명령만 따를 뿐 줄무늬 소 사냥꾼의 명은 따르지 않소. 인간의 아이는 우리 것이고 죽일지 말지는 우리가 결정할 것이오."

"결정한다고? 결정이라니, 지금 무슨 소리를 지껄이는 거지? 내가 죽인 황소를 걸고 말하는데, 마땅히 내 것인 먹이 때문에 내가 너희 개들이 사는 굴에 코를 들이밀고 서 있다는 게 말이 된다고 생각하나? 나, 시어칸이 말하고 있단 말이다!"

으르렁거리는 호랑이 소리가 천둥소리처럼 동굴 안을 가득 채웠다. 그때 어미 늑대가 새끼들을 뒤로 하고 앞으로 불쑥 튀어나왔다. 어둠 속에서 반짝이는 두 개의 푸른 달 같은 눈이 분노로 이글거리는 시어칸의 눈을 마주보았다.

"나, 라크샤(악마)가 대답하지. 인간의 아이는 내 것이다, 절름발이. 내 거란 말이다! 어느 누구도 이 아이를 죽이지 못한다. 아이는 살아서 무리와 함께 달리고 사냥을 할 것이다. 그리고 결국에는, 털도 없는 어린 새끼나 사냥하고 물속의 개구리와 물고기나 먹는 너를 이 아이가 사냥할 거다. 그러니 물러나라. 그러지 않으면 내가 죽인 사슴을 걸고(나는 결코 굶주린 소 따위는 먹지 않아), 불에 덴 행색에 지금보다 더욱 절뚝거리면서 네 어미의 품으로 돌아가게 될 거다. 썩 꺼져!"

아비 늑대는 깜짝 놀라 어미 늑대를 바라보았다. 다른 다섯 마리 수컷들과 정정당당히 겨루어 어미 늑대를 차지했던 때, 어미 늑대가 무리와 함께 종횡무진 뛰어다니던 때, 아비 늑대가 거의 잊고 있던 그때가 떠올랐다. 그 당시 붙어 있던 '악마'라는 호칭은 그저 입에 발린 말이 아니었다.

시어칸이 아비 늑대에게 맞설 수 있을지는 몰라도 감히 어미 늑대에게 대적할 수는 없을 터였다. 지금 이 순간 어미 늑대가 자신보다 모든 면에서 유리한 위치에 있을 뿐 아니라 죽을힘을 다해 맞서 싸울 것이 분명했기 때문이다. 시어칸은 으르렁거리며 동굴 입구에서 물러났다. 그리고 동굴에서 빠져나오자 소리쳤다.

"개들은 하나같이 제 앞마당에서만 짖어 대지! 인간의 아이를 키우겠다고 하면 너희 무리가 뭐라고 할지 두고 보자고. 그 아이는 내 거야. 결국 내 입으로 들어오게 될 거란 말이다. 이 도둑놈들아!"

어미 늑대는 헐떡이며 새끼들 사이에 주저앉았다. 아비 늑대가 심각한 목소리로 말했다.

"시어칸이 한 말도 맞아. 무리에게 아이를 보여줘야 해. 그래도 이 아이를 키울 거야?"

어미 늑대가 숨을 몰아쉬며 간신히 대답했다.

"키울 거래도! 이 아이는 한밤중에 벌거벗고 굶주린 채로 홀로 여길 찾았어. 그런데도 전혀 겁먹은 기색도 없지! 봐, 벌써 우리 아이 하나를 옆으로 밀쳐 내고 자리를 잡았어. 저 절름발이 살인마가 아이를 죽이고 와인궁가로 도망쳤으면 마을 사람들이 복수를 한다고 온 사방을 죄다 헤집고 다녔을 거야. 키울 거냐고? 당연히 키워야지. 가만히 누워 있으렴, 작은 개구리야. 그래, 모글리, 널 개구리라는 뜻에서 모글리로 불러야겠다. 시어칸이 널 사냥했던 것처럼 네가 시어칸을 사냥할 날이 분명히 올 거야."

아비 늑대가 말했다.

"하지만 무리에서 뭐라고 할지 모르겠군."

늑대는 짝을 이루면 자신이 속한 무리에서 벗어나 독립했다. 그것이 정글의 법칙이었다. 하지만 새끼들이 태어나 스스로 움직일 수 있을 만큼 자라면 매달 보름달이 뜰 때 열리는 늑대들의 회의에 데려가 다른 늑대들에게 보여줘야 했다. 그 자리에 모인 다른 늑대들이 새로 태어난 새끼들을 살펴보고 무리에 받아들이고 나면 새끼들은 어디든 마음 내키는 대로 다닐 수 있었다. 새끼들이 처음으로 혼자 사슴을 사냥하기 전까지는 무리의 어른 늑대들도 어린 늑대들을 죽일 수 없었다. 그것이 법이었다. 만약 새끼를 죽인 사실이 발각되었을 때는 죽음이라는 형벌을 면할 수 없었다. 조금만 생각해 보면 그럴 수밖에 없음을 이해할 수 있을 것이다.

아비 늑대는 새끼들이 조금 달릴 수 있을 때까지 기다렸다가 무리가 모이는 날 밤 자신의 새끼들과 모글리, 어미 늑대를 데리고 회의가 열리는 바위로 갔다. 돌과 바위로 뒤덮인 이곳은 늑대 백 마리도 숨을 수 있는 언덕 꼭대기였다. 힘과 꾀로 무리를 이끌고 있는 고독한 회색 늑대, 위대한 아켈라가 바위 위에 길게 엎드려 있었다. 그리고 그 아래로 40여 마리의 늑대들이 앉아 있었다. 혼자서도 거뜬히 수사슴 한 마리를 사냥할 수 있는 노련한 회색 늑대에서 자신들도 능히 그럴 수 있다고 생각하는 젊은 검정 늑대까지 몸집도, 색깔도 가지각색이었다. 아켈라는 일 년째 무리를 이끌고 있었다. 젊은 시절에 그는 늑대 덫에 두 번이나 걸렸었고, 한 번은 맞아 죽을 뻔 하기도 했다. 덕분에 인간의 방식과 습성을 잘 알았다.

회의가 열리는 바위에서는 별로 많은 말이 오가지 않았다. 그저 제 부모들이 빙 둘러앉은 원 안에서 새끼들이 뒹굴며 어울리고 있었고, 이따금씩 어른 늑대가 조용히 새끼에게 다가가 찬찬히 살펴본 뒤 발소리를 내지 않고 제자리로 돌아오는 식이었다. 가끔 다른 늑대들이 제 새끼를 못 보고 넘어가는 일이 없도록 밝은 달빛 아래로 새끼를 쑥 밀어 놓는 어미도 있었다. 바위 위에 앉아 있던 아켈라가 외쳤다.

"그대들은 법칙을 알고 있을 것이다. 법칙을 잘 알고 있을 것이다. 늑대들이여, 잘 보아라!"

어미들도 초조하게 따라 외쳤다.

"잘 보시오, 늑대들이여. 잘 보시오!"

드디어 차례가 되자 어미 늑대의 목덜미에 난 털이 쭈뼛 곤두섰다. 아비 늑대가 '개구리 모글리'를 둥근 원 안으로 밀어붙였다. 모글리는 자리에 앉아 꺄르륵 웃으며 달빛에 반짝이는 조약돌 몇 개를 가지고 놀았다.

아켈라는 여전히 머리를 앞발에 묻은 채 한결같이 단조로운 목소리로 외쳤다.

"잘 보아라!"

그때 바위 뒤에서 낮게 으르렁거리는 소리가 들려왔다. 시어칸이었다.

"그 아인 내 거야. 어서 돌려줘. 자유로운 종족이 인간의 아이와 무슨 상관이 있단 말인가?"

아켈라는 미동조차 하지 않고 말을 계속했다.

"늑대들이여, 잘 보아라! 자유로운 종족은 무리 외에 그 누구의 명령에도 따르지 않는다. 잘 보아라!"

나직하게 으르렁거리는 소리가 울려퍼지더니 네 살 된 젊은 늑대가 시어칸과 같은 질문을 아켈라에게 던졌다.

"자유로운 종족이 인간의 아이와 무슨 상관이 있습니까?"

새끼를 무리에 받아들이는 것을 두고 이견이 있을 때는 새끼의 부모를 제외하고 무리에서 적어도 두 마리가 지지해야 하는 게 정글의 법칙이었다.

아켈라가 물었다.

"누가 이 아이를 지지하는가? 자유로운 종족 가운데 지지할 자가 있는가?"

어느 누구도 말이 없었다. 어미 늑대는 최악의 경우 싸움이 일어날 것에 대비해 마음의 각오를 다졌다.

그때 늑대가 아닌 다른 동물로서는 유일하게 무리의 회의에 참석하는 것이 허락된 발루가 몸을 일으키며 그르렁거리듯 낮은 목소리로 말했다. 발루는 늑대 새끼들에게 정글의 법칙을 가르치는 잠이 많은 갈색 곰이었다. 늙은 발루는 나무 열매와 뿌리, 꿀만 먹는 식성 덕분에 어디든 마음대로오고 갈 수 있었다.

"인간의 아이라. 인간의 아이란 말이지? 나는 그 아이를 지지합니다. 인간의 아이는 해가 될 일이 없어요. 난 말재주는 없지만 진실만을 말하지요. 저 아이가 무리와 뛰어다닐 수 있게 합시다. 무리에 받아들여요. 내가 그 아이를 가르칠테니."

아켈라가 말했다.

"아직 누구 하나가 더 저 아이를 지지해야 한다. 우리 아이들을 가르치는 스승인 발루가 지지했다. 발루 말고 누구 저 아이를 지지할 자는 없는가?"

갑자기 검은 그림자 하나가 무리 가운데로 뛰어들었다. 흑표범 바기라였다. 온몸이 새까맣기는 해도 빛을 받으면 물결무늬 비단에 있는 무늬처럼 언뜻언뜻 표범 무늬가 드러났다. 모두가 바기라를 알았다. 그리고 어느 누구도 우연이라도 그와 마주치는 걸 원치 않았다. 바기라는 타바키만큼 교활했고, 물소만큼 대담했으며, 상처 입은 코끼리만큼 난폭했기 때문이었다. 하지만 목소리는 나무에서 뚝뚝 흘러내리는 꿀처럼 부드럽고 털가죽은 솜털보다 더 보드라웠다.

바기라가 가르랑가르랑거리는 목소리로 말했다.

"오, 아켈라. 그리고 자유로운 종족이여. 나는 여러분의 집회에 낄 자격이 없습니다. 하지만 갓 태어난 새끼를 죽여야 할지 살려두어야 할지 확신이 서지 않을 때는 대가를 치르고 그 새끼의 목숨을 살 수 있다는 것이 정글의 법칙이지요. 그리고 정글의 법칙은 누가 그 대가를 치를 수 있는지 없는지를 규정하고 있지는 않습니다. 그렇죠?"

그러자 항상 배가 고픈 젊은 늑대들이 외쳤다.

"옳아요, 옳아!"

"바기라 말을 들읍시다. 값을 치르면 새끼를 살 수 있어요. 그게 법칙이에요."

"제가 여기서 말할 자격이 없다는 걸 알기에 허락을 구하고 싶습니다."

스무 마리의 늑대들이 일제히 외쳤다.

"말해 봐요."

"털도 없는 어린 것을 죽이는 일은 부끄러운 짓입니다. 게다가 녀석이 크면 여러분에게 더 큰 즐거움을 줄 수도 있지요. 발루가 벌써 이 아이를 위해 나서 주었습니다. 여러분이 정글의 법칙에 따라 인간의 아이를 받아들이겠다면 제가 거기에 황소 한 마리를 보태겠습니다. 갓 잡은 통통한 놈으로 말이지요. 여기서 얼마 떨어지지 않은 곳에 있습니다. 그래도 안 되겠습니까?"

수십 마리의 늑대들이 떠들썩한 소리를 내며 말했다.

"뭐가 문제야? 어차피 겨울비가 내리면 얼어 죽고 말 거야. 햇볕에 타죽을지도 모르고. 헐벗은 개구리 한 마리가 우리에게 무슨 해가 되겠어? 무리에 끼워주자고. 바기라, 황소는 어디 있소? 아이를 받아들입시다."

그러자 아켈라가 깊이 울리는 목소리로 외쳤다.

"잘 보아라, 늑대들이여. 잘 보아라!"

모글리는 아직도 조약돌 놀이에 푹 빠져서 늑대들이 차례로 다가와 자신을 살펴보고 가는 것을 알지 못했다. 마침내 늑대들은 모두 죽은 황소를 찾아 언덕을 내려가고 아켈라, 바기라, 발루, 모글리의 늑대 가족들만 그곳에 남았다. 시어칸은 모글리를 얻지 못해 잔뜩 화가 나서 어둠 속에서 으르렁거렸다.

바기라가 수염 아래로 나지막이 말했다.

"그래, 실컷 울부짖어라. 이 벌거벗은 작은 녀석이 너를 다른 목소리로 울부짖게 만들어 줄 날이 올 테니까. 내가 인간을 잘 알아서 하는 말이다."

아켈라가 말했다.

"잘 되었다. 인간과 그 아이들은 아주 영리하지. 언젠가 이 아이가 우리에게 도움이 될지도 모른다."

바기라가 말했다.

"그렇고말고요. 필요할 때 도움이 될 거요. 누구도 영원히 무리를 이끌 수는 없을 테니까."

아켈라는 아무 말도 하지 않았다. 무리의 우두머리라면 누구에게나 찾아오는 그 순간을 생각하고 있기 마련이다. 힘이 다하고 점점 더 약해지다가 결국에는 다른 늑대들에게 죽임을 당하고 대신 새로운 우두머리가 나오는 것이다. 그리고 그 우두머리도 또다시 때가 되면 죽임을 당하게 된다.

아켈라가 아비 늑대에게 말했다.

"아이를 데려가라. 그리고 자유로운 종족의 일원이 되도록 훈련시켜라."

이렇게 모글리는 황소 한 마리를 대가로 치르고 발루의 지지를 받아 시오니 늑대 무리에 들어오게 되었다.

자, 이제 한 10여 년의 세월을 훌쩍 뛰어넘도록 하자. 모글리가 늑대들과 함께 얼마나 멋지게 살았을지는 여러분의 상상에 맡기겠다. 그 얘기를 다 썼다가는 책 몇 권으로도 모자랄 테니 말이다. 모글리는 새끼 늑대들과 함께 성장했다. 물론 새끼 늑대들은 아기 모글리가 어린 아이가 되기도 전에 이미 다 큰 늑대가 되어 있었다. 아비 늑대가 모글리에게 정글에서 해야 할 일과 정글에서 일어나는 일들의 의미를 가르쳤다. 그리하여 마침내 풀밭에서 나는 바스락거리는 소리, 따뜻한 밤공기에 실려오는 숨소리, 머리 위에서 들려오는 부엉이 울음소리, 박쥐가 나무에 내려앉으며 발톱으로 긁는 소리, 조그만 물고기들이 연못에서 첨벙거리는 소리 등 정글에서 나는 모든 소리들이 모글리에게 중요한 의미를 갖게 되었다. 마치 사업가에게 회사 일이 중요하듯이. 아무것도 배우지 않을 때는 햇볕을 쬐며 앉아 잠을 잤고 그러다가 일어나 음식을 먹고 다시 잠을 잤다. 몸이 더러워지거나 더울 때면 숲 속 연못에서 헤엄을 쳤다. 꿀이 먹고 싶을 때는(발루는 꿀과 열매가 날고기 못지않게 맛있다고 알려주었다) 꿀을 따러 나무에 올랐다. 나무에 오르는 법은 바기라에게서 배웠다. 바기라는 나뭇가지 위에 엎드려서 이렇게 외치곤 했다.

"어린 형제여, 이리 오게."

모글리는 처음에는 나무늘보처럼 가지에 매달리기만 했지만, 나중에는 회색 원숭이처럼 대담하게 나뭇가지들 사이로 휙휙 날아다녔다. 늑대 무리가 모이는 회의에서도 한자리를 차지했다. 어느 순간 모글리는 자신이 뚫어져라 쳐다보면 어느 늑대든 눈을 내리깔게 된다는 것을 알게 되었다. 그리고 그 뒤로 재미 삼아 늑대들을 뚫어져라 쳐다보곤 했다. 장난만 친 것은 아니고 늑대 친구들의 발바닥에 박힌 기다란 가시를 빼주기도 했다. 늑대들은 털에 박힌 가시 때문에 몹시 고생했던 것이다. 밤이 되면 산비탈 아래 경작지로 내려가 호기심 어린 눈빛으로 마을 사람들을 훔쳐보기도 했다. 하지만 인간을 믿지는 않았다. 바기라가 모글리에게 위로 올라서면 갇히고 마는 네모난 상자에 대해 알려주었기 때문이다. 모글리가 하마터면 아주 교묘하게 숨겨져 있던 그 상자 위로 걸어가다가 빠질 뻔했을 때 바기라가 함정이라고 말해주었던 것이다.

무엇보다 모글리는 바기라와 어둡고 따뜻한 숲 속 깊이 들어가는 것을 좋아했다. 나른한 낮 동안 내내 잠을 자다가 어둠이 내려오면 바기라가 사냥하는 모습을 구경했다. 바기라는 배가 고프면 뭐든 가리지 않고 사냥을 했고 모글리도 마찬가지였다. 딱 하나 예외는 있었다. 모글리가 철이 들 나이가 되었을 때 바기라는 모글리가 황소의 목숨을 대가로 치르고 늑대 무리에 들어왔기 때문에 소는 절대로 건드려선 안 된다고 말해주었던 것이다.

"정글이 다 네 것이고, 네게 죽일 만한 힘이 있으면 뭐든 죽여도 좋다. 하지만 너 대신 목숨을 바친 황소를 생각해서 어리든 늙었든

간에 소는 절대 죽이거나 잡아먹어서는 안 돼. 그게 바로 정글의 법칙이란다."

모글리는 그 말을 충실히 따랐다.

모글리는 보통의 사내아이가 그렇듯 무럭무럭 자랐다. 자신이 무언가를 배우고 있다는 사실도 모른 채 그저 먹을 것만 생각하는 아이처럼 말이다.

어미 늑대는 모글리에게 시어칸을 믿지 말 것을 일러주었고, 때가 되면 시어칸을 죽여야 한다고 말해주었다. 젊은 늑대라면 어미의 충고를 기억했겠지만, 모글리는 그저 어린 아이였기에 그 충고를 금세 잊어버렸다. 모글리가 인간의 말을 할 줄 알았다면 자신을 인간이 아닌 늑대라고 일컬었을 것이다.

시어칸은 항상 모글리가 가는 길목에서 얼쩡거렸다. 아켈라가 점점 늙고 약해지자 절름발이 호랑이는 자신을 따라다니며 찌꺼기를 얻어먹는 젊은 늑대들과 어울리기 시작했다. 아켈라가 이전처럼 권위를 갖고 있었다면 결코 용납하지 않았을 상황이었다. 시어칸은 이렇게 뛰어난 젊은 사냥꾼들이 왜 다 죽어가는 늑대와 인간의 아이에게 그저 끌려 다니기만 하는지 모르겠다면 젊은 늑대들을 부추겼다. 시어칸은 이렇게 말하곤 했다.

"듣자하니 무리들이 모이는 회의 때 자네들이 그 녀석의 눈도 똑바로 쳐다보지 못 한다지?"

그러면 젊은 늑대들은 털을 곤두세우며 으르렁거렸다.

사방에 눈과 귀가 있는 바기라는 이런 일에 대해 알고 있었다. 그리고 모글리에게 시어칸이 언젠가 모글리를 죽이려 들 거라는 이야기를 들려주었다. 하지만 모글리는 웃으며 대답할 뿐이었다.

"내게는 늑대 가족들이 있고 바기라도 있는걸. 그리고 몹시 게으르긴 하지만 발루도 나를 위해 주먹을 날려 줄 거고 말이야. 그런데 뭐가 두렵겠어?"

몹시 무더운 어느 날 바기라에게 불현듯 새로운 생각이 떠올랐다. 어디선가 들었던 말 때문이었다. 누구인지는 정확하지 않았다. 어쩌면 호저 아키가 들려주었는지도 몰랐다. 바기라는 정글 깊은 곳에서 모글리가 자신의 아름다운 검정 털에 머리를 기대고 누워 있을 때 그 얘기를 꺼냈다.

"어린 형제여, 시어칸이 네 적이라고 내가 몇 번이나 말했지?"

"저 야자나무에 달린 열매만큼 많이."

모글리는 숫자를 셀 줄 몰랐다.

"그게 뭐 어쨌다는 건데? 나 졸려, 비기라. 시어칸에게 있는 거라고는 긴 꼬리랑 큰 목소리뿐이잖아. 공작새 마오처럼."

"잠이나 자고 있을 때가 아니야. 발루도 알고, 나도 알아. 늑대 무리도 알고. 멍청하기 짝이 없는 사슴들까지도 안다고. 타바키도 네게 얘기했을 거야."

모글리가 말했다.

"하! 하! 얼마 전에 타바키가 와서 아주 버릇 없이 굴었어. 내가 털도 없는 인간의 새끼라서 땅콩도 제대로 못 캐낸다나. 그래서 녀석의 꼬리를 붙잡아서 휘두르다가 야자나무에 내던졌어. 버르장머리를 고쳐주느라고."

"바보 같은 짓을 했구나. 타바키가 여기저기 말을 옮기며 이간질이나 하는 놈이기는 해도 너한테 아주 중요한 얘기를 했을 텐데 말이다. 얘야, 명심해라. 물론 시어칸은 감히 널 정글에서 죽이지는 못해. 그래도 기억하렴. 아켈라는 이제 너무 늙었고 곧 수사슴 한 마리도 잡지 못 하게 될 거야. 그땐 더 이상 우두머리 자리에 있지 못 하겠지. 네가 처음 늑대 회의에 왔을 때 널 눈감아 주었던 늑대들도 대부분 다 늙었고 젊은 늑대들은 시어칸이 가르친 대로 인간의 아이를 무리에 끼워주면 안 된다고 생각해. 조만간 너는 어른이 될 테고 말이다."

"형제들이랑 뛰어다닐 수 없으면 어른이 된들 무슨 소용이 있어? 난 정글에서 태어났어. 정글의 법칙에 따라 자랐고, 무리 중에서 내가 발바닥에서 가시를 뽑아주지 않은 늑대가 없어. 다들 내 형제들이라고!"

바기라는 몸을 쭉 펴더니 눈을 반쯤 감았다.

"얘야, 내 턱 밑을 만져보렴."

모글리는 튼튼한 갈색 손을 들어 바기라의 부드러운 턱 밑을 만졌다. 윤기가 흐르는 털 아래 강인한 근육이 꿈틀거렸다. 모글리는 그곳에서 털이 벗겨진 작은 흉터 자국을 발견했다.

"나, 바기라에게 이런 흉터가 있는 걸 정글에서는 아무도 몰라. 목줄 때문에 생긴 흉터지. 얘야, 난 인간들 속에서 태어났어. 내 어미는 오데이포 궁전에 있는 우리에서 죽었지. 내가 늑대 회의에서 벌거벗은 아기였던 너를 위해 대가를 치른 것도 바로 그 때문이야. 그래, 나 역시 인간들 속에서 태어났으니까. 심지어 난 정글을 본 적도 없었어. 인간들은 쇠그릇에 먹이를 담아 철장에 갇힌 내게 던져주었지. 그런데 어느 날 밤 나는 내가 인간들의 장난감이 아니란 사실을 깨달았어. 그래서 변변찮은 자물쇠를 부수고 도망쳐 나왔지. 나는 인간들의 습성을 잘 알기 때문에 정글에서 시어칸보다 더 무서운 존재가 된 거야. 그렇지 않니?"

"맞아. 온 정글이 바기라를 무서워해. 모글리만 빼고 말이야."

흑표범이 부드럽게 말했다.

"그래, 넌 인간의 아이야. 내가 정글로 돌아왔듯이 너도 결국에는 인간들에게 돌아가야만 해. 네 형제들인 인간 세계로. 네가 늑대 회의에서 죽임을 당하지 않는다면 말이지."

모글리가 물었다.

"하지만 왜, 왜 날 죽이려고 하는데?"

"나를 보렴."

모글리는 바기라의 두 눈을 지그시 바라보았다. 커다란 표범은 곧바로 고개를 돌려버렸다. 그리고 나뭇잎들 위에 앞발을 올려놓으며 말했다.

"이게 그 이유다. 나조차도 네 눈을 똑바로 쳐다볼 수가 없어. 난 인간들 속에서 태어났고 너를 사랑하는데도 말이야. 다른 늑대들은 네 눈을 똑바로 쳐다볼 수 없기 때문에 널 미워해. 네가 현명하기 때문에 널 미워하지. 네가 그들의 발에 박힌 가시를 빼주었기 때문에, 네가 인간이기 때문에 널 미워해."

"난 그런 건 몰랐어."

모글리는 시무룩한 목소리로 말하고는 두껍고 까만 눈썹을 찡그렸다.

"정글의 법칙이 뭐야? 먼저 공격하고 그 다음에 짖는 거지. 무심코 하는 네 행동 때문에 동물들은 네가 인간이란 걸 깨닫는다. 그러니 현명하게 굴어야 해. 아켈라는 매번 사냥할 때마다 수사슴을 제

압하기가 점점 더 힘들어지고 있어. 만약 다음 사냥에서 실패하기라도 하면 무리는 그는 물론 네게서도 등을 돌릴 거야. 늑대들은 바위에서 회의를 열 테고, 그 다음에는…… 다음에는…… 맞아!"

바기라가 자리에서 벌떡 일어났다.

"얼른 골짜기에 있는 인간들의 집으로 가보렴. 가서 인간들이 키우는 붉은 꽃을 가져와. 때가 되면 그 불꽃이 나나 발루, 너를 사랑하는 늑대들보다 더 강력한 친구가 되어 줄 거야. 가서 붉은 꽃을 가져와."

바기라가 말한 붉은 꽃은 불이었다. 정글에서 그 이름을 제대로 부를 수 있는 동물은 하나도 없었다. 짐승들은 하나같이 불을 극도로 두려워했고, 백 가지나 되는 다른 이름으로 불을 표현했다.

"붉은 꽃? 땅거미가 지면 인간들의 마당에서 피는 거 말이지? 내가 가서 가져올게."

바기라가 자랑스럽게 말했다.

"인간의 아이답구나. 그 꽃은 조그만 단지 속에서 자란다. 재빨리 하나 가져와서 만약을 대비해 옆에 두어라."

"알았어! 갈게. 그런데, 바기라, 정말이야?"

모글리는 바기라의 멋진 목에 살포시 팔을 두르고 그의 커다란 두 눈을 들여다보았다.

"정말 이 모든 게 시어칸이 꾸민 짓이야?"

"날 자유롭게 해준 부서진 자물쇠를 걸고 맹세하는데, 정말이야."

"그럼 내 목숨 값을 한 황소를 걸고 맹세하는데, 나중에 시어칸에게 그대로 갚아주겠어. 아니, 내가 당한 것보다 조금 더 심하게 갚아줄지도 모르지."

모글리는 그렇게 말하고 잽싸게 뛰어갔다. 바기라가 다시 몸을 누이며 중얼거렸다. "역시 인간의 아이야. 어느 모로 보나 인간이야. 아, 시어칸, 네가 십 년 전에 저지른 개구리 사냥만큼 너에게 불행한 일이 있을까!"

모글리는 가슴이 뜨겁게 달아오를 만큼 숲을 지나 멀리 달려갔다. 그리고 저녁 안개가 피어오를 때쯤 늑대 굴에 돌아와서 숨을 고르며 골짜기를 내려다보았다. 새끼들은 다 나가고 없었지만 어미 늑대는 홀로 동굴 안쪽에 남아 있었다. 어미는 숨소리만 듣고도 자신의 개구리에게 뭔가 문제가 있음을 눈치 챘다.

"무슨 일이냐, 아들아?"

"시어칸에 대한 얘기를 들었어요. 오늘 밤에는 인간들의 경작지에서 사냥을 할 거예요."

모글리는 수풀을 헤치고 쏜살같이 뛰어내려가 골짜기 아래 개울가에 도착했다. 그리고 잠시 멈춰 늑대 무리가 사냥하는 소리, 쫓기는 삼바의 외침 소리, 궁지에 몰린 사슴이 내뿜는 콧김 소리를 들었다. 다음 순간 젊은 늑대들이 거칠고 냉혹하게 울부짖는 소리가 들려왔다.

"아켈라! 아켈라! 고독한 늑대가 힘을 보여줄 때다. 무리의 우두머리에게 자리를 내주라고! 자, 덤벼요, 아켈라!"

고독한 늑대 아켈라가 사냥감에게 뛰어올랐으나 놓친 게 분명했다. 아켈라의 이빨이 딱 부딪히는 소리와 삼바의 앞발에 차여서 내지르는 비명을 이어졌다.

모글리는 더 이상 기다리지 않고 내달렸다. 인간들이 사는 농경

지로 들어가자 등 뒤에서 들려오던 늑대 소리도 점차 희미해졌다. 모글리가 중얼거렸다.

"바기라 말이 맞았어. 내일은 아켈라와 내가 죽는 날이 되겠군."

모글리는 오두막 창가에 쌓아둔 건초더미 속에 자리를 잡고는 헉헉거렸다. 그리고 창문에 얼굴을 바짝 붙이고 난로에서 타오르는 불꽃을 바라보았다. 밤이 되자 농부의 아내가 자리에서 일어나더니 그 불꽃에 검은 덩어리를 던져주었다. 그리고 사방에 희뿌연 안개가 차갑게 깔리며 아침이 밝았을 무렵 인간의 아이가 안쪽에 흙을 바른 고리버들 단지를 집어 드는 게 보였다. 아이는 그 단지 속에 붉게 타오르는 숯 덩어리 몇 개를 채워 넣더니 담요로 감싸고는 외양간에 있는 소들을 돌보러 밖으로 나왔다.

"저게 다야? 별 것도 아니잖아. 저런 아이도 할 수 있는 일이면 겁낼 것도 없겠네."

모글리는 성큼성큼 모퉁이를 돌아 나와 사내아이의 앞에 섰다. 그리고 손에서 단지를 빼앗아 겁에 질린 아이가 울부짖는 사이 안개 속으로 사라졌다.

"저들은 나랑 아주 비슷하게 생겼네."

농부의 아내가 하던 대로 단지 속에 후후 바람을 불어 넣으며 모글리가 말했다.

"먹을 것을 주지 않으면 이건 죽고 말 텐데."

모글리는 붉은 덩어리 위에 잔가지와 마른 나무껍질을 떨어뜨렸다. 모글리가 언덕을 반쯤 올라왔을 때 바기라와 마주쳤다. 그의 검은 털에 내려앉은 아침 이슬이 보석처럼 반짝거렸다.

"아켈라가 사냥감을 놓쳤어. 어젯밤에 바로 아켈라를 죽일 수도 있었지만 그들은 너도 함께 없애고 싶어 했지. 다들 언덕에서 너를 찾고 있어."

"경작지에 갔었어. 난 준비됐어. 이것 봐!"

모글리가 불이 담긴 단지를 치켜들었다.

"잘했다! 사람들이 그 속에 마른 나뭇가지를 쑤셔 넣으니까 가지 끝에서 금방 붉은 꽃이 피어나던데, 무섭지 않니?"

"아니, 뭐가 무서워? 이제 생각난 건데 말이야. 꿈인지는 모르겠지만 내가 늑대가 되기 전에 붉은 꽃 옆에 누워 있었고, 그때 아주 따뜻하고 기분이 좋았던 것 같아."

그날 모글리는 늑대 굴에 앉아 하루 종일 불이 든 단지를 살피고 마른 나뭇가지들을 집어넣으며 불꽃이 타오르는 모습을 바라보았다. 마음에 드는 나뭇가지도 하나 찾아 놓았다. 그리고 저녁이 되자 타바키가 동굴을 찾아 매우 무례한 태도로 늑대 무리가 모글리를 찾는다는 말을 전했다. 모글리는 그 말을 듣고 타바키가 멀리 달아날 때까지 큰 소리로 웃음을 터뜨렸다. 모글리는 회의가 열리는 바위로 가면서도 여전히 웃고 있었다.

고독한 늑대 아켈라는 무리의 우두머리 자리가 비어 있다는 뜻으로 자신이 늘 앉던 바위 옆자리에 엎드려 있었다. 시어칸은 자신을 따라다니며 찌꺼기를 얻어먹는 늑대들과 데리고 한껏 우쭐해진 기분으로 주변을 어슬렁거렸다. 모글리는 무릎 사이에 불이 담긴 단지를 두었고, 바기라는 그 곁에 바싹 붙어 앉았다. 모두가 모이자 시어칸이 입을 열었다. 아켈라가 한창 때였다면 감히 꿈도 꾸지 못할 일이었다. 바기라가 속삭였다.

"저 녀석에게는 저럴 권리가 없어. 그렇게 말하렴. 시어칸은 개의 자식이라고 해. 그럼 겁 좀 먹을 걸."

모글리가 자리에서 벌떡 일어나 큰 소리로 외쳤다.

"자유로운 종족이여, 시어칸이 우리 무리의 우두머리인가? 호랑이가 우리의 우두머리 행세를 하다니 그게 웬 말인가?"

"우두머리 자리가 아직 비어 있고 한마디 해달라는 부탁도 받았으니……."

시어칸의 말을 모글리가 가로막았다.

"누가 부탁을 했다는 거야? 소나 잡아먹는 녀석의 비위를 맞추다니, 우리가 자칼인가? 무리의 우두머리는 오로지 우리 무리에서 나와야 한다."

그러자 여기저기서 고함 소리가 터져나왔다.

"닥쳐, 이 인간 새끼야!"

"끝까지 말하게 둬. 저 녀석은 우리의 법칙을 잘 지켜왔어."

마침내 무리의 나이 든 늑대들이 큰 소리로 호통을 쳤다.

"죽은 늑대의 말을 들어 보자."

무리의 우두머리가 사냥감을 놓치게 되면 무리의 법칙에 따라 살아있는 동안에는 '죽은 늑대'라고 불렀는데 그 기간은 그리 길지 않았다.

아켈라가 힘없이 고개를 들었다.

"자유로운 종족이여, 그리고 너희 시어칸의 자칼들이여. 나는 오랫동안 너희를 데리고 사냥터를 누볐고, 내가 우두머리로 있는 동안 단 한 마리의 늑대도 덫에 걸리거나 다치지 않았다. 그러나 이제 나는 사냥감을 놓치고 말았다. 어떤 음모가 있었는지는 알 것이다.

내 약점이 드러나도록 하기 위해 나를 한 번도 공격받은 적이 없는 수사슴 쪽으로 몰고 가지 않았는가. 아주 교활한 짓이었지. 너희에게는 지금 여기 바위에서 나를 죽일 권리가 있다. 그러니 누가 먼저 이 고독한 늑대의 목숨을 앗아갈 것인가? 정글의 법칙에 따라 내게는 너희와 일대 일로 싸울 수 있는 권리가 있다."

한동안 침묵이 이어졌다. 아켈라와 죽을 때까지 싸우고 싶은 늑대는 한 마리도 없었던 것이다. 그러자 시어칸이 큰 소리로 으르렁거렸다.

"흥! 저 이빨 빠진 늙은이가 하는 말이 무슨 상관이란 말인가? 어차피 죽을 목숨이다! 너무 오래 살려둔 것은 저 인간의 새끼이다. 자유로운 종족이여, 저 녀석은 애초부터 내 먹이였으니 나에게 달라. 인간이니 늑대니 하는 이 바보 같은 얘기도 이제 진절머리가 난다. 녀석은 십 년 동안이나 정글의 골칫거리였다. 인간의 아이를 내놓아라. 그러지 않으면 앞으로 계속 여기서 사냥을 하고 뼈다귀 하나 남겨주지 않을 테다. 저 녀석은 인간, 인간의 아이란 말이다. 나는 뼛속 깊이 녀석을 증오한다!"

그러자 무리의 절반이 넘는 늑대들이 소리쳤다.

"인간이다, 인간이야! 인간이 우리와 무슨 상관이란 말인가? 녀석을 원래 살던 곳으로 돌려보내라."

시어칸이 소리 높여 말했다.

"그래서 마을 사람들을 전부 적으로 만들자고? 그건 안 된다. 그냥 녀석을 내게 넘겨라. 녀석은 인간이다. 우리 중 누구도 녀석의 눈을 똑바로 쳐다볼 수 없지 않은가?"

아켈라가 다시 고개를 들었다.

"모글리는 우리의 음식을 먹었고, 우리와 같이 잠을 잤다. 우리를 위해 사냥감을 몰아주었다. 지금까지 정글의 법칙 또한 한 번도 어긴 적이 없다."

바기라가 최대한 목소리를 누그러뜨린 채 말했다.

"더구나 나는 저 아이를 받아들이는 대가로 황소 한 마리를 내놓았다. 그 한 마리는 보잘 것 없지만, 나, 바기라의 명예는 중요하다. 내 명예를 위해서라면 싸울 것이다."

"십 년 전에 내놓은 황소 한 마리! 십 년이나 묵은 뼈다귀 따위는 우리가 알 바 아니야."

늑대 무리가 으르렁거렸다. 바기라가 하얀 이빨을 드러내며 말했다.

"그때 했던 맹세는? 그러고도 그대들이 자유로운 종족인가?"

시어칸이 소리를 질렀다.

"인간의 자식이 정글의 동물들과 함께 달릴 수는 없어. 녀석을 내게 넘겨라!"

"모글리는 피를 나누지 않았을 뿐 우리 형제다. 그런데도 여기서 그를 죽이겠다니! 내가 정말로 너무 오래 살았나 보군. 너희 중 몇 몇은 소를 잡아먹고, 몇몇은 시어칸의 지도 아래 한밤중에 사람들의 집에서 아이들을 낚아채 온다고 들었다. 너희가 얼마나 겁쟁이인지 알겠구나. 겁쟁이들에게 말한다. 내가 죽는 것은 분명하고 내 목숨은 이제 쓸모가 없다. 그렇지 않았다면 인간의 아이를 대신해 내 목숨을 내놓았을 거다. 우두머리도 없는 마당에 너희는 명예 따위는 까맣게 잊은 모양이지만, 무리의 명예를 지키기 위해 내가 맹세하마. 너희가 그 인간의 아이를 자기 자리로 보내준다면 나의 시간이 다했을 때 너희에게 이빨 하나 드러내지 않고 순순히 죽겠다. 싸우지 않고 죽겠다. 그러면 적어도 무리의 목숨 셋은 살릴 수 있을 것이다. 그 이상은 나도 할 수 없다. 그렇게만 해준다면 너희 역시 아무 잘못도 없는 형제를 죽이는 수치심을 느낄 필요가 없을 거다. 정글의 법칙에 따라 지지를 얻고 대가를 치른 뒤 무리에 들어온 형제 말이다."

늑대들이 으르렁거렸다.

"녀석은 인간, 인간, 인간이다!"

늑대들 대부분이 자기 주변으로 모여들자 시어칸은 꼬리를 흔들기 시작했다.

바기라가 모글리에게 말했다.

"이제 모든 게 네 손에 달렸어. 결국 싸움밖에 방법이 없구나."

모글리가 불이 담긴 단지를 손이 들고 자리에서 일어섰다. 그러고는 팔을 죽 뻗으며 크게 하품을 했다. 마음속에서 분노와 슬픔이 걷잡을 수 없이 치밀어 올랐다. 이제껏 늑대들은 음흉하게도 자신들이 얼마나 모글리를 미워하는지 말하지 않았던 것이다.

"늑대들이여, 잘 들어라. 저런 개가 지껄이는 소리는 들을 필요가 없다. 오늘 밤 내가 인간이라는 사실을 하도 강조해서 이제는 그 말이 진짜라고 느껴질 정도야. 그렇지 않았다면 나는 죽을 때까지 너희와 함께 늑대로 살았겠지. 나도 이제 더 이상 너희를 형제라고 부르지 않고 인간들이 하듯 새그(개)라고 부르겠어. 너희가 뭘 하고 뭘 하지 않을지는 너희가 결정할 몫이 아니다. 내가 결정할 일이지. 그 문제를 확실히 알 수 있도록 나, 인간이 너희 개들이 무서워하는 붉은 꽃을 조금 가져왔다."

모글리가 불이 담긴 단지를 땅바닥에 내던지자 시뻘건 석탄 조각 몇 개가 떨어져 마른 이끼 다발에 불이 옮겨 붙었다. 불길이 활활 타오르자 늑대들이 두려움에 떨며 뒤로 물러났다.

모글리가 마른 나뭇가지를 불 속에 쑤셔 넣자 타닥타닥 소리를 내며 가지에 불이 붙었다. 모글리는 그 가지를 머리 위로 빙빙 돌렸다. 겁을 먹은 늑대들이 잔뜩 몸을 움츠렸다.

바기라가 목소리를 낮춘 채 말했다.

"모글리, 이제 네가 대장이다. 그러니 아켈라를 살려줘. 아켈라는 늘 네 친구였잖아."

평생 한 번도 자비를 구해본 적이 없었던 냉혹한 늑대 아켈라가 가련한 눈빛으로 모글리를 쳐다보았다. 소년은 타오르는 나뭇가지의 불빛 속에서 벌거벗은 채 서 있었다. 소년의 길고 검은 머리가 어깨 위에서 흔들렸다. 그 불빛에 그림자들이 이리저리 춤을 추며 흔들렸다.

모글리가 천천히 주변을 돌아보며 말했다.

"자! 이제 너희가 개라는 사실을 잘 알겠어. 난 너희를 떠나 내 종족에게 갈 거야. 그들이 내 종족이라면 말이지. 정글이 내게 등을 돌렸으니 너희의 말도, 우정도 모두 잊어야겠지. 하지만 난 너희보다 자비롭게 행동하겠어. 우리는 피를 나눈 형제나 다름없었으니까. 너희는 나를 배신했지만 나는 사람들 속에서 살더라도 너희를 배신해 사람들에게 넘기는 짓은 하지 않을 거야."

모글리가 발로 불을 걷어차자 사방으로 불똥이 날렸다.

"우리는 무리의 누구와도 싸우지 않을 것이다. 하지만 떠나기 전에 갚아야 할 빚이 있지."

모글리는 불꽃을 바라보며 멍청하게 눈을 끔벅이는 시어칸 앞으로 성큼성큼 걸어가 턱에 난 털을 움켜잡았다. 바기라가 만일의 사고에 대비해 모글리를 따라왔다.

모글리가 소리쳤다.

"일어나라, 이 개야! 사람이 말을 할 땐 일어나야지. 안 그러면 네 몸에 불을 놓을 테다!"

시어칸은 타오르는 나뭇가지가 코앞에 다가오자 귀를 머리에 딱 붙이고 두 눈을 질끈 감았다.

"소나 잡아먹는 녀석이 내가 새끼였을 때 죽이지 못 했으니 늑대 회의에서 나를 죽이겠다고 말하다니. 그렇다면 인간도 어른이 되었을 때 마찬가지로 개들을 흠씬 패주어야겠지. 수염 털끝 하나라도 움직여 봐, 이 절름발이야. 네 목구멍에 이 붉은 꽃을 쑤셔 넣어 주마!"

모글리는 나뭇가지로 시어칸의 머리를 내리쳤고, 이 호랑이는 두려움에 떨며 구슬픈 목소리로 낑낑거렸다.

"흥! 불이 탄 고양이 같으니, 썩 꺼져! 잊지 마라, 다음번에 내가 인간으로서 늑대 회의에 오게 될 때에는 시어칸의 가죽을 머리에 쓰고 나타날 것이다. 그리고 한 가지 더 말하자면 아켈라는 원하는 대로 자유롭게 살 것이다. 너희는 아켈라를 죽이지 못 한다. 그건 내 뜻에 반하는 일이니까. 그리고 이제는 무슨 대단한 늑대들인양 혀를 늘어뜨리고 여기 앉아 있지도 못 할 것이다. 결국 나한테 쫓겨날 개들이니 말이다. 그러니 어서 꺼져!"

가지 끝에서 불이 활활 타올랐고 모글리는 자신을 둥글게 둘러싼 늑대들을 향해 가지를 마구 휘둘렀다. 늑대들은 털에 불똥이 옮겨 붙자 울부짖으며 도망쳤다. 마침내 아켈라, 바기라, 그리고 모글리의 편을 들었던 열 마리 남짓한 늑대들만 남았다. 다음 순간 모글리는 이유 없이 가슴에서 통증을 느꼈다. 전에는 한 번도 느껴보지 못했던 아픔이었다. 모글리는 숨을 죽이고 흐느끼기 시작했다. 눈물이 얼굴 위로 흘러내렸다.

"이게 뭐지? 난 정글을 떠나고 싶지 않아. 그런데 이게 뭔지 모르겠어. 바기라, 내가 죽는 거야?"

바기라가 대답했다.

"아니다, 애야. 이건 인간들이 흘리는 눈물이라는 거야. 이제 네가 인간이라는 걸 알겠구나. 더 이상 늑대의 새끼도 아니고, 앞으로 넌 정말로 정글에서 살 수 없을 거야. 그냥 눈물이 흐르게 놔두렴, 모글리. 그저 눈물일 뿐이야."

모글리는 주저앉아서 가슴이 찢어지는 것처럼 울었다. 태어나서 이렇게 울어보기는 처음이었다.

"자, 나는 이제 인간들에게로 갈 거야. 하지만 그 전에 엄마에게 인사를 해야겠어."

모글리는 어미 늑대와 아비 늑대가 사는 보금자리로 향했다. 그리고 다른 형제 늑대 네 마리가 구슬프게 울부짖는 동안 어미 늑대의 털에 얼굴을 묻고 울었다.

"날 잊지 않을 거지?"

모글리의 물음에 형제들이 대답했다.

"우리가 네 흔적을 쫓을 수 있는 한 절대 잊지 않을 거야. 인간이 되었을 때 언덕 아래로 내려와. 그럼 거기서 얘기할 수 있을거야. 우리가 밤에 마을로 내려가서 놀아도 되고."

아비 늑대가 말했다.

"얼른 돌아오거라, 영리한 어린 개구리야. 늦지 않게 다시 오거라. 네 어미와 나는 이제 늙었으니까."

어미 늑대가 말했다.

"얼른 돌아오렴! 벌거벗은 내 아들, 인간의 아이야. 널 내 자식들보다 더 사랑했단다."

"꼭 돌아올게. 그때는 시어칸의 가죽을 저 바위에 펼쳐 놓을 거야. 나를 잊지 말고, 다른 친구들에게도 날 잊지 말라고 전해 줘!"

동이 트기 시작하자 모글리는 인간이라고 불리는 미지의 존재들을 만나러 홀로 비탈길을 내려갔다.

시오니 무리의 사냥노래

동이 트기 시작하자 삼바가 운다
한 번, 두 번, 그리고 또 한 번!
암사슴이 폴짝 뛰어오른다, 암사슴 한 마리가 폴짝 뛰어오른다
사슴이 목을 축이는 숲 속 연못에서
홀로 정찰을 나온 내가 그 모습을 지켜본다
한 번, 두 번 그리고 또 한 번!

동이 트기 시작하자 삼바가 운다
한 번, 두 번, 그리고 또 한 번!
늑대가 뒤로 물러난다, 늑대 한 마리가 뒤로 물러난다
기다리는 무리에게 소식을 전하기 위해
그리고 우리는 사냥감의 흔적을 좇으며 울부짖는다
한 번, 두 번, 그리고 또 한 번!

동이 트기 시작하자 늑대 무리가 소리를 지른다
한 번, 두 번, 그리고 또 한 번!
흔적을 남기지 않는 정글의 발!
어둠 속에서, 어둠 속에서 볼 수 있는 눈!
냄새를 맡아라, 냄새를 맡으며 짖어라! 들어라! 오, 들어라!
한 번, 두 번, 그리고 또 한 번!

카의 사냥

얼룩무늬는 표범의 기쁨이요, 뿔은 물소의 자랑.
몸을 청결히 하라, 사냥꾼의 힘은 털가죽으로 드러나니.
황소와 험상궂은 삼바가 뿔로 널 들이받을 수 있음을 알게 되더라도
그 사실을 우리에게 알리고자 사냥을 멈출 필요는 없다.
우리는 이미 오래 전부터 이를 알고 있었나니.
낯선 이의 새끼들을 굽박지 말고 형제로 부르며 맞아주어라.
비록 모습은 작고 느릿해도 그들의 어미가 곰일 수 있으니.
처음 사냥을 한 새끼는 의기양양하게 외친다.
"아무도 나를 따라올 수 없어!"
하지만 정글은 넓고 새끼는 작다.
새끼가 스스로 깨닫고 입을 다물게 놔두어라.
-발루의 격언

지금부터 하려는 이야기는 모글리가 시오니 늑대 무리에서 쫓겨
나 호랑이 시어칸에게 복수를 하기 전에 있었던 일이다. 모글리가
발루에게 정글의 법칙을 배우던 시절이었다. 커다란 덩치를 자랑
하는 진지하고 나이든 갈색 곰은 모글리가 영리한 제자라는 사실
에 흡족했다. 젊은 늑대들은 정글의 법칙 중에 그저 자기 무리와 종
족에게 적용되는 것들만 겨우 배우고, 사냥의 노래를 외우기 무섭
게 달아나버렸던 것이다.

소리 없이 움직이는 발.
어둠속에서도 볼 수 있는 눈.
동굴을 지나는 바람 소리도 들을 수 있는 귀.
날카로운 하얀 이빨.
이것이 우리 형제들이 가진 표식이다.
우리가 미워하는 자칼 타바키와 하이에나만 빼고.

하지만 인간의 새끼인 모글리는 이보다 훨씬 더 많은 것을 배워야 했다. 모글리를 예뻐하는 검은 표범 바기라는 아이가 어떻게 지내나 보려고 어슬렁거리며 정글을 찾아오곤 했다. 그러고는 모글리가 발루 앞에서 그날 배운 것을 외우는 모습을 나무에 머리를 기댄 채 보고 있었다. 소년은 나무에 잘 기어올랐고, 물에서 헤엄치는 것도 잘했고 달리기도 잘했다. 그래서 발루는 정글의 법칙을 가르치는 것뿐만 아니라 모글리에게 숲과 물의 법칙도 함께 가르쳤다. 튼튼한 나뭇가지와 썩은 나뭇가지를 구별하는 법, 땅에서 10여 미터 높이에 있는 벌집을 발견했을 때 꿀벌들에게 공손하게 말하는 법, 한낮에 나뭇가지에서 잠을 자던 박쥐 망을 깨웠을 때 사과하는 법, 웅덩이에 뛰어들기 전 그 안에 있는 물뱀에게 미리 주의를 주는 법 등이었다. 정글에 사는 동물 치고 방해받는 걸 좋아하는 동물은 없게 마련이고, 모두가 침입자에게 달려들 만반의 준비가 되어 있었다. 그래서 모글리는 '낯선 사냥꾼의 외침'도 배웠다. 정글의 동물들은 자기 영역에서 벗어난 곳에서 사냥을 할 때면 대답이 있을 때까지 이 소리를 크게 반복해야 했다. 뜻을 해석하자면 "배가 고파서 그러니 이곳에서 사냥하는 것을 허락해주시오"라는 의미였다. 그러면 이런 답이 들리는 것이다.

"그렇다면 먹이를 사냥하시오. 그러나 재미로 하는 것은 허락할 수 없소."

여기까지만 들어도 모글리가 배워야 하는 게 얼마나 많은지 알 것이다. 모글리는 같은 것을 백 번 넘게 되풀이하는 데 점점 싫증이 나기 시작했다. 어느 날 모글리는 발루에게 매를 맞고는 화가 나서 달아나 버렸고, 발루는 바기라에게 그 얘기를 전했다.

"인간의 새끼는 인간의 새끼야. 하지만 그래서 더욱 정글의 법칙을 전부 배워야 하는데."

자기 방식대로 가르쳤다간 모글리를 버르장머리 없는 아이로 키웠을 검은 표범 바기라가 말했다.

"하지만 녀석이 아직 어리다는 걸 잊지 마. 그 조그만 머리에 자네가 말한 수많은 것들을 어떻게 다 담을 수 있겠나?"

"정글이 어디 어리다고 봐주는 곳인가? 천만에. 내가 녀석에게 이런 것들을 가르치는 이유가 바로 그 때문이야. 그래서 내가 한 말을 잊을 때마다 부드럽게 툭툭 때리는 것이고. 내가 저 아이를 그렇게 세게 때리는 것은 아니라고."

바기라가 투덜거렸다.

"톡 때린다니! 무쇠 같은 발을 가졌으면서. 그 말의 뜻을 제대로 알기나 하는 거야? 오늘도 아이 얼굴이 온통 멍투성이던데, 세게 때렸다간 큰일 나겠군. 흥!"

발루가 진지하게 대답했다.

"알지 못해서 해를 입는 것보다는 머리부터 발끝까지 온몸에 멍이 들더라도 저를 사랑해주는 나한테 맞는 게 나아. 난 지금 저 아이에게 정글에서 반드시 알아야 할 표현을 가르치고 있어. 새들과 뱀을 비롯해 모글리가 속한 늑대 무리를 제외한 모든 네발 달린 사냥꾼들로부터 아이를 보호해줄 공용어지. 그 말을 잊어버리지만 않는다면 정글 어디에서든 도움을 청할 수 있다고. 그런데 조금 얻어맞았다고 화를 내?"

"그렇더라도 저 인간의 새끼를 죽이지 않게 조심해야지. 모글리는 자네가 발톱을 가는 나무 둥치가 아니란 말이야. 그런데 그 공용어라는 건 도대체 뭐야? 난 도움을 받기보다는 도움을 줄 일이 많을 것 같지는 하지만 궁금하기는 하군."

바기라는 한쪽 발을 쭉 뻗고는 그 끝에 달린 강철처럼 빛나는 끌 모양의 발톱을 감탄하듯 바라보았다.

"모글리를 불러서 외워보라고 하지. 물론 말을 듣는다면 말이야. 모글리!"

"아직도 머리가 윙윙 울려."

둘의 머리 위쪽에서 잔뜩 골이 난 듯한 작은 목소리가 들렸다. 그리고 잠시 후 잔뜩 화가 난 얼굴이 나뭇가지를 타고 내려왔다.

"바기라 때문에 온 거야. 분명히 말하지만, 늙고 뚱뚱한 발루 때문에 온 게 아니라고!"

모글리의 말에 마음에 상처를 받았지만 발루는 짐짓 태연하게 대답했다.

"어느 쪽이든 마찬가지야. 그럼 바기라한테 내가 오늘 가르쳐준 말을 들려줘봐."

실력을 뽐낼 기회를 가진 모글리는 신이 났다.

"어느 종족의 말로 할까? 정글에는 많은 언어들이 있잖아. 난 전부 알아."

"조금 알지. 하지만 많이 아는 건 아니야. 이것 좀 보라고, 바기라. 학생들은 도대체 선생에게 고마워할 줄을 몰라. 지금껏 수많은 새끼 늑대들을 가르쳤지만, 이 늙은 발루에게 와서 가르쳐줘서 고맙다고 한 녀석은 한 마리도 없다니까. 어디 우리 우등생께서 사냥 종족의 말부터 해보시죠."

"너와 나, 우리는 피를 나눈 형제다."

모글리는 모든 사냥 종족이 하는 곰의 말로 공용어를 들려주었다.

"좋아, 이제 새의 말로 해봐."

모글리는 끝에 솔개의 울음소리를 덧붙이며 같은 말을 반복했다.

"이번에는 뱀의 말로 해보렴."

그 말은 뭐라 표현할 수 없는 쉬익쉬익하는 듯한 소리였다. 이어서 모글리는 뒷발길질을 하더니 짝짝 손뼉을 치고는 바기라의 등에 올라탔다. 그러고는 옆으로 비스듬히 앉아서 발뒤꿈치로 윤기가 흐르는 바기라의 몸을 툭툭 차면서 발루를 향해 잔뜩 얼굴을 일그러뜨렸다.

갈색 곰이 다정한 목소리로 말했다.

"잘났다, 잘났어! 그 정도면 멍 든 거에 대한 화풀이는 충분하겠지. 언젠가는 너도 내 생각이 날 때가 있을 게다."

발루는 고개를 돌려 야생 코끼리인 하티에게 뱀의 언어를 가르쳐달라고 부탁했던 때의 일을 바기라에게 들려주었다. 하티는 정글의 언어 중에 모르는 것이 없었다. 그는 모글리를 연못으로 데려가 물뱀에게 뱀의 말을 배우게 했는데, 발루가 뱀의 말을 발음할 수 없었기 때문이었다. 덕분에 모글리는 이제 정글에서 무슨 일이 일어나더라도 위험하지 않을 것이다. 뱀도, 새도, 네발짐승도 모글리를 해칠 수 없을 테니 말이다.

"그러니 그 누구도 무서워할 필요가 없다."

발루는 덥수룩하게 털이 덮인 불룩한 배를 자랑스레 두들기며 이야기를 맺었다. 그러자 바기라가 작게 속삭였다.

"저가 속한 종족만 빼고 말이지."

그러고는 모글리에게 큰 소리로 말했다.

"얘야, 내 갈비뼈가 부러지지 않게 조심하렴. 왜 이렇게 요란스럽게 들썩이는 거니?" 모글리는 연신 바기라의 어깻죽지를 잡아당기고 세차게 발길질을 해대면서 둘의 주의를 끌려고 애를 썼다. 마침내 발루와 바기라가 자신에게 귀를 기울이자 모글리는 큰 소리로 외쳤다.

"그래서 난 내 부족을 가지려고 해. 내 부족을 이끌고 하루 종일 나뭇가지 사이를 누비고 다닐 거야."

바기라가 말했다.

"이건 또 무슨 엉뚱한 소리지? 지금 잠꼬대라도 하는 거야?"

"정말이야. 그리고 늙은 발루한테 나뭇가지랑 흙을 던질 거야. 녀석들이 그렇게 하겠다고 나와 약속했어."

순식간에 발루가 커다란 앞발로 바기라의 등에서 모글리를 끌어내렸다. 갈색 곰의 커다란 앞발 사이에 드러눕게 된 소년은 그가 머리끝까지 화가 났다는 것을 알 수 있었다.

"모글리, 너 원숭이 종족인 반다로그와 이야기를 했구나."

모글리가 바기라도 화가 났는지 보려고 힐끗 눈길을 돌렸을 때 흑표범의 눈은 비취처럼 딱딱하게 굳어 있었다.

"무법자에다가 아무거나 닥치는 대로 먹어치우는 회색 원숭이들과 어울리다니 정말 창피한 일이다."

모글리가 여전히 바닥에 누운 채 말했다.

"발루가 머리를 때려서 달아났을 때 회색 원숭이들이 나무에서 내려와 나를 위로해 주었단 말이야. 다른 동물들은 아무도 나를 신경 쓰지 않았는데."

모글리가 코를 훌쩍이며 말했지만, 발루는 코웃음을 쳤다.

"원숭이들이 위로해주었다고! 차라리 산골짜기 개울이 조용하다고 하지 그러냐! 한여름에 내리쬐는 햇볕이 시원하다고 하던가! 이 인간의 새끼야, 그래서 어떻게 했니?"

"나한테 나무 열매랑 맛있는 것들을 먹으라고 줬어. 팔로 나를 안아서 나무 꼭대기로 올라가주고, 내가 꼬리만 없을 뿐 자기들과 피를 나눈 형제라고 했어. 언젠가는 내가 자기들의 우두머리가 될 거라고."

바기라가 말했다.

"회색 원숭이들에게는 우두머리가 없단다. 거짓말이야. 그놈들은 늘 거짓말을 지껄이지."

"나한테는 아주 상냥했어. 다시 놀러오라고도 했는걸. 애초에 내가 왜 원숭이들이랑 함께하지 않았던 거지? 그들은 나처럼 두 발로 서잖아. 앞발로 나를 때리지도 않아. 하루종일 놀기만 하고 말이야. 이제 그만 일어날래! 나쁜 발루, 나 일어날 거라고! 다시 가서 원숭이들이랑 놀래."

발루가 무더운 여름 밤에 치는 천둥소리처럼 나직이 울리는 목소리로 말했다.

"잘 들어라, 인간의 새끼야. 난 너에게 정글에 사는 모든 종족의 법칙을 다 가르쳤다. 나무에 사는 원숭이들만 빼고 말이다. 원숭이들에겐 법칙이라는 게 없거든. 그들은 정글에서 쫓겨난 놈들이야. 따로 고유의 언어도 없어서 나뭇가지 위에서 귀를 쫑긋 세우고 엿보고 있다가 몰래 주워들은 말을 사용하지. 그놈들은 우리와 달라. 그놈들에게는 우두머리가 없지. 뭘 기억하는 일도 없어. 그저 큰소리를 내고 시끄럽게 떠들어대면서 마치 정글에서 뭔가 대단한 일이라도 벌일 위대한 종족인양 굴지. 하지만 나무 열매 하나만 떨어져도 금세 낄낄거리다가 다른 건 싹 잊어버려. 우리 정글의 동물들은 그런 놈들 따위 상대하지 않아. 원숭이들이 물을 마시는 곳에서는 물도 마시지 않아. 그놈들이 가는 곳에는 가지 않고. 원숭이들이 사냥하는 곳에서는 사냥도 안 할 뿐 아니라 그놈들이 죽는 곳에서는 죽지도 않지. 지금까지 내가 너한테 반다로그에 대해서 무언가 얘기를 한 적이 있니?"

"아니."

모글리가 작은 목소리로 대답했다. 발루가 말을 마치자 숲이 온통 쥐 죽은 듯 조용해졌기 때문이었다.

"정글의 동물들은 그 원숭이들을 입에 담거나 생각하지 않는다. 그놈들은 숫자도 많거니와 악랄하고 지저분하고 부끄러움을 모르지. 원숭이들이 한결같이 바라는 거라곤 정글 동물들로부터 주목을 받는 거야. 하지만 우리는 원숭이들이 우리 머리에 열매를 던지고 쓰레기를 던져도 본 척도 하지 않아."

발루가 말을 끝내자마자 여기저기서 열매와 부러진 가지들이 비처럼 쏟아졌다. 저 위쪽 가느다란 나뭇가지에서는 기침소리와 울음소리, 화가 나서 펄쩍펄쩍 뛰는 소리가 들려왔다.

발루가 말했다.

"원숭이들을 가까이해서는 안 돼. 정글 동물들에게 금지된 일이야. 기억해라."

옆에 있던 바기라가 말했다.

"그래, 잊지 말거라. 발루가 너한테 원숭이들과 가까이 하지 말라고 주의를 줬어야 했는데."

"내 잘못이라고? 요 말썽쟁이가 그런 망나니들과 어울릴 줄 짐작이나 했겠어? 원숭이들이라니! 나참!"

또다시 머리 위로 열매와 가지들이 후두두 쏟아지자 둘은 모글리를 데리고 자리를 피했다.

발루가 원숭이들에 대해 한 말은 틀림없는 사실이었다. 원숭이들은 나무 꼭대기에서 생활했고 정글의 다른 짐승들이 머리 위를 올려다보는 일은 거의 없었으므로, 사실 원숭이들과 정글 동물들이 서로 부딪칠 일은 드물었다. 하지만 원숭이들은 아픈 늑대나 상처 입은 호랑이와 곰이 눈에 띄면 괴롭히곤 했다. 종종 장난삼아, 또는 관심을 끌고 싶은 마음에 아무 짐승한테나 나뭇가지며 열매를 던지기도 했다. 그러고는 별 의미도 없는 노래를 시끄럽게 불러 댔고, 동물들에게 자신들과 싸우자며 나무 위로 올라오라고 시비를 걸었다. 때로는 아무것도 아닌 일로 자기들끼리 격렬하게 싸움을 벌이고는 싸움에 져서 죽은 원숭이를 다른 동물들이 볼 수 있는 곳에 놔두었다. 원숭이들은 늘 다른 종족들과 마찬가지로 우두머리와 자신들만의 법칙과 관습을 가지려고 했지만 늘상 실패했다. 그들의 기억이 하루를 넘기지 못했기 때문이다. 그래서 얼토당토않은 말을 떠벌이며 자신들의 단점을 숨기려 들었다.

"반다로그가 지금 생각하는 것을 정글의 동물들은 나중에야 떠올릴 것이다."

이 말은 원숭이들에게 큰 위안이 되었다. 어떤 동물도 그들 가까이 갈 수 없었지만, 다른 한편으로는 그들에게 관심을 갖는 동물이 없다는 뜻이기도 했다. 그래서 모글리가 찾아와 자신들과 놀아 주었을 때 무척 좋아했던 것이다.

물론 원숭이에게 더 이상 뭘 어떻게 하겠다는 생각은 없었다. 반다로그가 어떤 결정을 내리기란 불가능한 일이었다. 하지만 그중 한 마리가 제 딴에는 꽤 기발한 발상을 떠올렸다. 그러고는 다른 원숭이들에게 모글리를 종족으로 받아들이면 쓸모가 있을 거라고 주장했다. 모글리가 나뭇가지를 엮어 바람막이를 만들 수 있다는 이유였다. 모글리를 잡아오면 그 기술을 배울 수 있을 거라고 생각한 것이다. 모글리는 나무꾼의 자식으로서 재주를 타고났고, 딱히 배우지 않았음에도 어렵지 않게 떨어진 나뭇가지들로 조그만 오두막을 만들곤 했다. 나무 위에서 그 모습을 지켜보던 원숭이들은 아이의 솜씨에 감탄했다. 원숭이들은 이번에야말로 자신들이 우두머리를 가질 때이며, 정글에서 가장 현명한 종족이 될 거라고 생각했다. 더 이상 정글의 다른 동물들이 자신들을 무시하지 않고 부러워하게 될 거라고 말이다. 그래서 원숭이들은 발루와 바기라, 모글리의 뒤를 조용히 뒤따랐다. 잠시 후 모글리는 자신의 행동을 반성하고 다시는 원숭이들과 어울리지 않겠다고 다짐하고는 표범과 곰 사이에 누워 낮잠에 빠졌다.

모글리가 다시 눈을 떴을 때 팔과 다리는 작고 거친 손들에게 붙잡혀 있었고, 누군가 나뭇가지로 얼굴을 때리고 있었다. 다음 순간 아래를 내려다보자 흔들리는 가지 사이로 발루가 온 정글이 쩌렁쩌렁 울리도록 소리를 지르고 바기라가 이빨을 드러낸 채 나무줄기로 뛰어오르는 모습이 보였다. 반다로그들은 승리감에 도취되어 괴성을 질렀고, 바기라가 쫓아올 수 없도록 높은 나뭇가지로 획획 날았다.

"우리를 봤어! 바기라가 우리를 봤어. 동물들이 전부 우리의 재주와 꾀에 감탄할 거야."

원숭이들은 다시 공중을 날기 시작했다. 원숭이 무리가 재빠르게 나무 사이로 날아다니는 광경은 사뭇 장관이었다. 그들에게는 자주 다니는 길과 교차로, 오르막길과 내리막길이 있었는데 모두 바닥에서 10미터나 20미터, 심지어 30미터 높이에 있었다. 만약 필요하다면 밤에도 이 길로 돌아다닐 수 있을 터였다. 가장 힘이 센 원숭이 두 마리가 모글리의 팔을 잡고 높게 자란 나무들 사이로 단번에 몇 미터씩 휙휙 움직였다. 혼자 몸으로 움직였다면 두 배는 빨리 갈 수 있었겠지만 소년의 무게 때문에 평소보다 속도를 내지 못하는 것이었다. 모글리는 속이 메스껍고 어지러우면서도 한편으로는 쌩쌩 날아다니는 것이 재밌기도 했다. 다만 까마득히 멀리 보이는 땅이 시야에 들어올 때마다 겁이 났고, 휙 날아가던 몸이 아무것도 없는 허공에서 갑자기 멈출 때는 깜짝 놀라 움찔거렸다. 모글리를 둘러싼 원숭이들은 쏜살같이 나무 위로 날아올랐고, 그럴 때면 나무 꼭대기의 가느다란 가지들이 발밑에서 우지끈 소리를 내며 부러졌다. 계속해서 원숭이들이 시끄럽게 허공으로 몸을 날렸고, 손과 발로 건너편 나무의 낮은 가지에 매달리며 다시 몸을 끌어올렸다. 모글리는 때때로 돛대 위에 선 남자가 아득히 먼 바다까지 볼 수 있는 것처럼 바람 한 점 없는 푸른 정글을 먼 곳까지 볼 수 있었다. 그러다가 곧이어 나뭇가지와 잎들이 얼굴을 후려치는 순간 다시 제정신을 차리는 것이었다. 반다로그 종족 전체가 이리저리 뛰어오르고 부딪히고 함성과 고함을 내지르며 자신들이 포로로 붙잡은 모글리를 데리고 나뭇길을 휙휙 지나갔다.

모글리는 한동안 땅에 떨어질까 봐 두려웠지만, 점점 화가 치밀기 시작했다. 그렇다고 속박에서 벗어나기 위해 버둥거릴 만큼 바보는 아니었다. 모글리는 곰곰히 생각했다. 가장 먼저 저 아래 있는 발루와 바가라에게 자신의 위치를 전해야 했다. 원숭이들이 움직이는 속도를 볼 때 발루와 바기라는 훨씬 뒤에 처져 있을 게 뻔했기 때문이다. 아래를 내려다보아도 아무 것도 눈에 들어오는 게 없었다. 그저 보이는 것이라고는 나무 꼭대기의 가지들과 잎사귀뿐이었다. 대신 모글리는 하늘로 고개를 들었다. 저 멀리 푸른 하늘에서 솔개 칠이 균형을 잡은 채 맴돌고 있는 게 보였다. 먹잇감을 찾기 위해 정글을 지켜보는 것이었다. 칠은 원숭이들이 뭔가를 붙잡아 가는 것을 보았고, 그게 자신이 먹을 만한 것인지 알아보려고 몇백 미터 아래로 빠르게 내려왔다. 그때 모글리가 나무 꼭대기로 끌려 올라가면서 솔개 말로 "너와 나, 우리는 피를 나눈 형제다"라고 외쳤다. 그 소리를 듣고 깜짝 놀란 칠이 날카로운 울음소리를 냈다. 곧 소년의 모습은 나뭇가지 사이로 사라져 보이지 않았지만 칠은 얼른 다음 나무로 날아가 균형을 잡고는 다시 나타난 작은 갈색 얼굴을 쳐다보았다. 모글리가 외쳤다.

"내가 어디로 가는지 기억해서 시오니 무리의 발루와 회의 바위의 바기라에게 전해줘."

"누구의 이름으로 전해야 할까, 형제여?"

칠은 모글리의 얘기를 듣기는 했지만 한 번도 실제로 본 적은 없었다.

"개구리 모글리. 인간의 새끼라고들 하지. 내가 어디로 가는지 잘 봐줘."

마지막 말은 모글리가 공중으로 휙 날아오르는 바람에 비명처럼 들렸다. 하지만 칠은 고개를 끄덕이고는 모글리가 작은 점으로 사라질 때까지 높이 날아올랐다. 그리고 망원경 같은 눈으로 모글리의 납치범들이 급히 움직이는 흔적에 따라 나뭇가지들이 흔들리는 것을 살펴보았다.

칠은 킥킥 웃었다.

"어차피 멀리 가지 못할 거야. 원숭이들은 한 번 시작한 일을 제대로 끝내는 경우가 없으니까 말이야. 항상 새로운 일을 집적거리는 게 반다로그지. 보아하니 이번에는 원숭이 녀석들이 벌집을 건드린 꼴인데 그래. 발루가 만만한 상대도 아니고 바기라도 염소쯤은 쉽게 죽일 수 있는 사냥꾼인데 말이야."

칠은 두 발을 모으고 날개를 편 채 허공에 가만히 떠 있었다.

한편 발루와 바기라는 분노와 슬픔으로 길길이 날뛰었다. 바기라는 그 어느 때보다 더 높이 나무 위로 올라갔지만, 가느다란 가지는 바기라의 무게를 견디지 못하고 부러졌다. 바기라는 발톱에 나무껍데기가 잔뜩 낀 채 주룩 미끄러졌다.

"왜 아이에게 미리 말해주지 않은 거야?"

바기라가 불쌍한 발루에게 버럭 소리쳤다. 발루는 원숭이들을 따라잡겠다며 뒤뚱뒤뚱 달려가고 있었다.

"중요한 건 제대로 알려주지도 않으면서 애는 왜 때리냐고?"

발루가 숨을 헐떡이며 말했다.

"빨리! 서둘러! 아직, 아직 따라잡을 수 있을 거야!"

"그 속도로? 그렇게 가다가는 다친 소도 못 잡겠다. 정글의 법칙

을 가르치는 선생이라면서 애나 때리고. 그렇게 뒤뚱거리며 달리
다가는 얼마 못가 쓰러질 거야. 차라리 가만히 앉아서 생각이나 해
봐! 계획을 세우라고! 지금은 무작정 쫓을 때가 아니야. 우리가 가
까이 가면 녀석들이 모글리를 떨어뜨릴지도 몰라."

"맙소사! 끌고 다니기 힘들어서 이미 떨어뜨렸는지도 몰라. 반다
로그를 어떻게 믿겠어? 죽은 박쥐를 내 머리에 올려놔! 나한테 썩
은 뼈를 던져줘! 벌에 쏘여 죽게 나를 벌집 속으로 처박아버려. 그
러고는 하이에나와 함께 묻어줘! 난 세상에서 가장 멍청한 놈이야!
오, 맙소사! 아, 모글리. 모글리! 어째서 너에게 원숭이들을 조심하
라는 말은 하지 않았을까? 말을 안 듣는다고 머리나 때리고 있었으
니, 어쩌면 내가 때려서 오늘 배운 걸 다 잊어버렸는지도 몰라. 그
래서 정글의 언어도 모른 채 혼자 남겨져 있을지 몰라."

발루는 앞발로 머리를 감싼 채 괴로운 소리를 내며 이리저리 움
직였다. 바기라가 참다못해 소리를 질렀다.

"좀 전까지만 해도 모글리는 다른 종족들의 언어를 정확하게 했
어. 발루, 자네는 머리도 나쁘고 배알도 없구만. 만약 이 검은 표범
바기라가 호저 이키처럼 몸을 웅크린 채 울부짖는다고 생각해봐.
그 꼴을 본 정글의 동물들이 뭐라고 하겠나?"

"남들이 뭐라고 하든 무슨 상관이야? 지금쯤 모글리가 죽었을지
도 모르는데."

"원숭이들이 장난으로 모글리를 나뭇가지에서 떨어뜨리거나 아
무 이유 없이 죽이거나 하지 않는 한 그럴 일은 없어. 그 아이는 똑
똑하고 교육도 잘 받았으니까. 무엇보다 동물들을 두렵게 만드는
눈을 가지고 있잖아. 하지만 문제는 모글리가 반다로그의 손 안에

있고, 그놈들은 나무 위에서 살아서 정글의 그 누구도 두려워하지 않는다는 거지."

바기라는 생각에 잠긴 채 앞발을 핥았다. 갑작스레 발루가 웅크렸던 몸을 쫙 펴고 일어났다.

"난 정말 바보야! 나무뿌리나 파먹는 뚱뚱한 갈색 바보라고. 야생 코끼리 하티가 '누구든 각자 두려워하는 게 있다'라고 했지. 그 말이 맞아. 반다로그는 비단구렁이 카를 무서워해. 카는 원숭이들 못지않게 나무를 잘 타거든. 밤에 몰래 원숭이 새끼들을 물어가곤 하지. 카의 이름을 듣기만 해도 놈들의 사악한 꼬리가 얼어붙는다고. 카에게 가 보자."

"카가 뭘 할 수 있는데? 발이 없잖아. 우리 종족이 아니라고. 게다가 눈이 얼마나 사악한데."

시큰둥한 반응에도 발루가 기대감에 차서 대꾸했다.

"카는 나이도 많고 그만큼 꾀도 많아. 그리고 항상 배가 고프단 말이야. 염소를 몇 마리 주겠다고 약속하면 돼."

"카는 한 번 먹고 나면 한 달 내내 잠을 자. 지금도 자고 있을지 몰라. 그리고 설령 깨어 있다고 해도 자기가 직접 염소를 잡겠다고 하면 어떻게 해?"

카를 잘 모르는 바기라가 의심쩍어 하며 물었다.

"그러면 우리가 잘 설득해야지. 적당한 이유를 대서."

발루는 그렇게 말하며 자신의 갈색 어깨를 표범에게 문질렀다. 결국 둘은 비단구렁이 카를 찾아 길을 나섰다.

카는 오후 햇볕이 내리쬐는 바위에 몸을 쭉 편 채 누워 있었다.

그는 자신의 새 껍질을 감탄하듯 바라보고 있었는데, 지난 열흘 동안 꼼짝 않고 보금자리에 누워 갓 허물을 벗은 상태였다. 뭉툭한 코가 달린 커다란 머리를 땅 위로 쏜살같이 움직이고, 10미터 가까이 되는 몸을 꼬아서 근사하게 똬리를 틀었다. 그러면서 저녁거리가 제 발로 찾아온다고 생각하는지 입맛을 다셨다.

갈색과 노란색의 얼룩무늬가 반짝이는 카의 몸을 본 발루가 안심한 듯 속삭였다.

"다행이야. 녀석은 아직 식사를 하지 않았어. 조심해, 바기라! 허물을 벗은 직후에는 눈이 잘 보이지 않지만, 워낙 잽싸게 공격하는 녀석이니까."

카는 독을 가진 뱀은 아니었다. 오히려 독뱀들을 겁쟁이라고 무시하는 쪽이었다. 카는 몸통으로 상대를 감아서 옥죄는 힘이 대단했고, 일단 카가 그 거대한 몸으로 똘똘 감기만 하면 그 누구라도 살아남을 수 없었다.

"사냥에 행운이 깃들기를!"

카의 앞에 털썩 주저앉으며 발루가 인사를 건넸다. 다른 비단구렁이들과 마찬가지로 카 역시 귀가 잘 들리지 않아서 발루가 외치는 소리를 곧바로 알아듣지 못했다. 그는 만일의 사태에 대비해 몸을 말고 자세를 낮췄다.

"사냥에 행운이 깃들기를! 그래, 발루, 여기는 어쩐 일이지? 사냥에 행운이 깃들기를, 바기라! 우리 셋 중에 적어도 나는 먹이가 필요한데, 혹시 어디 사냥감이 있다는 소식 못 들었나? 암사슴, 아니면 어린 수사슴이라도 괜찮아. 지금 마른 우물처럼 뱃속이 텅텅 비었거든."

"우리도 사냥을 하고 있다네."

발루가 무심하게 말을 던졌다. 발루는 카를 재촉해서는 안 된다는 것을 알고 있었다. 카는 너무나 커다란 상대였다.

"나도 같이 가면 어떤가. 자네들이야 한 방에 먹잇감을 잡을 수 있겠지만, 나는 어린 원숭이 하나 잡으려고 해도 숲길에서 며칠씩 기다려야 하고 반나절은 나무를 기어올라야 하지. 에휴! 나뭇가지들도 내가 젊었을 때 같지 않아. 전부 썩고 마른 가지뿐이야."

"자네의 엄청난 몸무게 때문일지도 모르지."

발루의 말에 카가 다소 우쭐해져서 답했다.

"내가 좀 길긴 하지. 그래, 꽤 길어. 아무리 그래도 새로 자란 나무들이 약한 탓이야. 지난번 사냥할 때는 거의 떨어질 뻔했다니까. 꼬리로 나무를 단단히 감고 있지 않았던 탓이지. 나무에서 미끄러지는 소리에 반다로그들이 깨어나서 온갖 욕을 퍼부어댔지."

바기라가 마치 뭔가 기억해내려는 듯 중얼거렸다.

"발 없는 누런 지렁이라고 했지?"

"뭐야! 놈들이 그런 소리를 지껄였단 말이야?"

"어젯밤에 비슷한 말을 했었지. 하지만 우린 녀석들한테 별로 신경을 쓰지 않으니까 말일세. 그 녀석들은 원래 아무 말이나 하잖나. 카는 이제 이빨이 다 빠져서 숫염소의 뿔을 두려워하고, 새끼 염소보다 큰 동물은 상대하지 못한다고 떠들었지. 반다로그는 정말 뻔뻔한 놈들이야."

바기라는 찬찬히 이야기를 늘어놓았다.

뱀은, 특히 카처럼 신중한 늙은 구렁이는 좀처럼 화가 난 기색을 드러내지 않는다. 하지만 발루와 바기라는 카의 목덜미 양쪽에 붙은 근육이 파르르 떨리며 실룩거리는 걸 볼 수 있었다. 카가 조용히 입을 열었다.

"반다로그들이 영역을 옮겼어. 오늘 햇볕을 쬐러 나왔을 때 놈들이 나무 꼭대기에서 시끄럽게 떠드는 소리가 들렸지."

"우, 우리가 지금 쫓는 게 바로 그놈들이야."

발루의 말이 목에 걸린 듯 제대로 나오지 않았다. 발루가 기억하기로 정글의 동물이 원숭이들에게 관심을 보인 것은 이번이 처음이었던 것이다.

"자네들 둘 다 각자의 영역에서 우루머리라 할 만한 사냥꾼들인데 반다로그를 쫓고 있다니, 보통 일은 아닌 모양이군."

부쩍 호기심을 느낀 카가 점잖게 말했다. 발루가 입을 열었다.

"나야 늙은이일 뿐이지. 때때로 어리석은 실수를 저지르기도 하고 말이야. 그저 시오니의 늑대 새끼들에게 정글의 법칙을 가르치는 선생에 불과해. 그리고 여기 이 친구 바기라는……."

"바기라지."

검은 표범이 딱 잘라 말했다. 지금 여기에서 괜히 겸손을 떠는 건 쓸모없는 일이었다.

"카, 문제는 이걸세. 열매나 훔쳐 먹고 야자나무 잎이나 줍는 원숭이 녀석들이 우리 인간의 새끼를 잡아갔어. 자네도 아마 그 아이에 대한 얘기를 들었을 테지."

"이키한테서 얼핏 듣기는 했어. 깃 좀 세운다고 아주 건방지게 구는 녀석 말이야. 인간의 새끼가 늑대 무리에 들어갔다는 얘기를 들려줬는데 사실 믿지는 않았지. 이키 녀석이 하는 말은 주워들은 게 태반인데다 엉터리로 전하는 경우가 다반사거든."

"하지만 사실일세. 진짜 인간의 새끼가 있다네. 세상에 그런 아이는 없을 거야. 인간의 새끼 중에서도 무척 영리하고 용감해. 온 정글에 발루라는 이름을 드높여줄 제자일세. 게다가 나는, 아니 우리는 그 아이를 사랑한다네, 카."

카가 고개를 앞뒤로 움직이며 말했다.

"쉬쉭! 쉬익! 나도 사랑에 대해 좀 알지. 내가 아는 얘기 중에……."

바기라가 재빨리 카의 말을 잘랐다.

"그 이야기는 다음에 우리가 다 배를 채우고 기꺼이 들을 준비가 된 맑은 날 밤에 하는 게 어떤가. 지금 우리의 인간 새끼가 반다로 그 놈들의 손아귀에 있어. 그리고 원숭이들이 정글에서 유일하게 카, 자네만 두려워한다는 건 우리 모두가 아는 사실이지."

"그래, 그놈들은 유일하게 두려워하는 동물이 바로 나지. 그럴 만한 이유가 있어. 놈들은 그저 시끄럽게 떠들기나 하고 허영심만 많은 멍청한 종족이지. 녀석들에게 잡힌 인간의 새끼도 참 운이 없군. 원숭이들은 주운 열매에 싫증이 나면 금세 버리니까 말이야. 뭐 엄청난 일이라도 할 것처럼 나뭇가지를 종일 들고 다니다가도 그냥 휙 내던지거든. 그 인간 아이도 처지가 딱하게 됐어. 그런데 녀석들이 나를 뭐라고 불렀다고? 노란 물고기?"

바기라가 말했다.

"지렁이. 지렁이라고 했지. 그 외에도 더 있지만 별로 전해주고 싶은 말은 아니군."

"그 건방진 놈들에게 함부로 입을 놀려서는 안 된다는 사실을 뼈저리게 일깨워 줘야겠군. 쉬익- 다시는 나에게 무례하게 굴어서는 안 된다는 걸 잊지 않게 말이야. 그래, 녀석들이 인간의 아이를 데리고 어디로 갔다고?"

발루가 대답했다.

"오직 정글만 알지. 해 지는 쪽으로 간 것 같아. 우리는 자네가 알지도 모른다고 생각했는데."

"내가? 어떻게? 난 녀석들이 다가오면 잡아먹을 뿐이야. 반다로그든 개구리든 심지어 물웅덩이에 뜬 녹색 이끼라 해도 내가 직접 사냥하러 다니진 않아."

"위, 위를 봐! 위를 보라고! 이봐! 여기야! 여기! 시오니 늑대 무리의 발루, 위를 보라고!"

발루가 고개를 들고 소리가 나는 쪽을 쳐다보니 솔개 칠이 빠르게 내려오고 있었다. 하늘을 향하고 있는 날개 끝이 햇살을 받아 반짝였다. 칠은 잠자리에 들 시간이 다 되도록 온 정글을 뒤지고 다녔지만 울창한 잎에 가려져 있어 발루 일행을 찾지 못했다.

발루가 물었다.

"무슨 일인가?"

"반다로그들이 모글리를 잡아가는 걸 봤어. 그 아이가 말을 전해 달라고 부탁하더군. 내가 봤는데 반다로그들은 강 너머에 있는 원숭이 도시 '차가운 소굴'로 데려가더군. 거기서 하룻밤 아니면 열흘 밤, 혹은 한 시간만 머물지도 모르지. 박쥐들에게 날이 어두워지면 그들을 감시하라고 말해놨어. 내가 할 말은 이게 다야. 거기 아래에 있는 자네들 모두에게 사냥의 행운이 깃들기를!"

바기라가 외쳤다.

"실컷 먹고 푹 자길 바라네, 칠. 다음에 사냥할 때 반드시 자네를

64

기억하겠네, 위대한 솔개여. 자네를 위해 머리 부분을 남겨 두지."

"그렇게 대단한 일은 아닐세. 그 인간의 아이가 정글의 공용어를 알고 있더군. 그러니 도와줘야지, 별 수 있나."

말을 마친 칠은 빙글빙글 원을 그리며 자신의 보금자리로 돌아갔다. 발루가 흐뭇한 마음에 껄껄 웃었다.

"그 녀석이 공용어 쓰는 걸 잊지 않았던 거야. 그 어린것이 나무들 사이로 붙잡혀 가면서도 새들의 공용어를 용케 기억해내다니!"

바기라가 말했다.

"그 작은 머릿속에 단단히 새겨져 있었던 게지. 그 아이가 자랑스러워. 이제 차가운 소굴로 가야겠군."

그들 모두 그곳이 어디 있는지 알고 있었다. 하지만 정글의 동물들 가운데 그곳에 가본 동물은 거의 없었다. '차가운 소굴'이라 불리는 도시는 이미 오래전에 폐허가 된 곳이었는데, 아무도 살지 않아 버려진 채 정글에 묻혀 있었다. 짐승들은 사람이 한때나마 살던 곳을 사용하는 일이 드물었기 때문에 멧돼지들이 가끔 가는 경우를 제외하고 사냥 종족은 그곳을 찾지 않았다. 하지만 원숭이들은 어느 곳이든 가리지 않고 자신들의 보금자리로 삼는 종족이었고, 다른 짐승들이 가지 않는 그곳에도 와서 지내곤 했다. 그러나 긍지를 아는 동물이라면 그 근처에도 가지 않는 게 불문율이었다. 유일한 예외가 있다면 가뭄이 너무 심해 반쯤 무너진 저수지 바닥에 겨우 남아 있는 물을 마시러 갈 때뿐이었다.

"거기까지 가려면 아무리 빨리 달려도 이 밤의 절반은 걸려."

바기라의 말에 발루가 심각한 표정을 지었다.

"최대한 빨리 달릴게."

"자네한테 맞추기는 힘들 거야. 우리가 먼저 갈 테니 뒤따라오도록 해, 발루. 카와 나는 먼저 갈 테니까."

카가 딱 잘라 말했다.

"걱정 말게. 발이 있든 없든 나는 네발 달린 자네들에게 결코 뒤지지 않을 테니."

발루는 서둘러 따라가려고 애를 썼지만 결국 숨을 헐떡이며 주저앉았다. 바기라는 발루에게 천천히 따라오라고 남겨 둔 채 표범의 걸음으로 재빨리 달려 나갔다. 카는 아무 말도 하지 않았지만 그 커다란 몸으로 바기라에 뒤처지지 않고 열심히 속도를 맞췄다. 언덕 아래 개울에 도착하자 바기라가 앞장을 섰다. 카가 머리와 목을 물 위로 쭉 뺀 채 헤엄을 친 반면 바기라는 펄쩍 뛰어 개울을 건넜기 때문이었다. 하지만 다시 평지로 나오자 카가 금세 거리를 좁히며 바기라를 따라잡았다.

땅거미가 질 무렵 바기라가 입을 열었다.

"날 자유롭게 해준 부서진 자물쇠를 걸고 말하는데, 자네도 결코 느리지 않군!"

카가 말했다.

"난 지금 배가 고파. 더구나 그 놈들이 감히 날 점박이 개구리라고 했다지."

"아니, 지렁이라고 했어. 그것도 누런 지렁이."

"그거나 이거나 마찬가지야. 어서 가자고."

거침없이 움직이는 카는 침착하게 가장 짧은 동선을 찾으며 쉬지 않고 나아갔다.

그 시간 차가운 소굴의 원숭이들은 모글리의 친구들을 까맣게 잊고 있었다. 폐허가 된 도시에 소년을 데려다 놓고는 한동안 흡족한 마음을 감추지 못했다. 모글리는 여태껏 한 번도 인도의 도시를 본 적이 없었기 때문에 무너진 폐허에 불과한 이 도시도 매우 멋지고 근사해 보였다. 아주 오래 전 어떤 왕이 조그만 언덕에 도시를 세웠다. 돌로 바닥을 깐 큰길을 따라가면 낡고 녹슨 경첩에 부서진 나무문이 달려 있는 무너진 성문에 닿았다. 나무들이 벽을 뚫고 성벽 안팎으로 자라고 있었고, 성곽의 돌들은 무너져 이리저리 뒹굴었다. 성벽 위에 세워진 탑들의 창문으로 야생 덩굴들이 무성하게 뻗어 있었다.

언덕 꼭대기에는 거대한 궁전이 서 있었다. 지붕이 없는 궁전 안뜰과 분수에 사용된 대리석들은 금이 간 채 붉은색과 초록색으로 물들어 있었다. 왕의 코끼리들이 살던 뜰에는 자갈들 틈새로 잡초와 관목이 자라고 있었다. 궁전에 서면 지붕 없는 집들이 나란히 늘어선 풍광이 펼쳐졌고, 그 집들 때문에 도시는 마치 어둠에 휩싸인 텅 빈 벌집 같았다. 네 개의 도로가 만나는 광장에는 형체를 알아볼 수 없는 석재들이 한때 웅장한 신상이었던 옛날을 추억하며 뒹굴고 있었다. 마을의 공동 우물들이 서 있었을 자리에는 이제 움푹 파인 구덩이들만 남아 있었고, 산산이 부서진 신전의 둥근 지붕들 옆으로는 야생 무화과나무들이 자라고 있었다.

원숭이들은 이곳을 자신들의 도시라고 부르면서 숲에서 사는 다른 동물들을 무시했다. 하지만 사실 그들도 원래 이 건물들이 어떤 용도로 지어졌는지, 어떻게 사용하는지 전혀 알지 못했다. 그저 왕의 회의실에 둥글게 모여 앉아 털 속의 벼룩을 잡으며 사람 흉내를

낼 뿐이었다. 때로는 지붕 뚫린 집들을 들락거리며 부서진 돌조각
과 오래된 벽돌 조각들을 모아 놓았다. 그리고 그것들을 어디에 숨
겨 두었는지 까맣게 잊고는 소리를 높이며 실랑이를 벌였다. 하지
만 그것도 잠시, 금세 흩어져 왕의 정원에 딸린 테라스를 오르내리
며 장난을 쳤다. 테라스에서 장미 나무와 오렌지 나무를 흔들어 열
매와 꽃이 떨어지는 모습을 지켜보기도 했다. 원숭이들은 궁전 여
기저기에 난 길과 깜깜한 통로들, 수백 개의 작고 어두운 방들을 헤
집고 다녔다. 하지만 자신들이 뭘 보았는지, 아직 보지 않은 것은
무엇인지 기억하지 못했다. 다만 하나둘, 혹은 몇씩 무리를 지어 이
리저리 헤매고 다니며 자신들이 마치 사람 같지 않느냐며 신이 나
서 떠들어댔다. 원숭이들은 저수지에 고여 있는 물을 마시면서도
물을 온통 흙탕물로 만들었으며 그 일로 다시 다투었다. 그러고는
여럿이 뛰어다니며 시끄럽게 소리를 질러댔다.

"이 정글에서 반다로그만큼 영리하고 위대하고 똑똑하고 강하고
점잖은 동물은 없어."

그들은 이러한 행동 방식을 몇 차례 되풀이하다가 이 도시에 질
릴 때면 다시 정글의 나무 꼭대기로 돌아가 다른 동물들이 자신들
을 돌아봐 주기를 기대했다.

발루에게 정글의 법칙에 따라 교육을 받았던 모글리는 이런 삶
을 좋아할 수도, 이해할 수도 없었다. 오후 늦게 원숭이들은 모글리
를 차가운 소굴로 끌고 왔다. 모글리라면 긴 여행이 끝나면 으레 잠
에 들었겠지만, 원숭이들은 그렇지 않았다. 그들은 서로 손을 잡고
이리저리 춤을 추며 웃기는 노래를 불렀고, 그중 한 마리가 연설을
시작하더니 모글리를 포로로 잡은 것은 반다로그 역사에서 중요

한 전환기가 될 것이라고 말했다. 그들은 모글리에게 나뭇가지와 나무줄기를 엮는 법을 배워 비와 추위를 막을 수 있게 되길 기대했다. 결국 모글리가 덩굴을 주워와 엮기 시작하자 원숭이들도 열심히 따라했다. 하지만 채 몇 분도 지나지 않아 금세 흥미를 잃고 동료들이 만든 것을 잡아당기며 장난을 치고, 기침 소리를 내며 네 발로 이리저리 뛰어다니기 시작했다.

"뭔가 먹을 걸 좀 줘. 난 여기에 처음 왔단 말이야. 음식을 가져다 주든지, 아니면 여기서 사냥을 할 수 있도록 해줘."

그러자 여러 마리의 원숭이들이 모글리에게 줄 열매와 야생 파파야를 따오려고 부리나케 뛰어갔다. 하지만 그 와중에도 싸움이 벌어졌다. 원숭이들에게는 널려 있는 과일을 주워오는 것마저도 쉽지 않은 일이었다. 모글리는 배도 고프고 슬슬 화도 치밀었다. 그래서 텅 빈 도시를 돌아다니며 이따금씩 낯선 사냥꾼의 외침 소리를 내보았지만 아무 대답도 돌아오지 않았다. 모글리는 자신이 정말로 최악의 장소에 있음을 깨달았다.

'발루가 반다로그에 대해 했던 말은 전부 사실이었어. 원숭이들은 법칙도 없고, 사냥의 외침 소리도 없고, 우두머리도 없어. 멍청한 소리나 내뱉고 몰래 도둑질이나 일삼지. 여기서 굶어 죽거나 원숭이들에게 죽임을 당한대도 그건 전부 내 잘못이겠지. 하지만 적어도 정글로 돌아갈 수 있는 방법을 찾아봐야 해. 물론 발루가 나를 때리기는 하겠지만 그게 여기서 반다로그와 함께 멍청하게 장미 잎사귀나 쫓는 것보다는 훨씬 나을 거야.'

모글리가 도시 성벽으로 걸어가기가 무섭게 원숭이들이 도로 끌어당겼다. 그러더니 모글리에게 자신이 지금 얼마나 행복한지 모른다며 고마운 마음을 가지라고 윽박질렀다. 모글리는 입을 꾹 다문 채 아무 대답도 하지 않았지만, 시끄럽게 구는 원숭이들을 따라 붉은 돌로 지어진 저수지 위의 테라스로 향했다. 저수지에는 빗물이 반쯤 채워져 있었고, 테라스 중앙에는 하얀 대리석 정자가 서 있었다. 백 년 전에 죽은 여왕들을 위해 지어진 이 테라스는 둥근 지붕이 절반쯤 무너져 내려 그 잔재들이 여왕들이 드나들던 궁전으로 통하는 지하 통로를 막고 있었다. 성벽은 격자무늬가 새겨진 하얀 대리석이었다. 언덕 위로 달이 떠오르면 마노, 홍옥, 벽옥, 청금석이 박힌 아름다운 격자무늬 사이로 달빛이 새어 들어와 땅 위에 검은 자수 같은 그림자를 드리웠다. 모글리는 화가 나고 졸린데다가 배가 고팠다. 하지만 한편으로 스무 마리나 되는 반다로그들이 몰려들어 자신들이 얼마나 위대하고 영리하고 강하고 점잖은지 떠들어대며, 자신들을 떠나려는 모글리를 향해 어리석다고 화를 내는 모습에 웃음이 나기도 했다.

반다로그들이 외쳤다.

"우리는 위대하고, 자유로워. 아주 훌륭하지. 우리가 정글에서 가장 멋진 종족이야! 우리가 그렇게 말하니 그게 사실이야. 이제 네가 우리 얘기를 듣게 되었으니 정글의 동물들에게 그 사실을 전해 줘. 그러면 앞으로 동물들이 우리를 아는 체할지도 모르지. 우리의 훌륭한 면에 대해 전부 들려줄게."

모글리는 아무런 대꾸도 하지 않았다. 원숭이들은 반다로그가 얼마나 위대한지 외치는 말을 듣기 위해 수백 마리씩 테라스로 모여들었다. 그리고 연설자가 숨을 돌리려고 잠시 멈출 때마다 한목소리로 외쳤다.

"그 말이 맞다! 틀림없는 사실이야. 우리 모두 그렇다고 하니까 말이야."

모글리는 원숭이들이 자신에게 무언가 물어보면 무조건 고개를 끄덕이고 눈을 깜박이며 "그래"라고 대답했다. 원숭이들이 너무 시끄러워서 머리가 빙빙 돌 지경이었다. 모글리가 혼잣말로 중얼거렸다.

"이 원숭이들은 전부 자칼 타바키한테 물려서 미친 게 틀림없어. 이건 분명 드와니야, 광기라고. 이 놈들은 잠도 안 자나? 구름이 몰려와 달을 가리고 있어. 달이 구름에 숨으면 어둠을 틈타 도망칠 수도 있을 텐데. 하지만 지금은 너무 피곤해."

도시 성벽 아래 무너진 배수로 안에 숨어 있던 두 동물도 같은 달을 바라보고 있었다. 바기라와 카는 많은 원숭이들이 모여 있으면 얼마나 위험한지 잘 알기에 섣불리 나서지 않았다. 원숭이들은 자신들이 절대적으로 수적 우위에 있는 상황이 아니고서는 싸우지 않았고, 당연히 그런 불리한 여건에 그들과 맞서는 동물도 거의 없었다.

카가 속삭였다.

"나는 저기 서쪽 벽으로 가서 경사면을 타고 잽싸게 내려가겠네. 녀석들이 아무리 수백 마리라 해도 내 등 뒤에서 덤벼들지는 못 할 거야. 하지만……."

"알고 있어. 발루가 같이 있으면 더 좋겠지만 우리끼리 할 수 있는 데까지 해 봐야지. 구름이 달을 가리면 테라스로 가겠네. 원숭이들이 그곳에서 모글리를 두고 회의를 하는 것 같으니."

"행운을 비네."

카는 단호한 어조로 그렇게 말하고는 서쪽 벽을 향해 미끄러지듯 나아갔다. 그러나 공교롭게도 서쪽 벽은 무너진 곳이 별로 없어서 덩치가 큰 뱀이 성벽을 타고 오르는 길을 찾는 데 시간이 좀 걸렸다.

구름이 달을 가리고 모글리가 앞으로 무엇이 닥쳐올지 생각하고 있을 때 테라스에서 바기라의 가벼운 발소리가 들려왔다. 검은 표범은 소리 하나 내지 않고 경사면으로 달려갔다. 그리고 곧바로 모글리를 중심으로 겹겹이 둘러싸고 앉아 있는 원숭이들 속으로 뛰어들었다. 바기라는 원숭이들을 이빨로 물어뜯는 데 시간을 허비할 만큼 어리석지 않았기 때문에 대신 닥치는 대로 무리를 후려쳤다. 깜짝 놀란 원숭이들이 잔뜩 성이 나 울부짖고, 데굴데굴 구르며 발길질을 해댔다. 그 바람에 바기라가 원숭이들의 몸에 걸려 넘어지자 한 원숭이가 소리쳤다.

"한 놈 뿐이야! 죽여라! 죽여!"

한 무리의 원숭이들이 마구잡이로 바기라를 물고 할퀴고 잡아당기며 에워쌌다. 그 사이 다른 대여섯 마리의 원숭이들이 모글리를 정자 위로 끌고 가더니 부서진 둥근 지붕에 난 구멍 속으로 던져 넣었다. 구덩이는 깊이가 족히 5미터는 되었는데, 만약 인간사회에서 자란 평범한 아이였다면 심하게 다쳤을 만한 위험한 상황이었다. 하지만 모글리는 발루에게 배운 대로 두 발로 바닥에 무사히 착지했다.

원숭이들이 소리쳤다.

"우리가 네 친구들을 해치울 때까지 거기 있어. 너하고는 나중에 놀아 줄 테니까. 독을 가진 종족이 널 살려 둔다면 말이야."

""너와 나, 우리는 피를 나눈 형제다.""

모글리가 재빨리 뱀의 말로 소리쳤다. 여기저기 쌓여 있는 쓰레기더미에서 쉭쉭거리는 소리가 들렸다. 그 소리를 들은 모글리가 다시 한 번 뱀의 말로 공용어를 외쳤다.

"그렇다면 모두 목을 움츠려라!"

대여섯 마리쯤 되는 뱀들의 낮은 목소리가 들렸다.(인도에서 폐허가 된 곳은 으레 뱀들의 서식지였고, 그 낡은 정자에도 코브라들이 우글거렸다.)

"움직이지 말고 가만히 서 있어라, 꼬마야. 네 발에 우리가 밟힐 수도 있으니까."

모글리는 가능한 한 조용히 서서 격자무늬 틈새로 밖을 내다보며 검은 표범을 둘러싸고 벌어지는 맹렬한 싸움 소리에 귀를 기울였다. 원숭이들이 요란하게 캑캑거리며 외치는 소리와 바기라가 쉴 새 없이 덤벼드는 수많은 적들을 맞아 뒤로 물러났다가 껑충 뛰어오르고 몸을 비틀며 내뱉는 거친 기침 소리가 들려왔다. 바기라는 난생 처음 목숨을 건 사투를 벌이고 있었다.

'분명 발루가 가까이 있을 거야. 바기라 혼자 왔을 리 없어.'

모글리는 이런 생각을 하며 큰 소리로 외쳤다.

"바기라, 저수지로, 저수지로 가! 가서 뛰어들어! 물속으로 들어가라고!"

바기라도 이 소리를 들었고 모글리가 무사하다는 것을 알게 되자 다시금 힘이 솟았다. 바기라는 계속해서 원숭이들에게 공격을 가하며 저수지를 향해 필사적으로 움직였다. 그때 정글과 가장 가까운 성벽 쪽에서 발루가 싸울 때 내는 천둥 같은 고함 소리가 들려왔다. 늙은 곰이 최선을 다해 달려 이제야 도착한 것이다.

발루가 외쳤다.

"바기라, 내가 왔네. 올라갈게! 최대한 빨리 움직이고 있다네! 이런! 발밑의 돌들이 자꾸 흘러내리는군! 곧 갈 테니 기다려라, 이 천하에 몹쓸 반다로그들아!"

잠시 후 발루가 헐떡이며 테라스로 올라왔지만, 곧 거침없이 몰려드는 원숭이 떼에 가려 머리 꼭대기 정도밖에 보이지 않았다. 하지만 그대로 몸을 숙이며 엉덩이를 땅에 붙이고 앉아 두 앞발을 뻗어 원숭이들을 최대한 많이 품 안에 가두었다. 그러고는 규칙적으로 탁, 탁, 탁 원숭이들을 때리기 시작했다. 그때 첨벙 물에 뛰어드는 소리가 들렸다. 바기라가 원숭이들이 더 이상 쫓을 수 없는 저수지에 무사히 도착한 것이다. 표범은 물 밖으로 머리를 내밀고 숨을 헐떡거렸고, 붉은 계단 위에 세 줄로 늘어선 원숭이들은 잔뜩 약이 올라 펄쩍거렸다. 혹여 바기라가 발루를 돕기 위해 물 밖으로 나오면 사방에서 덤벼들 기세였다. 바로 그때 바기라가 물이 뚝뚝 떨어지는 턱을 치켜들고는 자포자기의 심정으로 뱀에게 도움을 청하기 위해 "너와 나, 우리는 피를 나눈 형제다"라고 외쳤다. 내심 바기라는 카가 마지막 순간에 꽁무니를 빼고 달아났다고 생각한 것이다. 테라스 끝에서 원숭이들에게 깔려 제대로 숨도 못 쉬고 있던 발루조차 검은 표범이 뱀의 말로 도움을 청하는 것을 듣고는 웃음을 참지 못하고 낄낄거렸다.

카는 막 서쪽 성벽을 넘어 몸을 비틀며 바닥에 떨어졌고 그 바람에 담 위의 돌들이 도랑으로 떨어졌다. 카는 몇 차례 똬리를 틀었다

풀었다 하며 자신의 긴 몸뚱이가 구석구석까지 제대로 움직이는지 확인했다. 그 와중에도 발루의 싸움은 계속되었고, 원숭이들은 바기라가 들어간 저수지에 대고 시끄럽게 소리를 질러댔다. 박쥐 망은 이리저리 날아다니며 치열한 싸움 소식을 정글로 전했다. 그 소식에 야생 코끼리 하티도 나팔 소리 같은 울음소리를 내었고, 멀리 흩어져 있던 많은 원숭이 종족들도 잠에서 깨어나 차가운 소굴에 있는 동료들을 돕기 위해 나무 위로 획획 날아왔다. 이 시끄러운 싸움 소리는 근처 몇 킬로미터까지 계속 퍼져나가 낮에 활동하는 새들까지 모두 잠에서 깨어나게 만들었다. 카는 잔뜩 벼르며 사냥감을 향해 빠른 속도로 나아갔다. 비단구렁이가 가진 힘은 온몸의 무게를 머리에 실어 상대를 후려치는 데 있었다. 500킬로그램에 육박하는 창이나 쇠망치를 냉정하고 침착하게 휘두르는 모습을 상상해보라. 그것이 바로 카가 싸울 때의 모습이었다. 길이가 1, 2미터쯤 되는 비단뱀조차 가슴을 정통으로 후려치면 어른 남자 하나쯤 가볍게 쓰러뜨릴 수 있었다. 그리고 카는 길이가 무려 9미터나 되었다. 카는 발루를 에워싼 원숭이들을 향해 첫 번째 공격을 가했다. 아무 소리 없이 일격을 가하자 다시 공격을 이어갈 필요도 없었다. 원숭이들이 소리를 지르며 뿔뿔이 흩어졌던 것이다.

"카다! 카! 도망쳐! 도망쳐!"

어른 원숭이들은 대대로 말을 듣지 않는 어린 원숭이들에게 카에 대한 이야기를 들려주며 겁을 주고 얌전히 굴게 만들었다. 밤도둑 카는 이끼가 자라는 것만큼 아주 조용하게 스르르 나뭇가지를 타고 다가와서는 가장 힘센 원숭이도 순식간에 잡아채 간다고 했다. 게다가 나이를 먹어서는 스스로를 죽은 나뭇가지나 썩은 그루

터기처럼 보이게 할 수도 있어서 가장 똑똑한 원숭이조차 깜빡 속아 결국 그 나뭇가지에 잡히고 만다고 했다. 카는 원숭이들이 정글에서 가장 두려워하는 존재였다. 어느 누구도 카의 힘이 얼마 만큼인지 몰랐고, 어느 누구도 카의 얼굴을 똑바로 바라볼 수 없었으며, 카에게 붙잡혀서 살아나온 원숭이는 한 마리도 없었던 것이다. 원숭이들은 순식간에 겁에 질려 담벼락과 지붕으로 달아났다. 발루는 깊은 안도의 한숨을 내쉬었다. 자신의 털가죽이 바기라보다야 훨씬 두껍기는 해도 원숭이들과의 싸움에서 심하게 부상을 입었던 것이다. 카는 그제야 처음으로 입을 열고는 길게 쉬이이익 하는 소리를 냈다. 차가운 소굴을 지키기 위해 멀리서 달려오던 원숭이들도 그 소리를 듣자마자 그 자리에 얼어붙어 몸을 웅크렸다. 급기야 그들의 무게를 이기지 못한 나뭇가지들이 휘어지고 딱 소리를 내며 부러지기까지 했다. 성벽 위나 빈 집에서 소리를 지르고 있던 원숭이들도 입을 딱 다물었다. 온 도시에 정적이 감도는 가운데 모글리는 저수지 밖으로 나온 바기라가 젖은 몸을 터는 소리를 들었다. 그 순간 떠들썩한 소리가 다시 터져나왔다. 원숭이들은 성벽 위로 뛰어올랐고 커다란 석상의 목에 매달리거나 총안이 있는 흉벽을 따라 이리저리 뛰어다니며 꽥꽥 소리를 질렀다. 한편 모글리는 정자 안에서 춤을 추며 격자무늬 틈새에 눈을 붙이고 앞니 사이로 부엉이 울음소리를 내며 원숭이들을 조롱하고 비웃었다.

바기라가 헐떡이는 목소리로 말했다.

"인간의 새끼를 저 함정에서 꺼내. 난 이제 한계야. 더 이상은 못하겠어. 아이를 데리고 얼른 여기를 떠나자. 녀석들이 다시 공격할지도 몰라."

"내가 명령을 내리기 전까지는 꼼짝하지 않을 걸세. 다들 가만히 있어!"

카가 쉿 소리를 내며 말하자 도시는 또다시 정적에 휩싸였다. 카가 바기라를 향해 말했다.

"더 일찍 올 수가 없었네, 형제여. 그나저나 자네가 나에게 도움을 요청하는 소리는 들은 것 같은데."

바기라가 더듬거리며 대답했다.

"내, 내가 싸우면서 소리를 질렀는지도 모르지. 발루, 어디 다친 거야?"

발루가 하나씩 발을 흔들며 말했다.

"원숭이들이 날 잡아당겨서 새끼 곰 백 마리로 찢어 놓으려고 했던 건지도 몰라. 아우! 정말 아프군. 어쨌든, 카, 자네 덕분에 바기라와 내가 목숨을 건졌네."

"별 일 아닐세. 인간의 새끼는 어디 있나?"

"여기 함정에 갇혀 있어. 나 혼자선 빠져나갈 수가 없어."

모글리가 소리쳤다. 모글리 머리 위로 부서진 둥근 지붕이 막고 있었던 것이다. 정자 안에 있던 코브라들이 말했다.

"어서 녀석을 데려가. 녀석이 공작새 마오처럼 폴짝폴짝 뛰어다니니 이러다간 우리 새끼들이 전부 밟히겠어."

카가 웃으며 말했다.

"허! 이 인간의 새끼는 어디를 가나 친구가 있군. 애야, 뒤로 물러서라. 그리고 독을 가진 종족이여, 몸을 숨겨라. 내가 벽을 무너뜨릴 테니."

카는 벽을 찬찬히 살피더니 대리석 격자무늬에서 낡고 금이 간

부분을 찾아냈다. 목표 지점을 두세 번 머리로 가볍게 치며 거리를 재는가 싶더니 몸을 바닥에서 2미터쯤 들어 올렸다. 그리고 머리에 온 힘을 실어 금이 간 부분을 여섯 번 정도 정확히 내리쳤다. 마침내 먼지와 파편들을 자욱하게 날리며 벽이 무너져 내렸다. 모글리는 뻥 뚫린 구멍으로 뛰어나와 발루와 바기라에게 달려갔고, 둘의 굵은 목을 한 팔에 하나씩 감싸 안았다.

발루가 모글리를 부드럽게 안으며 물었다.

"다친 데는 없나?"

"물론 아프지. 배도 고프고, 여기저기 멍도 들었어. 하지만, 아, 저 놈들이 내 형제들에게 아주 몹쓸 짓을 했네. 피가 나잖아."

"녀석들도 마찬가지야."

바기라가 테라스와 저수지 주변에 널려 있는 죽은 원숭이들을 바라보며 입술을 핥았다.

발루가 훌쩍거리며 말했다.

"이런 것쯤은 아무것도 아냐. 너만 무사하다면 됐다. 아, 자랑스러운 나의 작은 개구리!"

"그 얘긴 나중에 하도록 하지."

바기라가 차가운 목소리로 말했다. 모글리가 정말 싫어하는 목소리였다.

"여기 있는 카 덕분에 원숭이들도 물리치고 네 목숨도 건진 거야. 우리의 관습에 따라 카에게 고맙다고 인사하렴, 모글리."

모글리는 고개를 돌려 자신의 머리에서 30센티미터는 더 높은 곳에서 흔들리는 거대한 비단구렁이의 머리를 보았다.

카가 말했다.

"이 녀석이 인간의 새끼로군. 살갗이 아주 부드러운데? 반다로그와 별반 다르지 않아 보이는군. 애야, 조심해라. 내가 막 허물을 벗은 날 해질녘에 널 원숭이로 착각하지 않게 말이다."

모글리가 대답했다.

"너와 나, 우리는 피를 나눈 형제다. 오늘 밤 너는 내 목숨을 구해 주었어. 오, 카, 언젠가 네가 배가 고플 때 내가 잡은 사냥감을 너에게 줄게."

카가 눈을 반짝이며 말했다.

"고맙구나, 어린 형제여. 이렇게 담대한 사냥꾼이 잡는 사냥감을 뭘지 궁금하구나. 다음 사냥 때 내가 따라가도 될까?"

"난 아직 너무 어려서 아무것도 잡지 못해. 하지만 사냥할 때 염소를 몰아줄 수는 있어. 배가 고플 때 찾아와서 내 말이 사실인지 확인해 봐. 내가 손재주는 좀 있거든."

모글리는 그렇게 말하며 두 손을 내밀었다.

"언젠가 네가 덫에 걸리기라도 하면 내가 진 빚을 갚을 수 있겠지. 여기 있는 바기라와 발루도 마찬가지고. 모두에게 사냥의 행운이 있길 빌어."

"잘했다."

모글리가 감사의 말을 훌륭하게 전하자 발루가 큰 소리로 칭찬했다. 비단구렁이 카가 잠시 모글리의 어깨 위에 살짝 머리를 기댔다가 떼었다.

"씩씩하고 예의도 바르구나. 그런 자세라면 정글 어디든 갈 수 있을 게다. 하지만 지금은 네 친구들과 함께 서둘러 여기를 떠나거라. 가서 어여 자렴. 달이 저물고 나서 벌어질 일은 네가 봐서 좋을

게 없으니 말이다."

이미 달이 언덕 너머로 지고 있었고, 서로 꼭 붙은 채 벌벌 떨며 성벽 위에 쭉 늘어서 있는 원숭이들은 온통 찢어져 바람에 흔들거리는 넝마 같았다. 발루는 저수지로 내려가 물을 마셨고 바기라는 털을 가지런히 다듬기 시작했다. 그 사이 카는 테라스 중앙으로 미끄러지듯 나아가 크게 탁 소리를 내며 입을 다물었다. 모든 원숭이들의 시선을 카에게 쏠렸다.

"달이 지고 있군. 아직 앞이 보이는가?"

나무 꼭대기에서 부는 바람 소리 같은 신음 소리가 성벽 쪽에서 들려왔다.

"보입니다, 카."

"좋다. 이제 춤을 시작하도록 하지. 배고픈 카의 춤이다. 가만히 앉아 지켜보아라."

카는 머리를 좌우로 흔들며 두세 번 크게 원을 그렸다. 그러고는 몸을 꼬아 8자 모양을 만들기 시작하더니 곧이어 삼각형이 되었다가 다시 흐물흐물 몸을 풀어 사각형, 오각형을 만들기도 하고 둥글게 똬리를 틀기도 했다. 잠시도 멈추지 않았고, 서두르지도 않았으며 낮게 읊조리는 듯한 노래 또한 계속 이어졌다. 달이 지면서 주변이 점점 어두워지더니 마침내 스르르 움직이며 자세를 바꿔 똬리를 트는 모습은 보이지 않게 되었다. 하지만 카의 몸에 난 비늘이 스치는 소리는 여전히 들려왔다.

발루와 바기라는 목덜미 털을 곤두세운 채 그 자리에 가만히 서 있었다. 둘의 입에서는 낮게 그르렁거리는 소리가 들렸다. 반면 모글리는 그저 신기한 듯 카의 춤을 지켜보았다.

마침내 카의 목소리가 들려왔다.

"반다로그들이여, 내 명령 없이 손이나 발을 까딱할 수 있는가? 말해라!"

"당신의 명령 없이는 손도 발도 까딱할 수 없습니다, 카!"

"좋다! 모두 내게 한 발짝 가까이 다가오너라."

원숭이들이 속수무책으로 줄줄이 휘청휘청 앞으로 나갔고, 발루와 바기라도 뻣뻣이 굳은 채 그들과 함께 앞으로 한 걸음 내딛었다.

"더 가까이!"

카가 날카로운 소리를 내며 말하자 모두들 다시 움직였다. 발루와 바기라도 마찬가지였다. 모글리가 발루와 바기라를 데리고 나가려고 붙잡자 덩치 큰 두 짐승은 꿈에서 깨어나듯 화들짝 놀랐다.

바기라가 속삭였다.

"계속 내 어깨를 꼭 붙잡고 있어. 그렇지 않으면 다시 카한테 돌아가고 말 거야. 맙소사!"

모글리가 말했다.

"늙은 카는 먼지를 일으키며 빙빙 돌고 있을 뿐이야. 자, 가자."

그렇게 셋은 성벽 틈새로 빠져나와 정글로 향했다. 다시 고요한 숲 속에 들어왔을 때 발루가 온몸을 부르르 떨며 말했다.

"휴! 앞으로 다시는 카와 한 편이 되는 일은 없을 거야."

바기라 역시 몸을 떨었다.

"카는 우리보다 훨씬 노련해. 우리가 거기 계속 있었다면 얼마 안 가 난 카의 목구멍으로 곧장 걸어 들어갔을 거야."

발루가 말했다.

"저 가운데 많은 녀석들이 오늘밤 안에 그렇게 되겠지. 신나게 사냥을 하게 되겠군. 자기 방식으로 말이야."

비단구렁이의 최면 능력에 관해서 아무것도 모르는 모글리가 물었다.

"대체 그게 무슨 말이야? 내가 본 거라고는 커다란 뱀이 어두워질 때까지 바보 같이 빙빙 도는 모습뿐이었는데. 코는 다 벗겨져서 말이야. 하하!"

그러자 바기라가 버럭 화를 내며 말했다.

"모글리, 카의 코가 그렇게 된 건 모두 너 때문이야. 내 귀와 옆구리와 발, 발루의 목과 어깨가 다친 것도 다 너 때문이고. 발루와 나는 앞으로 한동안 평소처럼 사냥하긴 힘들 거야."

발루가 말했다.

"그런 건 아무것도 아니야. 모글리를 다시 찾았잖아."

"그래. 하지만 이 녀석 때문에 우린 한창 사냥할 시간에 사냥도 못 했고, 심지어 다치고 털도 다 빠졌어. 내 등의 털이 반이나 뽑혔단 말이야. 그리고 무엇보다 체면이 이만저만 깎인 게 아니야. 모글리, 기억해라. 검은 표범인 내가 카에게 도움을 청할 수밖에 없었다는 걸 말이다. 발루와 내가 배고픈 카의 춤 앞에서 작은 새처럼 멍청하게 넋이 빠졌던 것도 잊지 마. 이게 다 인간의 새끼인 네가 반다로그들과 어울려서 생긴 일이야."

모슬리가 슬픈 목소리로 말했다.

"맞아, 맞는 말이야. 난 못된 사람 새끼야. 그래서 내 뱃속도 슬퍼하고 있어."

"흠! 발루, 정글의 법칙에 따르면 어떻게 해야 하지?"

발루는 더 이상 모글리를 힘들게 하고 싶지 않았지만 정글의 법

칙은 절대적인 것이었다. 어쩔 수 없이 발루는 슬픈 목소리로 웅얼
웅얼 대답했다.

"슬픔이 형벌을 늦출 수 없다. 하지만, 명심해, 바기라. 모글리는
아직 어려."

"알고 있네. 하지만 녀석이 잘못을 했으니 이 자리에서 몇 대 맞
아야지. 모글리, 더 할 말 있니?"

"없어. 내가 잘못했어. 발루와 바기라가 다쳤잖아. 당연히 매를
맞아야지."

바기라는 가볍게 두드리듯 사랑의 매 여섯 대를 때렸다. 표범 입
장에서 그렇다는 말이다. 바기라가 보기에는 잠든 표범 새끼 한 마
리도 깨울 수 없을 정도로 약하게 때린 것이지만 일곱 살 소년에게
는 피하고 싶은 혹독한 매질이었다. 매를 다 맞고 난 모글리는 재채
기를 하고는 아무 말 없이 자리에서 일어났다.

바기라가 말했다.

"자, 내 등에 올라 타거라. 집으로 가자."

정글의 법칙이 가진 미덕 가운데 하나는 벌을 받는 걸로 모든 게
청산된다는 것이다. 나중에 두고두고 잔소리를 듣는 경우는 없다.

모글리는 바기라의 등에 얼굴을 묻고 깊이 잠이 들었다. 어찌나
깊이 잠들었는지 늑대 동굴로 돌아가 어미 늑대 옆에 눕혀질 때도
깨지 않았다.

반다로그의 길

이제 우리는 흔들리는 줄기를 타고 떠난다.
시샘하는 달에 가까이 다가갈 만큼 높이!
거침없이 날아다니는 우리가 부럽지 않나?
우리처럼 특별한 손을 갖고 싶지 않나?
너희도 이렇게 큐피드의 활 모양으로
휘어진 꼬리를 갖고 있다면 좋지 않겠나?
화가 난 모양이군. 하지만……
뭐, 아무렴 어떤가.
형제여, 네 꼬리는 자네 뒤에 축 늘어져 있네!

여기 나뭇가지에 우리 무리가 줄지어 앉아 있네.
우리가 알고 있는 아름다운 것들을 생각하고
우리가 하려는 일들을 꿈꾸며 앉아 있지.
오래 기다릴 필요는 없지.
고귀하고 위대하고 훌륭한 일들을
우리가 바라기만 하면 금세 이루어진다네.
무엇인지 기억이 나지 않지만……
뭐, 아무렴 어떤가.
형제여, 네 꼬리는 자네 뒤에 축 늘어져 있네!

우리가 들었던 모든 이야기들
박쥐나 네발짐승이나 새들이 말한 것들
가죽이나 지느러미나 비늘이나 깃털들
어서 다함께 재잘거려라.
좋아! 훌륭해! 다시 한 번!
이제 우리는 마치 사람처럼 말을 하지.
우리가 흉내를 내는 건……

뭐, 아무렴 어떤가.
형제여, 네 꼬리는 자네 뒤에 축 늘어져 있네!
이게 원숭이 종족이 살아가는 방식이지.

그러니 우리 무리에 들어와 함께 소나무 숲을 헤치고 다니자.
가볍게, 높게, 야생 포도 덩굴이 흔들리는 곳을 쏜살같이 지나가자.
우리 뒤에 남은 쓰레기,
우리가 외치는 당당한 소리,
우리는 분명히, 분명히 위대한 일을 해낼 거야!

호랑이다! 호랑이!

용감한 사냥꾼이여, 사냥은 어땠는가?
형제여, 오랜 시간 사냥감을 염탐하며 추위에 떨었지.
염탐하였던 사냥감은 어찌 되었는가?
형제여, 사냥감은 여전히 정글에서 풀을 뜯고 있지.
지금껏 자존심을 세워주던 힘은 어찌 되었는가?
형제여, 그 힘은 내 옆구리에서 빠져나갔지.
그렇게 급히 어디로 가는가?
형제여, 나는 나의 굴로 가네. 그곳에서 죽음을 맞으리!

이제 다시 첫 번째 이야기로 돌아가도록 하자. 모글리는 회의 바위에서 늑대 무리와 싸움을 벌인 뒤 늑대 동굴을 떠나 마을 사람들이 일군 밭으로 내려갔다. 하지만 그곳에서 걸음을 멈추지는 않았다. 그곳은 정글과 너무 가까웠다. 마지막 늑대 회의에서 적어도 한 마리와는 완전히 원수가 되지 않았는가. 모글리는 서둘러 계곡을 따라 이어지는 험한 길을 따라 내려갔다. 그렇게 30킬로미터 정도를 쉬지 않고 계속해서 가다보니 어느새 낯선 땅이 모글리의 앞에 펼쳐졌다. 계곡을 나서자 바위들이 점점이 박혀있고 군데군데 좁은 골짜기가 자리한 넓은 벌판이 있었다. 벌판 한쪽에 조그만 마을이 있었고, 그 반대편에는 무성한 정글이 쭉 뻗어 나오다가 목초지 바로 앞에서 뚝 끊어져 경계를 이루고 있었다. 들판 여기저기에서 소와 물소가 풀을 뜯고 있었다. 가축을 돌보던 사내아이들이 모글리를 보고는 소리를 지르며 달아났고, 인도의 마을에서 흔하게 볼 수 있는 누런 들개들이 사납게 짖어댔다. 모글리는 배가 고팠다. 마을 입구를 향해 계속 걸어가자 해질녘이면 입구 앞에 쌓아놓는 가시덤불이 한 쪽으로 치워져 있는 게 보였다.

"흥!"

모글리는 콧방귀를 뀌었다. 밤에 먹을 것을 찾아 어슬렁거리다가 이런 장애물과 여러 번 마주쳤던 것이다.

"여기 사람들도 정글의 동물들을 무서워하는가 보네."

모글리는 입구 옆에 앉아 있다가 누군가 나타나자 자리에서 일어났다. 그리고 입을 벌리고는 손가락을 입속을 가리키며 먹을 것이 필요하다는 뜻을 전했다. 그 모습을 지켜보던 남자는 다시 마을 길을 달려가 사제를 불러왔다. 사제는 하얀 옷을 입은 크고 뚱뚱한 남자로 이마에 노란색과 빨간색 점이 찍혀 있었다. 사제가 마을 입구로 나왔을 때 족히 백 명의 사람들이 그 뒤를 따르고 있었다. 사람들은 모글리를 빤히 쳐다보면서 수군거리고 모글리에게 손가락질을 하기도 했다.

'이 인간 종족들은 예절이라고는 찾아볼 수가 없군. 회색 원숭이들이나 저렇게 행동할 거야.'

모글리는 긴 머리를 뒤로 젖히며 사람들을 향해 얼굴을 찌푸렸다. 사제가 말했다.

"자, 무얼 두려워하고 있소? 저 아이의 팔다리에 난 상처 자국들을 보시오. 늑대에게 물린 자국이오. 저 아이는 정글에서 도망친 늑대 소년일 뿐이오."

어린 늑대들과 함께 놀다 보면 종종 뜻하지 않게 모글리를 세게 물 때가 있었다. 당연한 일이었다. 덕분에 모글리의 팔과 다리는 온통 하얀 흉터투성이었지만, 모글리는 결코 이런 걸 두고 물렸다고 할 수는 없었다. 늑대에게 진짜로 물린다는 게 어떤 것인지 잘 알고 있었기 때문이다.

몇 명의 아낙들이 입을 열었다.

"아이고, 저런! 늑대에게 물리다니 불쌍하기도 하지! 잘생긴 아이야. 눈이 붉은 불꽃같네. 메수아, 내가 보기에는 전에 호랑이에게 잡혀간 당신 아들과 비슷한 것 같아."

"어디 봐요."

손목과 발목에 묵직한 구리 팔찌와 발찌를 찬 여자가 다가왔다. 여자는 손바닥으로 모글리의 얼굴을 잡고 자세히 들여다보았다.

"정말 그렇군요. 마르기는 했지만 우리 아들을 빼닮았어요."

사제는 영리한 사람이었다. 그는 메수아의 남편이 마을에서 가장 부유하다는 사실을 잘 알고 있었다. 그래서 잠시 하늘을 올려다보다가 근엄하게 말했다.

"정글이 빼앗아 간 것을 다시 돌려주었구나. 자매여, 아이를 집으로 데려가시오. 그리고 잊지 말고 인간의 삶을 깊이 살피는 사제를 공경하고 보답하시오."

모글리가 속으로 중얼거렸다.

'내 목숨 값으로 치른 황소를 걸고 말하는데, 인간들이 이야기를 주고받는 모습이 늑대 무리에게 검사를 받는 것과 크게 다르지 않네. 그래, 내가 인간이라면 제대로 된 인간이 되어야겠지.'

메수아가 모글리를 자기 집으로 데려가자 모였던 사람들도 각자 흩어졌다. 메수아의 오두막집에는 빨갛게 옻칠을 한 침대와 독특한 무늬를 새긴 커다란 토기, 구리 냄비 여섯 개가 있었다. 한쪽에는 벽을 움푹 파서 만든 벽감이 있었고, 그 안에 힌두교의 신상이

놓여 있었다. 또 벽에는 시골 장터에서 파는 거울이 걸려 있었다.

메수아는 모글리에게 우유를 따라 주고 빵을 주었다. 그리고 모글리의 머리에 손을 얹고 눈을 들여다보았다. 그리고 어쩌면 호랑이가 정글로 물고 간 자기 아들이 진짜로 돌아온 것인지도 모른다는 생각에 아들의 이름을 불러보았다.

"나투. 오, 나투!"

하지만 모글리는 그 이름을 모르는 눈치였다.

"내가 새 신발을 사 줬던 날을 기억하니?"

메수아는 모글리의 발을 어루만졌다. 아이의 발이 사슴뿔처럼 단단했다. 메수아가 슬픈 목소리로 덧붙였다.

"아니야. 발을 보니 신발을 한 번도 신은 적이 없는 것 같구나. 하지만 넌 우리 나투와 꼭 닮았어. 그러니 이제 내 아들로 살아가렴."

한 번도 지붕 있는 집에서 살아 본 적이 없는 모글리는 이곳이 여간 어색한 게 아니었다. 하지만 지붕의 이엉을 보니 언제든 마음만 먹으면 뜯어내고 달아날 수 있을 것 같았고, 창문에도 잠금 장치가 없었다.

"인간들의 말을 이해하지 못한다면 사람이 된들 무슨 소용이겠어? 지금 나는 정글에 들어온 인간처럼 바보에다 벙어리야. 사람들의 말을 배워야겠어."

모글리가 늑대들과 함께 사는 동안 정글의 수사슴들이 싸움을 걸 때 내는 소리나 멧돼지가 꿀꿀거리는 소리를 흉내 내던 것이 그저 장난만은 아니었다. 그 덕에 모글리는 메수아가 단어를 말해 주는 족족 큰 어려움 없이 모두 따라했고, 날이 저물기도 전에 집 안에 있는 물건들의 이름을 대부분 알게 되었다.

하지만 잠자리에 들 무렵 곤란한 일이 생겼다. 집의 모양이 표범을 잡는 덫과 너무 비슷해서 도저히 이 오두막집에서는 자고 싶지가 않았던 것이다. 모글리는 오두막집의 문이 닫히자 창문으로 빠져나갔다.

메수아의 남편이 말했다.

"저 좋을 대로 하게 내버려 둬요. 이제껏 침대에서 한 번도 자 본 적이 없는 아이가 아니오. 정말로 저 아이가 우리 아들 대신 온 거라면 도망가지 않을 거요."

그렇게 해서 모글리는 들판 가장자리 길게 자란 깨끗한 풀밭 위에 몸을 뻗고 누웠다. 하지만 눈을 채 감기도 전에 보드라운 회색 코가 모글리의 턱을 쿡쿡 찔렀다.

어미 늑대의 새끼들 가운데 첫째인 '회색 형제'였다.

"이런! 30킬로미터나 너를 따라왔는데 그 수고에 대한 보답이 영 실망스럽군. 너한테서 벌써 사람에게 나는 장작불 냄새랑 가축 냄새가 진동해. 일어나라, 형제여. 소식을 가져왔어."

모글리가 회색 형제를 안으며 말했다.

"정글 식구들은 다 잘 있어?"

"붉은 꽃에 덴 늑대들만 빼고는 다들 잘 있지. 자, 잘 들어. 시어 칸이 아주 멀리 사냥을 떠났어. 털이 심하게 그슬려서 다시 자란 뒤에 돌아오겠다는군. 그리고 다시 돌아왔을 땐 네 뼈를 와인궁가 강에 가라앉히겠다고 맹세를 했어."

"그럼 그것까지 포함해서 두 가지 맹세가 있게 되는군. 나도 그에 대해 맹세한 게 있으니까 말이야. 어쨌든 새로운 소식을 들어서 반가워. 오늘 밤은 무척 피곤해. 새로운 일들이 너무 많았거든. 하지만 앞으로도 계속 소식을 전해 줘."

회색 형제가 걱정스럽게 말했다.

"네가 늑대라는 걸 잊지는 않겠지? 인간들 때문에 잊는 건 아니 겠지?"

"절대 그럴 일 없어. 내가 너와 우리 동굴 식구들 모두를 사랑한 다는 걸 늘 기억할 거야. 하지만 내가 무리에서 쫓겨났다는 것도 기 억할 거야."

"인간 무리에서도 쫓겨날 수 있다는 걸 잊지 마. 형제여, 인간은 인간일 뿐이야. 그들이 하는 말은 개구리들이 물속에서 뻐끔거리 는 소리나 다름없어. 다음에 여기 다시 오게 될 땐 목초지 끝에 있 는 대나무 숲에서 기다릴게."

그날 밤 이후 석 달 동안 모글리는 마을을 벗어날 수 없었다. 사 람들의 생활 방식과 관습을 배우느라 너무 바빴던 것이다. 먼저 모 글리는 몸에 옷을 걸쳐야 했는데 여간 거추장스러운 게 아니었다. 이어서 돈에 대해 배워야 했는데 아무리 생각해도 이해할 수가 없 었다. 밭을 가는 법도 배웠는데 도무지 이런 걸 왜 해야 하는지 이 유를 알 수가 없었다. 거기다 마을 아이들 때문에 몹시 화가 나기도 했다. 정글의 법칙을 배운 덕에 참을 수 있는 게 그나마 다행이었 다. 정글에서는 화를 억누를 수 있느냐에 따라 목숨과 먹이가 왔다 갔다 했던 것이다. 하지만 모글리가 놀이를 할 줄 모른다거나 연을 날릴 줄 모른다고, 혹은 어떤 단어를 제대로 발음하지 못한다고 놀 릴 때에는 도저히 참기가 어려웠다. 만약 털도 없는 어린 새끼들을 죽이면 안 된다는 정글의 법칙만 아니었다면 아이들을 붙잡아 두 동강으로 분지르고 말았을 것이다.

모글리는 자신이 가진 힘이 어느 정도인지 알지 못했다. 정글에서는 다른 동물들에 비해 오히려 약하다고 생각했었다. 하지만 마을 사람들은 모글리가 황소만큼이나 힘이 세다고 했다.

한 가지 더, 모글리는 사람들 사이에 차별을 두는 신분제도에 대해서도 전혀 아는 바가 없었다. 그래서 옹기장이의 당나귀가 진흙 구덩이에서 미끄러졌을 때 꼬리를 잡아 끄집어내 주고, 카니와라에서 열리는 시장에 싣고 갈 토기 쌓는 일을 도와주었다. 그 일은 마을 사람들에게 매우 충격적이었는데, 옹기장이는 매우 천한 신분의 사람이었고 당나귀는 그보다 더 천했던 것이다. 사제가 그 일로 모글리를 나무라자 모글리는 사제도 당나귀에 태워버리겠다고 위협했다. 사제는 메수아의 남편을 찾아가 모글리에게 가능한 한 빨리 일을 시키는 게 좋겠다고 조언했다. 그러자 마을 촌장이 바로 다음날부터 모글리에게 물소가 풀을 뜯는 동안 곁에서 지키는 일을 하라고 지시했다. 그 소식에 모글리는 뛸 듯이 기뻐했다.

그리고 그날 밤 어엿한 마을 일꾼으로 임명된 모글리는 매일 저녁마다 커다란 무화과나무 아래에 있는 석조 단상에서 열리는 모임에 나가게 되었다. 그것은 마을 친목회 같은 것으로 촌장과 방범대원, 이발사(마을에 떠도는 소문에 관해 모르는 게 없었다), 총을 가진 사냥꾼 볼데오가 모여서 담배를 피웠다. 머리 위 나뭇가지에는 원숭이들이 앉아 시끄럽게 굴었고 단상 아래에는 코브라가 사는 굴로 들어가는 구멍이 있었다. 마을 사람들은 코브라를 신성시해서 매일 밤 접시에 우유를 담아 그에게 바쳤다. 노인들은 나무 주위에 둘러앉아 밤이 깊도록 이야기를 나누며 커다란 후카(물담배)를 빨았다. 노인들은 신과 사람과 귀신이 등장하는 신기한 이야기를 들려주었다. 볼데오는 정글에 사는 짐승들의 이야기를 해주었 는데 단상 바깥에 앉아서 이야기를 듣던 아이들의 눈이 튀어나올 만큼 신기한 이야기들이었다. 정글이 마을 바로 코앞에 있다보니 이야기는 대부분 동물들에 관한 것이었다. 사슴과 멧돼지가 마을 농작물을 뿌리째 뽑아가고 이따금 해질녘에 호랑이가 마을 입구가 빤히 보이는 곳에서 사람을 잡아가기도 했다는 것이었다.

모글리가 그들이 나누는 이야기 속 동물들에 관해 잘 아는 것은 당연했다. 그래서 볼데오가 무릎 위에 소총을 올려놓고 이런저런 신기한 이야기를 한참 떠들어 대는 동안 터져나오려는 웃음을 참 으려고 얼굴을 가렸다. 하지만 어깨가 들썩이는 것까지는 어쩔 수 없었다.

볼데오는 메수아의 아들을 잡아간 호랑이가 귀신 들린 호랑이였 고, 몇 년 전에 죽은 못된 고리대금업자 노인의 혼이 씌운 거라며 얘기를 늘어놓았다.

"분명해. 틀림없다니까. 고리대금업자인 푸룬 다스가 다리를 절 었거든. 그 왜, 사람들이 참지 못하고 회계장부에 불을 지르고 그 작자를 흠씬 두드려 팼잖나. 그 이후로 다리를 절었지. 그런데 내가 말한 그 호랑이도 절름발이야. 녀석의 발자국이 고르지 않은 걸 보 면 알 수 있지."

노인들도 모두 고개를 끄덕이며 맞장구를 쳤다.

"맞아, 맞아. 그건 분명 사실이야."

모글리가 입을 열었다.

"거짓말. 전부 다 지어낸 거죠? 그 호랑이가 태어날 때부터 절름 발이인 건 누구나 다 아는걸요. 자칼만큼의 용기도 없는 호랑이한테 고리대금업자의 혼이 씌었다는 건 애들이나 할 만한 소리예요."

볼데오는 깜짝 놀라서 말을 잃었고, 촌장은 모글리를 빤히 쏘아 보았다. 볼데오가 다시 입을 열었다.

"오호라! 네가 그 정글에서 온 꼬마 녀석이로구나. 네가 그렇게 잘났으면, 그 호랑이 가죽을 카니와라에 가져가렴. 나라에서 그 호랑이에게 현상금을 걸었거든. 그놈을 잡아가면 100루피를 준다더라. 아니, 그보다 더 중요한 건 어른들이 말씀하실 때 아이는 끼어들지 않는 거야."

모글리가 자리에서 일어나 집으로 향하다가 뒤를 돌아보며 소리 쳤다.

"저녁 내내 여기 앉아서 아저씨가 하는 말을 들었는데, 정글에 대한 이야기 가운데 한두 가지 빼고는 전부 다 틀렸어요. 정글이 바로 코앞에 있는데도 제대로 아는 게 없다니. 그런데 어떻게 아저씨가 봤다는 귀신이나 신, 도깨비 이야기를 믿을 수 있어요?"

볼데오가 모글리의 버릇없는 말에 씩씩거리자 촌장이 나서서 상황을 정리했다.

"자, 이제 소를 몰고 나가야 할 시간이야."

대부분의 인도 마을에서는 사내아이 몇몇이 이른 아침에 소와 물소를 몰고 나가 풀을 뜯기고, 밤이 되면 다시 몰고 돌아왔다. 소 떼는 때로 백인 남성을 밟아 죽일 정도로 사납게 굴 때도 있지만, 정작 키가 제 코에도 채 못 미치는 작은 아이들이 저를 때리며 소리를 지르는 것은 그대로 내버려 두었다. 아이들은 소 떼와 있으면 무사했다. 호랑이라 해도 선뜻 소 떼를 공격할 수는 없었기 때문이었다. 하지만 때때로 꽃을 따거나 도마뱀을 잡느라 소 떼에서 떨어져 나왔다가 호랑이에게 물려 가는 일은 종종 있었다. 모글리는 새벽녘에 소들 중에 가장 덩치가 큰 '라마'의 등에 올라타고 마을 거리를 지났다. 길게 쭉 뻗은 뿔과 사나운 눈을 가진 회색 물소들이 외양간에서 나와 차례로 그 뒤를 따랐다. 모글리는 함께 다니는 아이들에게 자신이 우두머리라는 점을 분명히 해두었다. 모글리는 매끈한 대나무로 소들을 때리며 사내아이들 가운데 하나인 카미아에게 자신은 물소들을 몰고 갈 테니 아이들끼리 소들에게 풀을 먹이라고 말했다. 그리고 소 떼에서 멀리 떨어지지 않게 조심하라고 당부했다.

인도의 목초지에는 여기저기 바위와 관목, 풀숲과 조그만 골짜기가 많아서 소 떼가 흩어져 사라지곤 했다. 물소들은 대개 물웅덩이나 따뜻한 진흙 속에서 몇 시간씩 뒹굴거나 햇볕을 쬐었다. 모글리는 소들을 몰고 정글에서 시작되는 와인궁가 강이 흐르는 들판 언저리로 향했다. 그러고는 라마의 등에서 내린 다음 재빨리 대나무 숲으로 가 회색 형제를 만났다.

회색 형제가 말했다.

"아, 벌써 며칠째 여기서 너를 기다렸어. 그런데 소를 몰다니 어떻게 된 거야?"

"시킨 일이야. 한동안 마을 목동 노릇을 해야 해. 시어칸에 관해 새로운 소식은 없어?"

"이곳을 돌아와서 오랫동안 널 기다렸지. 사냥감이 없어서 다시 떠나기는 했지만 말이야. 하지만 널 죽일 작정인 건 분명해."

"알겠어. 시어칸이 없는 동안에는 너나 다른 형제들 중 하나가 저 바위에 앉아 있도록 해줘. 내가 마을에서 나오면 확인할 수 있도록 말이야. 그리고 녀석이 돌아오면 들판 한가운데 있는 티크나무 옆 골짜기에서 날 기다려. 굳이 내 발로 시어칸의 입속으로 걸어 들어갈 필요는 없잖아."

회색 형제와 만나고 난 뒤 모글리는 그늘 진 곳에 누워 소들이 주위에서 풀을 뜯는 동안 잠을 잤다. 인도에서 소떼를 모는 일은 세상에서 가장 여유로운 일 가운데 하나다. 소들은 돌아다니며 풀을 뜯고 누워 있다가 움직이거나 할 뿐 소리 내어 우는 법도 없었다. 그저 낮게 신음소리를 내는 정도였는데, 물소들은 그런 소리마저도 거의 내는 법이 없었다. 한 마리씩 차례로 진흙탕에 들어가서 몸을 담그고 물 위로 코와 밝은 녹청색 눈만 내놓은 채 통나무처럼 꼼짝 않고 가만히 있었다. 뜨거운 햇볕에 피어오른 아지랑이 때문에 바위들이 어른어른거렸다. 소 모는 아이들은 솔개 한 마리가 (언제든 한 마리만 보였다) 머리 위 까마득히 높은 곳에서 우는 소리를 들었다. 아이들은 자신들이나 소가 죽을라치면 그 솔개가 쏜살같이 날아올 것을 알고 있었다. 그리고 몇 킬로미터 떨어진 곳에서 이 모습을 본 다른 솔개가 따라 내려오고 뒤를 이어 한두 마리씩 내려오다가 쓰러진 먹잇감의 숨이 다 끊어지기도 전에 수십 마리의 굶주린 솔개들이 나타나리란 걸 잘 알았다.

아이들은 자고 깨고를 반복했다. 그리고 마른 풀로 조그만 바구니를 엮어서 그 안에 메뚜기를 잡아넣기도 하고 사마귀 두 마리를 잡아 싸움을 시키기도 했다. 아니면 정글에서 자라는 빨갛고 검은 열매로 목걸이를 만들기도 하고, 바위 위에서 햇볕을 쬐는 도마뱀이나 진흙탕 근처에서 개구리를 사냥하는 뱀을 구경했다. 그러다가 길게 이어지는 노래를 부르곤 했는데, 끝날 무렵에는 원주민 특유의 떨림이 붙는 길고 긴 노래였다. 이렇게 다양한 놀거리가 있었 지만, 아이들은 하루가 보통 사람들의 평생보다 더 긴 것처럼 느껴 졌다. 심심해진 아이들은 진흙으로 성을 짓고 사람과 말과 물소 모 양을 만들며 놀았다. 진흙 인형들의 손에 갈대를 끼워 넣고는 마치 왕이 된 자신의 군대인양 상상하거나 혹은 자신이 신이 되어 경배 를 받는다고 상상하는 것이었다. 그러다 저녁이 되어 아이들이 소 리쳐 물소들을 부르면 소들은 요란한 소리를 연달아 내지르며 질 척질척한 진흙탕 밖으로 느릿느릿 걸어나왔다. 그러고는 다함께 긴 행렬을 이루며 잿빛 들판을 지나 불빛이 반짝이는 마을로 돌아 왔다.

모글리는 날마다 물소들을 이끌고 진흙탕으로 데려갔다. 그리고 매일 들판 너머 2킬로미터쯤 떨어진 곳에 앉은 회색 형제의 등을 보고 아직 시어칸이 돌아오지 않았음을 확인했다. 모글리는 날마 다 풀밭에 누워 주변에서 들려오는 소리에 귀를 기울이며 정글에 서 보낸 지난날을 생각했다. 만약 시어칸이 와인궁가 강 옆의 정글 에 절름거리는 발걸음으로 돌아왔다면 모글리가 그 소리를 들었을 것이다. 그 정도로 조용하고 긴 아침이었다.

마침내 신호를 보내는 장소에 회색 형제의 모습이 보이지 않는 날이 찾아왔다. 모글리는 웃으며 물소들을 이끌고 티크나무 옆 골 짜기로 향했다. 골짜기는 온통 금빛이 도는 붉은 꽃들로 뒤덮여 있 었다. 그곳에 회색 형제가 등에 난 털을 바짝 세우고 앉아 있었다. 회색 형제가 숨을 헐떡이며 말했다.

"시어칸은 네가 방심하게 하려고 한 달 동안 숨어 있었어. 어젯 밤에 타바키와 함께 네 흔적을 쫓아 산을 넘어왔어."

모글리가 얼굴을 찡그렸다.

"시어칸은 두렵지 않아. 하지만 타바키는 아주 교활해."

회색 형제가 살짝 입술을 핥으며 말했다.

"무서워할 것 없어. 내가 새벽에 타바키를 만났어. 지금쯤은 자신이 알고 있는 걸 모조리 솔개들에게 떠벌리고 있겠지. 녀석의 등을 분질러버리겠다고 으름장을 놓았더니 나한테 다 털어놓더군. 시어칸은 오늘 저녁에 마을 입구에서 널 기다릴 계획이야. 다른 누구도 아닌 너만 노리고 있어. 지금은 와인궁가의 크고 마른 골짜기에 숨어 있어."

"녀석이 오늘 뭘 좀 먹었나? 아니면 굶고 사냥을 하는 거야?"

모글리가 물었다. 이 질문의 대답이야말로 모글리의 생과 사를 가늠하는 중요한 것이었다.

"새벽에 돼지 한 마리를 잡아먹고 물도 마셨어. 설령 복수를 앞두고 있다 해도 절대 굶지 못하는 멍청이지."

"그런 멍청이를 봤나! 정말 어리석기 그지없어. 먹이를 먹고 물까지 마시다니. 그러고선 잠을 잘 셈인가? 자기가 자고 일어나는 동안 나는 멍청하게 죽을 날을 기다리고 있을 거라고 생각하는 건가? 지금 어디에 있다고? 우리 편이 열 마리만 돼도 누워 있는 녀석을 끌어낼 수 있을 텐데. 이 물소들은 녀석의 냄새를 맡기 전에는 먼저 공격하지 않을 거야. 그리고 나도 물소들 말은 할 줄 모르고. 우리가 시어칸 뒤를 바짝 좇아서 물소들이 녀석의 냄새를 맡게 할 수 있을까?"

"힘들 거야. 녀석이 자기 흔적을 없애려고 와인궁가 강을 따라 멀리 헤엄쳤어."

"분명 타바키가 그러라고 말해줬을 거야. 절대 시어칸 혼자서 그런 꾀를 냈을 리는 없어."

모글리는 손가락을 입에 물고 잠시 생각에 잠겼다.

"와인궁가의 큰 골짜기에 있단 말이지. 여기서 800미터쯤 가면 그 골짜기에서 들판으로 이어지는 곳이 있어. 소들을 몰고 정글을 돌아서 그 골짜기 위쪽으로 올라갈게. 그 다음 놈을 덮치는 거야. 하지만 놈이 골짜기 아래로 도망칠 수 있으니 그쪽도 막아야 돼. 회색 형제, 소 떼를 둘로 나누어 줄 수 있어?"

"나 혼자서는 못할 거야. 하지만 우리를 도와줄 현명한 자를 데려왔지."

회색 형제가 빠른 걸음으로 달려가더니 구덩이 속으로 쑥 들어갔다. 이윽고 구덩이에서 모글리도 잘 아는 커다란 회색 머리가 나타났다. 그리고 온 정글에서 가장 두려운 울음소리가 무더운 공기를 가득 채웠다. 바로 한낮에 사냥을 나온 늑대의 울음소리였다.

"아켈라! 아켈라!"

모글리가 손뼉을 치며 반가움에 소리를 쳤다.

"날 잊지 않았군요! 그럴 줄 알았어요. 우린 지금 큰일을 앞두고 있어요. 아켈라, 소 떼를 둘로 갈라 주세요. 암소와 송아지들을 한데 모으고, 황소와 쟁기를 끄는 물소를 따로 모아서 양쪽으로 나눌 생각이에요."

두 늑대가 뛰어가서 소떼 사이로 들어가 들어갔다 나왔다 반복하며 내달렸다. 소들은 콧김을 내뿜고 고개를 치켜들며 우왕좌왕하더니 결국 두 무리로 갈라졌다. 한 무리에서는 암소들이 송아지들을 한복판에 모아놓고 늑대들을 사납게 노려보며 거칠게 앞발을

굴렀다. 늑대가 잠시 멈추기라도 하면 당장 달려들어 밟아 죽일 기
세였다. 다른 무리에서는 젊은 황소들이 콧김을 내뿜으며 연신 발
을 구르고 있었다. 겉으로는 암소들보다 더 위압적으로 보였지만,
사실 수컷에게는 보호할 송아지가 없기 때문에 오히려 이들이 덜
위험했다. 남자 여섯이 달려들어도 이렇게 깔끔하게 소 떼를 나누
지는 못했을 것이다.

아켈라가 숨을 헐떡였다.

"자, 이제 어떻게 할까? 소들이 다시 모이려고 하는데."

모글리가 라마의 등에 훌쩍 올라탔다.

"아켈라, 황소들을 왼쪽으로 몰고 가요. 회색 형제, 우리가 가고
나면 암소들을 모아서 골짜기 아래로 몰고 와줘."

회색 형제 역시 숨을 헐떡이며 외쳤다.

"어디까지?"

모글리가 소리쳤다.

"시어칸이 뛰어넘을 수 없는 곳으로 가 줘. 우리가 내려갈 때까
지 거기서 암소들을 데리고 있어."

아켈라가 울부짖자 황소들이 물밀듯이 움직였다. 회색 형제는
암소들 앞을 가로막고 섰다. 암소들이 달려들자 회색 형제는 소들
바로 앞에서 달리며 골짜기 아래쪽으로 달려갔고, 그 사이 아켈라
는 황소들을 멀리 왼쪽으로 몰고 갔다.

모글리가 소리쳤다.

"좋아요! 한 번 더 공격하면 제대로 움직이겠어요. 조심해요, 아
켈라, 조심해요. 너무 세게 물면 소들이 공격할지도 몰라요. 이랴!
이건 영양을 모는 것보다 더 엄청난 일인데요? 이 물소들이 이렇게

재빨리 움직일 거라고 누가 생각이나 했을까요?"

아켈라가 먼지 속에서 헐떡이며 말했다.

"나도 한창때는 이 녀석들을 사냥곤 했었지. 자, 물소들을 정글로 몰고 갈까?"

"그렇게 해요. 정글로 몰아요! 지금 정글 쪽으로 소들을 몰아요. 라마는 지금 엄청나게 화가 나 있어요. 아, 이 녀석에게 지금 내가 원하는 걸 설명해줄 수 있으면 얼마나 좋을까!"

이번에는 황소들이 오른쪽으로 방향을 틀어서 관목을 향해 그대로 돌진했다. 몇 백 미터쯤 떨어진 곳에서 소 떼를 돌보며 이 모습을 지켜보던 아이들은 깜짝 놀랐다. 그리고 마을을 향해 전속력으로 달려가며 물소들이 미쳐서 날뛴다고 소리를 질렀다.

모글리의 계획은 아주 간단했다. 커다랗게 원을 그리며 오르막길을 따라 골짜기 꼭대기에 오른 다음 소들을 데리고 골짜기를 내려와 시어칸을 황소 떼와 암소 떼 사이에 가두는 게 전부였다. 먹이를 먹고 물을 실컷 마신 시어칸이 싸우거나 골짜기 양옆으로 기어오를 수 있는 상태가 아님을 알았기 때문이다. 모글리는 이제 소리를 내어 물소들을 진정시켰고 아켈라는 뒤로 멀찌감치 떨어진 채 몇 차례 컹컹거리며 뒤처진 소들을 재촉했다. 물소 떼는 아주 커다란 원을 그렸다. 골짜기에 너무 가까이 다가가서 시어칸이 눈치 채게 만들고 싶지는 않았기 때문이었다. 마침내 모글리는 우왕좌왕하는 소 떼를 골짜기 꼭대기의 풀밭에 모았다. 그곳에서부터 골짜기 끝까지 비탈길이 이어져 있었다. 그 위에서 아래를 내려다보면 나무들 너머로 아래쪽에 들판이 펼쳐져 있었다. 하지만 모글리가 바라본 것은 골짜기 양옆이었다. 모글리는 골짜기 양옆이 거의 수

직으로 곧게 뻗은 데다 그 위를 덩굴이 뒤덮고 있어서 호랑이가 나가고 싶어도 발 디딜 곳이 없다는 점을 확인했다.

만족스러워진 모글리가 손을 치켜들며 말했다.

"소들이 한숨 돌리게 해줘요, 아켈라. 아직 시어칸의 냄새는 못 맡은 것 같으니까요. 숨 좀 돌리게 두죠. 난 시어칸에게 누가 왔는지 알려줘야겠어요. 녀석은 이제 독 안에 든 쥐에요."

모글리는 두 손을 입에 모으고 골짜기 아래를 향해 소리쳤다. 마치 동굴에 대고 소리를 지르는 것처럼 소리가 바위마다 부딪히며 퍼져나갔다.

한참 뒤에 막 잠에서 깨어난 호랑이가 나른하고 졸린 목소리로 으르렁거리는 소리가 들려왔다.

"누가 날 부르는 거냐?"

시어칸이 외치자 화려한 공작새가 날카롭게 소리를 지르며 골짜기 밖으로 날아올랐다.

"나, 모글리다. 이 소 도둑놈아. 이제 회의 바위로 갈 시간이다! 아켈라, 어서 소들을 몰고 내려가요! 가자, 라마, 저쪽이야!"

소들은 가파른 비탈길 가장자리에 서서 잠시 멈칫했다. 하지만 아켈라가 사냥할 때처럼 큰 소리로 울어대자 결국 계곡 아래로 달려가기 시작했다. 급류를 타듯 소들이 빠르게 비탈을 달려내려갔고, 그 힘을 견디지 못해 사방으로 모래와 돌멩이가 튀어 올랐다.

일단 소들이 달리기 시작하자 누구도 그들을 멈출 수 없었다. 그리고 소들이 골짜기 바닥에 완전히 내려서기도 전에 라마가 시어칸의 냄새를 맡고 우렁찬 소리로 울부짖었다.

라마의 등에 타고 있던 모글리가 크게 외쳤다.

"하하! 너도 이제 내 계획을 알았구나!"

시커먼 뿔을 단 소들이 입에 거품을 물고 두 눈을 부릅뜬 채 홍수 때 바위 덩어리들이 굴러 떨어지듯 골짜기로 마구 쏟아져 내려왔다. 그 중 약한 물소들은 골짜기 가장자리로 밀려나 덩굴식물들을 헤치고 나아가야 했다. 소들은 자신들의 앞에 기다리고 있는 게 무엇인지 잘 알고 있었다. 어떤 호랑이도 물소 떼의 무시무시한 공격에 맞설 수는 없었다.

시어칸은 우르르 몰려오는 소들의 육중한 발소리를 듣고 무거운 몸을 일으켰다. 그리고 골짜기를 내려가며 도망갈 길을 찾아 주위를 두리번거렸다. 하지만 골짜기 양쪽 비탈은 올라가기에는 너무 가팔랐고, 가뜩이나 잔뜩 먹고 마신 탓에 몸도 무거웠다. 시어칸은 어떻게든 싸움을 피할 수 있기를 바라며 계속 앞으로 나아갔다. 물소 떼는 좁은 골짜기가 울리도록 큰 소리로 울부짖으며 시어칸이 방금 떠난 물웅덩이로 첨벙첨벙 뛰어들었다. 골짜기 아래쪽에서 그 소리에 화답하듯 울부짖는 소리가 들려왔다. 시어칸이 몸을 돌려 방향을 틀었다. 시어칸은 최악의 경우 새끼들을 거느린 암소보다는 차라리 황소들을 상대하는 편이 낫다는 것을 알고 있었다.

다음 순간 라마가 뭔가 푹신한 것을 밟고는 발을 헛디뎌 휘청거리더니 다시 앞으로 내달렸다. 그 뒤를 황소들이 따르며 그대로 암소 떼와 충돌했다. 약한 물소들은 그 충격으로 벌렁 나가떨어지기도 했다. 서로 뿔로 들이받고 발을 구르고 씩씩거리며 두 무리가 엉켜 들판으로 밀려 나왔다. 상황을 지켜보던 모글리는 라마의 등에서 내려와 대나무 막대기를 사방으로 마구 휘둘렀다.

"빨리요, 아켈라! 소들을 떼어 놔요. 흩어 놓지 않으면 서로 싸우겠어요. 아켈라, 소들을 몰고 가요. 자, 라마! 워워! 얘들아, 진정해.
그만! 이제 다 끝났어!"

아켈라와 회색 형제는 이리저리 뛰어다니며 물소들의 다리를 살
짝살짝 깨물었다. 그리고 모글리가 라마를 돌려세우자 다른 물소
들도 그 뒤를 좇아 진흙 웅덩이로 내려왔다.

더 이상 시어칸을 밟을 필요도 없었다. 이미 숨이 끊어졌고, 벌써
솔개들이 몰려들고 있었다.

"그야말로 개죽음이군요."

모글리는 사람들과 살게 되면서 항상 목에 두르고 다녔던 칼을
칼집에서 꺼냈다.

"애초에 제대로 맞서 싸우지도 못했을 놈이지만요. 녀석의 가죽
을 회의 바위에 널어놓으면 잘 어울리겠어요. 서둘러야겠군."

사람들 사이에서 자란 사내아이라면 혼자서 3미터나 되는 호랑
이 가죽을 벗길 생각은 꿈도 꾸지 못했을 것이다. 하지만 모글리는
동물의 가죽이 어떻게 붙어 있고 어떻게 벗길 수 있는지 잘 알았다.
그래도 힘든 일이기는 했다. 모글리는 한 시간 동안 낑낑거리며 가
죽을 자르고 해체했다. 늑대들은 혀를 늘어뜨리고 있다가 다가와
서 모글리가 시키는 대로 가죽을 끌어당겼다.

잠시 후 누군가 모글리의 어깨에 손을 얹었다. 고개를 들어 보니
볼데오가 소총을 든 채 서 있었다. 물소들이 우르르 달아난 일을 아
이들이 마을에 알렸고 화가 머리끝가지 난 볼데오가 소 떼를 잘 돌
보지 못한 모글리를 혼내려고 단단히 벼르고 온 것이었다. 늑대들
은 사람이 다가오는 것을 보자마자 재빨리 숨어 버렸다.

볼데오가 화가 나서 소리쳤다.

"이게 무슨 바보 같은 짓이냐? 너 따위가 호랑이 가죽을 벗길 수 있다고 생각하다니! 물소들이 어디서 호랑이를 죽인 거냐? 게다가 이건 그 다리를 저는 호랑이로구나. 녀석의 목에 100루피 현상금이 걸려 있는데. 자, 자, 소들이 달아나게 놔둔 일은 눈감아 주도록 하마. 그리고 호랑이 가죽을 카니와라에 가져가서 현상금을 받으면 그 가운데 1루피를 네게 주마."

볼데오는 허리춤에 두른 천을 뒤져 부싯돌과 부시를 찾았다. 그리고 시어칸의 수염을 불에 그슬리려고 허리를 굽혔다. 대부분의 인도 사냥꾼들은 호랑이의 혼이 자신에게 씌는 것을 막기 위해 호랑이의 수염을 태웠다.

모글리가 앞발 가죽을 벗겨 내며 혼잣말을 하듯 중얼거렸다.

"흥! 그러니까 당신이 이 가죽을 카니와라에 가져가서 현상금을 받겠다는 거지? 나한테는 고작 1루피를 주고 말이지? 하지만 이 호랑이 가죽은 내가 쓸 데가 있거든요. 이봐요! 그 불 좀 치워요!"

"마을 최고의 사냥꾼에게 그게 무슨 말버릇이야? 이 호랑이를 죽이 수 있었던 건 어리석은 물소들이 도와주고 그저 운이 좋아서야. 호랑이가 배불리 먹었으니까 망정이지. 그렇지 않았다면 벌써 30킬로미터는 달아났을 거다. 이 거지 녀석아. 넌 가죽도 제대로 벗기지 못하잖아. 그런 주제에 감히 이 볼데오에게 호랑이 수염을 태우지 말라는 말을 지껄이다니. 모글리, 너한테는 현상금에서 한 푼도 떼어주지 않을 테다. 대신 흠씬 두들겨 주마. 호랑이에 더 이상 손대지 마!"

이제 어깨 가죽을 벗기기 시작한 모글리가 말했다.

"내 목숨 값을 한 황소를 걸고 말하는데, 내가 왜 이 늙은 원숭이

하고 쓸데없는 소리를 하느라고 시간을 낭비해야 하는 거야? 자, 아켈라. 이 늙은이가 나를 귀찮게 구네요."

여전히 시어칸의 머리를 굽어보고 있던 볼데오는 어느새 풀밭에 대자로 뻗어 있었고 회색 늑대 한 마리가 그를 밟고 서 있었다. 모글리는 온 인도에 자기 혼자밖에 없는 것처럼 계속해서 가죽을 벗기고 있었다.

모글리가 목소리를 낮춰 말했다.

"그래요, 당신 말이 다 맞아요, 볼데오. 당신은 나에게 현상금을 한 푼도 주지 못할 거야. 이 절름발이 호랑이와 나는 오래도록 싸움을 해왔거든. 아주 오래된 악연이죠. 결국 내가 이겼고 말이지."

볼데오의 입장에서 말하자면 그가 10년만 젊었어도 언젠가 숲에서 마주친 적이 있는 아켈라와 한 번 붙어보았을 것이다. 하지만 사람을 잡아먹는 호랑이와 싸워 이긴 소년의 명령을 따르는 늑대라니, 결코 평범한 동물은 아닌 듯했다. 볼데오는 모글리가 사악한 마법을 부리고 있다고 생각하며 목에 건 부적이 자신을 보호해줄 수 있을지 염려했다. 볼데오는 금방이라도 모글리가 호랑이로 변하지 않을까 두려워하며 얌전히 누워 있었다.

마침내 볼데오가 쉰 목소리로 속삭였다.

"마하라자! 위대한 왕이시여!"

모글리는 고개를 돌리지도 않고 피식 웃음을 터뜨리며 말했다.

"암요, 그렇고 말고요."

"저는 어리석은 늙은이입니다. 이 늙은이가 당신이 그저 단순히 소 치는 아이가 아니란 걸 미처 알지 못했습니다. 이제 그만 일어나서 마을로 돌아가도 될까요? 아니면 당신의 종복을 시켜 저를 갈기

갈기 찢을 건가요?"

"가, 그냥 보내주지. 하지만 다음에는 내 사냥감에 절대 손대지 마. 아켈라, 놓아줘요."

볼데오는 절뚝거리며 있는 힘껏 마을로 도망쳤다. 도망치면서도 모글리가 뭔가 무시무시한 것으로 변하지 않을까 싶어 계속 뒤를 돌아보았다. 마을에 도착한 볼데오는 마법이니 마술이니 주술이니 하는 얘기들을 늘어놓았고 그 말을 들은 사제는 심각한 얼굴이 되었다.

모글리는 하던 일을 계속했다. 마침내 땅거미가 질 무렵에야 모글리와 늑대들은 커다랗고 화려한 가죽을 다 벗겨낼 수 있었다.

"이제 이 가죽을 숨기고 물소 떼를 데리고 마을로 돌아가야 해! 아켈라, 소들을 모는 일을 좀 도와줘요!"

안개가 자욱하게 낀 해질녘, 모글리와 늑대들이 소들을 모아 마을 가까이 갔을 때 입구에서 불빛들이 빛나고 있었다. 그리고 소라 고둥 소리와 종소리가 시끄럽게 들려왔다. 마을 사람들 가운데 절반은 입구에서 모글리를 기다리고 있는 것 같았다.

'내가 시어칸을 잡았기 때문일 거야.'

하지만 모글리의 생각은 착각이었다. 갑작스레 돌멩이들이 날아와 귓전을 스치고 지나간 것이다. 흥분한 마을 사람들이 모글리를 향해 소리쳤다.

"마법사! 늑대 새끼! 정글의 악마! 썩 꺼져! 당장 꺼지지 않으면 사제가 널 다시 늑대로 만들어 버릴 거야. 쏴요, 볼데오, 어서!"

볼데오의 구식 소총이 탕 소리를 내며 불을 뿜는 순간 어린 물소 한 마리가 고통으로 울부짖었다. 마을 사람들이 소리쳤다.

"저것도 마법이야! 저 아이는 총알도 피할 수 있는 거야. 볼데오, 쓰러진 소는 바로 당신의 소예요."

더 많은 돌멩이들이 자신을 향해 날아오자 모글리가 당황한 기색으로 말했다.

"도대체 이게 무슨 일이지?"

아켈라가 침착하게 말했다.

"네 동족인 인간들도 늑대 무리와 크게 다르지 않구나. 총알을 쏘다니, 그건 사람들이 널 내쫓겠다는 뜻이로구나."

사제가 신성시하는 툴시 나무의 잔가지를 흔들며 소리쳤다.

"늑대! 늑대 새끼! 썩 꺼져라!"

"또? 지난번에는 인간이라는 이유로 쫓겨났는데, 이번에는 늑대라고 쫓겨나는군요. 아켈라, 가요."

그때 한 여자가 사람들을 헤치며 소리쳤다. 메수아였다.

"아, 내 아들아! 사람들은 네가 마음대로 짐승으로 변할 수 있는 마법사라고 말하더구나. 하지만 나는 그 말을 믿지 않는다. 그렇지만 여길 떠나렴. 안 그러면 사람들이 널 죽일 거야. 볼데오는 네가 마법사라고 했지만, 난 알고 있어, 너는 죽은 나투의 복수를 했을 뿐이야."

마을 사람들이 소리쳤다.

"돌아와요, 메수아! 어서 돌아와. 안 그러면 당신도 돌을 맞을 거에요."

모글리가 입매를 일그러뜨리며 미소를 지었다. 돌멩이 하나가 입가에 맞았던 것이다.

"어서 돌아가요, 메수아. 이것도 저 사람들이 해질 무렵 커다란 나무 밑에 모여서 떠드는 헛소리랑 마찬가지예요. 어쨌든 당신 아들을 빼앗아간 복수는 했어요. 잘 있어요. 어서 돌아가요. 마을 사람들이 다시 돌을 던지기 전에 얼른 소 떼를 돌려보낼 거니까요. 하지만 난 마법사가 아니에요. 메수아, 잘 있어요!"

모글리가 소리쳤다.

"아켈라, 한 번만 더 소들을 몰아주세요."

물소들은 이미 자신들의 보금자리로 돌아가고 싶어 안달이 난 상태였으므로 아켈라가 짖을 필요도 없었다. 물소들은 그대로 마을로 돌진했고, 놀란 사람들이 사방으로 황급히 흩어졌다.

모글리가 경멸하는 듯한 말투로 소리쳤다.

"잘 세어 봐! 내가 한 마리 훔쳤을지도 모르잖아? 똑똑히 세어보라고. 난 더 이상 당신들 소를 몰지 않을 거야. 잘 지내라, 사람의 아이들아. 내가 늑대들을 몰고 와서 당신들을 사냥하지 않는 건 다 메수아와 그 아이들 덕분인 줄 알라고."

모글리는 그대로 몸을 돌려 고독한 늑대 아켈라와 함께 걸어갔다. 고개를 들어 하늘의 별들을 바라보자 행복한 기분이 들었다.

"아켈라, 더 이상 덫처럼 생긴 곳에서 잠을 자지는 않을 거예요. 빨리 시어칸의 가죽을 가지고 정글로 돌아가요. 마을 사람들을 해칠 생각은 없어요. 메수아는 나한테 아주 친절했거든요."

들판 위로 달이 떠오르자 사방이 온통 뿌옇게 보였다. 겁에 질린 마을 사람들은 모글리가 사라져 가는 모습을 가만히 지켜보았다. 늑대 두 마리를 거느리고 머리에 꾸러미를 인 소년의 모습이 빠르게 사라졌다. 삽시간에 수십 킬로미터를 집어삼키는 불길처럼 한결같이 빠른 늑대의 걸음걸이였다. 마을 사람들은 그 어느 때보다 요란하게 사원의 종을 치고 소라고둥을 불어 댔다. 메수아는 울음을 그치지 못하고 흐느꼈다. 볼데오는 자신이 정글에서 겪은 모험담을 잔뜩 부풀려서 떠들어 댔다. 급기야 아켈라가 뒷발로 서서 사람처럼 이야기하더라는 얘기까지 등장했다.

모글리와 두 마리 늑대가 회의 바위가 있는 언덕에 도착했을 때는 달이 막 질 무렵이었다. 그들은 어미 늑대의 동굴 앞에서 걸음을 멈추었다.

모글리가 소리쳤다.

"엄마, 인간들이 나를 자신들의 무리에서 쫓아냈어요. 그래도 내가 한 맹세를 지키기 위해 약속대로 시어칸의 가죽을 가져왔어요."

어미 늑대가 뒤에 새끼들을 거느리고 근엄하게 동굴에서 걸어나왔다. 가죽을 본 어미 늑대의 눈이 반짝 빛났다.

"작은 개구리야. 시어칸이 널 죽이겠다고 이 동굴에 머리와 어깨를 들이밀었던 그날 내가 말했었지. 사냥하려던 먹잇감에게 반대로 사냥을 당할 날이 올 거라고 말이다. 잘했다."

덤불 속에서 굵은 목소리가 들려왔다.

"꼬마 형제여, 잘했다. 네가 없으니 정글이 쓸쓸하더구나."

바기라가 맨발로 서 있는 모글리에게 달려왔다. 일행은 함께 회의 바위로 향했다. 모글리는 회의 때마다 아켈라가 앉던 평평한 바위 위에 시어칸의 가죽을 펼쳐 놓았다. 그리고 대나무 조각 네 개로 가죽을 단단히 고정시켰다. 아켈라가 그 위에 엎드려 예전처럼 큰 소리로 회의를 소집했다.

"보아라, 잘 보아라, 늑대들이여!"

모글리가 처음 이곳에 왔던 날에 외쳤던 소리처럼 여전히 아켈라의 목소리는 우렁찼다.

아켈라가 우두머리에서 물러난 뒤로 늑대 무리는 새로운 우두머리 없이 제멋대로 사냥을 하고 싸움을 벌였다. 하지만 늑대들은 습관적으로 아켈라의 부름에 응했다. 그 중에는 함정에 빠져서 절름발이가 된 늑대와 총에 맞아 절뚝거리는 늑대도 있었다. 상한 먹이를 먹고 독이 오른 늑대들도 있었다. 그리고 많은 수가 사라졌다. 어쨌든 남아 있는 늑대들은 모두 아켈라의 말에 따라 회의 바위로 모여들었고, 시어칸의 줄무늬 가죽이 바위 위에 펼쳐져 있는 것을 발견했다. 껍데기만 남아 축 늘어진 채 덜렁거리는 발끝에 커다란 발톱이 달려 있었다.

바로 그때 모글리가 아무 운율 없는 노래를 만들어 부르기 시작했다. 마치 목구멍에서 저절로 소리가 흘러나오는 듯했다. 모글리는 펼쳐진 시어칸의 가죽 위에서 펄쩍펄쩍 뛰기도 하고 숨이 턱까지 차도록 발장단을 맞추면서 소리 높여 노래를 불렀다. 회색 형제와 아켈라가 모글리의 노래 중간중간에 길게 울부짖었다.

"잘 보아라, 늑대들이여. 내가 약속을 지키지 않았나?"

노래를 끝낸 모글리가 묻자 늑대들이 그렇다는 뜻으로 한 소리로 울부짖었다. 그때 온몸이 찢겨져 만신창이가 된 늑대가 외쳤다.

"아켈라, 우두머리가 되어 다시 우리를 이끌어 주시오. 오, 인간의 새끼여, 우리를 다시 이끌어 주시오. 우리는 더 이상 이런 무법 상태로 지내고 싶지 않소. 지긋지긋하오. 우리는 다시 한 번 자유로운 종족이 되고 싶소."

그러자 바기라가 그르렁거리는 소리로 말했다.

"아니, 그럴 수 없어. 너희는 배가 부르면 다시 이성을 잃어버리고 말 거야. 대가 없이 거저 자유로운 종족이 될 수는 없어. 자유를 위해 싸워라. 그것이 너희가 할 일이다. 늑대들이여, 자유를 위해 싸워라."

모글리가 다시 입을 열었다.

"인간의 무리도, 늑대 무리도 모두 날 내쫓았어. 나는 이제 정글에서 혼자 사냥할 거야."

네 마리 늑대 형제들이 말했다.

"우리가 너와 함께 사냥하겠다."

그날 이후 모글리는 자신의 네 형제들과 함께 다니며 정글에서 사냥을 했다. 하지만 모글리가 항상 외로웠던 것은 아니다. 몇 년이 지난 뒤 모글리도 성인이 되었고, 결혼도 했던 것이다.

하지만 그것은 어른들의 이야기이다.

모글리의 노래

회의 바위에 펼쳐둔 시어칸의 가죽 위에서 춤추며 부른 노래

나, 모글리가 노래하네, 온 정글은 내가 한 일을 들어라.
시어칸이 나를 죽이겠다고 했지, 나를 죽이겠다고 했어!
해질 무렵 마을 입구에서 개구리 모글리를 죽이겠다고 했어!
시어칸은 사냥감을 먹고 물을 마셨지. 실컷 마셔라, 시어칸.
이제 다시는 마실 수 없을 테니, 푹 자며 사냥하는 꿈이나 꿔라.
나는 홀로 소들이 풀을 뜯는 들판에 서 있네.
회색 형제여, 이리 오라. 고독한 늑대여, 이리 오라.
곧 엄청난 사냥이 시작될 테니까!
내가 이끄는 대로 거대한 물소들, 성난 눈을 한 푸른 황소 떼를 몰아라.
시어칸, 아직도 잠에 빠져 있는가? 일어나라, 일어나!
여기 내가 왔다, 황소들을 이끌고 왔다.
물소들의 왕, 라마가 발을 쿵쿵 구르네.
와인궁가 강이여, 시어칸은 어디로 갔느냐?
시어칸은 구덩이를 파는 이키도 아니고,
공작새 마오도, 나뭇가지에 매달린 박쥐 망도 아니지.
바스락거리는 대나무들아, 시어칸이 도망간 곳을 알려주렴.
오, 저기 라마의 발밑에 절름발이 호랑이가 누워 있구나.
일어나라, 시어칸! 일어나서 죽여봐!
여기 먹이가 있다. 황소의 목을 부러뜨려라!
쉿! 시어칸이 잠들었다. 깨우지 말아야지.
그를 보러 솔개들이 내려오고, 개미들이 올라왔네.
시어칸을 기리기 위해 모두 모였네.
이런! 내 몸을 가릴 옷이 없구나.
솔개들이 내가 벌거벗은 걸 발견할 텐데.
여기 모인 이들을 만나기가 부끄럽구나.
네 가죽을 빌려 주렴, 시어칸. 네 화려한 줄무늬 털가죽을.

내가 회의 바위에 입고 갈 수 있도록.

나는 약속을 했다. 네 털가죽만 있으면 약속을 지킬 수 있지.

칼을 들고, 인간들이 쓰는 칼을 들고, 사냥꾼의 칼을 들고

내 전리품 위로 허리를 구부려야지.

와인궁가 강이여, 시어칸이 내게 사랑의 대가로

제 털가죽을 주는 것을 지켜보아라.

회색 형제! 아켈라! 당겨라! 시어칸의 가죽은 너무나 무거우니.

인간의 무리가 화를 낸다. 돌을 던지고 유치한 말을 뱉는다.

내 입에서 피가 나네. 어서 도망가자.

밤새도록, 무더운 밤이 다 지나도록 나와 함께 빨리 달리자, 형제들이여.

우리는 마을의 불빛을 떠나 낮게 뜬 달을 향하네.

와인궁가 강이여, 인간의 무리가 나를 쫓아냈네.

아무 잘못도 하지 않았거늘 왜 나를 두려워할까?

늑대 무리여, 너희도 나를 쫓아냈지.

정글이 문을 닫았고 마을도 문을 닫았네. 왜지?

박쥐 망이 짐승과 새를 오가듯 나도 마을과 정글을 오가네. 왜지?

시어칸의 가죽 위에서 춤을 추지만 마음이 무겁네.

마을에서 맞은 돌에 입술이 찢어지고 상처를 입었지만

정글로 돌아온 내 마음은 가볍네. 왜지?

이 두 가지 마음이 봄날에 싸우는 뱀들처럼 내 안에서 싸우네.

눈에서 물이 흘러나오네. 하지만 웃음이 난다. 왜지?

나는 두 명의 모글리로 나뉘었지만, 시어칸의 가죽을 밟고 있네.

온 정글이 내가 시어칸을 죽인 것을 알고 있지.

보아라, 잘 보아라, 늑대들이여!

아! 나의 마음은 이해할 수 없는 것들로 무겁기만 하네.

하얀 물개

잘 자라, 우리 아가. 밤이 찾아왔구나.
푸른색으로 반짝이던 바닷물도 까맣게 물들었구나.
부서지는 파도 위에 뜬 달이 우리를 내려다보는구나.
파도가 찰랑대며 부딪치는 틈 속에서 쉬는 우리를.
물결과 물결이 만나는 곳, 그곳이 너의 푹신한 베개란다.
우리 아가, 지친 작은 발을 안고 편안히 자거라!
폭풍이 너를 깨우지 못하고 상어도 너를 덮치지 못 하니.
천천히 흔들리는 바다의 품에 안겨 잘 자거라.
  -물개의 자장가

지금부터 들려줄 일은 머나먼 베링 해의 세인트폴 섬에 있는 노바스토시나에서 몇 년 전에 일어난 일이다. 이 지명은 '북동쪽의 곶'이라는 뜻으로, 이 이야기는 림머신이 그곳에서 있었던 일을 나에게 들려준 것이다. 그를 처음 만난 것은 일본으로 가는 증기선을 타고 있을 때였는데, 겨울새이자 굴뚝새인 림머신이 바람에 날려 내가 있던 돛대로 떨어졌다. 선실로 데려가 며칠 동안 따뜻하게 해주고 먹을 것을 주며 건강을 회복할 때까지 보살폈다. 다시 세인트폴 섬으로 날아갈 수 있도록 말이다. 림머신은 매우 특이한 새지만, 진실을 말할 줄 아는 새다.

특별한 일이 없는 한 노바스토시나를 찾을 만한 사람은 아무도 없었다. 정기적으로 이곳을 찾는 동물은 물개뿐이었다. 수십만 마리의 물개들이 여름 몇 달 동안 차가운 회색 바다에서 이곳으로 기어 올라왔다. 노바스토시나 바닷가는 세상에서 물개가 생활하기에 가장 좋은 서식지였다.

'시캐치(Sea Catch)'도 그 사실을 잘 알고 있었다. 때문에 매년 봄이면 그 어디에 있든지 마치 어뢰정처럼 헤엄을 쳐서 곧장 노바스토시나로 향했다. 그리고 가능한 한 바다와 가까운 바위에 자리를 잡기 위해 다른 물개들과 싸우며 한 달을 보냈다. 시캐치는 열다섯 살 먹은 커다란 회색 물개로 어깨에 갈기 같은 털이 나 있고 길고 날카로운 송곳니를 갖고 있었다. 시캐치가 앞발을 짚고 몸을 들어 올리면 바닥에서 1미터 높이까지 다다랐다. 그리고 배짱이 두둑한 누군가가 그의 몸무게를 쟀다면 거의 300킬로그램에 가까운 무게를 확인할 수 있을 것이다. 시캐치의 온몸에는 격렬한 싸움의 흔적인 상처 자국들이 남아 있었지만, 늘 다시 싸울 준비가 되어 있었다. 시캐치는 상대의 얼굴을 똑바로 바라보기가 두려운 것처럼 한쪽으로 고개를 돌리고 있다가 번개처럼 머리를 날려 적의 목에 이빨을 박았다. 일단 그 커다란 이빨이 다른 물개의 목에 단단히 박히면 상대가 아무리 안간힘을 쓰며 도망치려고 해도 고분고분 놔주는 법이 없었다.

하지만 시캐치는 싸움에 지고 도망가는 물개를 뒤쫓지는 않았다. 그것은 바다의 규칙에 어긋나는 일이었기 때문이다. 그저 바닷가에서 새끼를 키울 장소를 구할 수 있으면 충분했었다. 하지만 매년 봄이 되면 같은 목적을 가진 물개들이 4, 5만 마리에 달했다. 그때 바닷가에 가득한 휘파람과 고함 소리, 울음소리와 바람 소리는 어마어마했다.

허친슨 언덕이라고 불리는 조그만 언덕에서 내려다보면 그 아래 펼쳐진 5킬로미터가 넘는 땅이 온통 싸우는 물개들로 뒤덮여 있었다. 그리고 밀려드는 파도 속에는 이 싸움에 끼어들려고 서둘러 육지를 향해 다가오는 물개들의 머리가 점점이 박혀 있었다. 물개들은 파도 속에서도 싸우고, 모래밭에서도 싸우고 닳아서 반들반들해진 현무암 위에서도 싸웠다. 물개들 역시 사람만큼이나 어리석고 불친절했기 때문이다. 암컷 물개들은 5월 말이나 6월 초가 지나서야 섬을 찾았다. 괜히 싸움에 휘말려 갈기갈기 찢기는 꼴을 당하고 싶지 않았던 것이다. 아직 가정을 꾸리지 않은 두서너 살의 어린 물개들은 싸움꾼들 사이를 지나 1킬로미터쯤 더 섬 안으로 들어갔다. 그리고 무리를 지어 모래 언덕에서 놀면서 갓 자라나는 초록들을 모조리 뭉개버렸다. 홀루시키, 즉 총각 물개라고 부르는 이 물개들만 해도 노바스토시나에 이삼십만 마리에 달했다.

어느 봄날 시캐치가 막 마흔다섯 번째 싸움을 끝냈을 때였다. 매끈하고 날렵한 몸매에 다정한 눈을 가진 아내 마트카가 바다에서 기어 올라오는 모습이 보였다. 시캐치는 아내의 목덜미를 잡아 자신이 마련해둔 보금자리에 퉁명스럽게 내려놓으며 툴툴거렸다.

"늘 그렇듯이 또 늦었군. 어디 있었던 거야?"

시캐치는 바닷가에 있는 네 달 동안에는 아무것도 먹지 않았기 때문에 그 무렵에는 신경이 날카로웠다. 마트카는 그런 시캐치에게 말대꾸를 할 만큼 어리석지 않았다. 그래서 그저 주위를 돌아보며 정답게 속삭였다.

"당신은 정말 생각이 깊어. 예전에 쓰던 자리를 다시 차지했네."

"그래야 한다고 생각했지. 내 꼴을 좀 봐!"

시캐치는 여기저기 스무 군데쯤 긁혀서 피를 흘리고 있었다. 한쪽 눈은 거의 보이지 않았고 옆구리는 갈기갈기 찢겨 있었다.

마트카가 뒷발로 부채질을 하며 말했다.

"정말이지, 남자들이란! 어째서 남자들은 합리적으로 조용하게 자리를 정할 수 없는 걸까. 누가 보면 당신이 범고래랑 싸운 줄 알겠어."

"5월 중순부터 내가 한 건 싸움밖에 없어. 올해 이 바닷가는 유난스러울 정도로 북적거려. 보금자리를 찾아 루카논 바닷가에서 건너온 물개들만 해도 백 마리는 넘게 만났어. 왜 모두들 자기가 살던 곳에 남아 있지 않는 거야?"

"이렇게 북적거리는 곳 말고 오터 섬에 갔으면 훨씬 좋지 않았을까 하는 생각이 자주 들어."

"무슨! 오터 섬은 홀루시키들이나 가는 곳이야. 그런 곳에 갔다간 다들 우리를 겁쟁이라고 비웃을 거라고. 체면을 생각해야지."

시캐치는 살찐 어깨 사이로 머리를 묻고는 잠깐 눈을 붙이는 척했다. 하지만 언제라도 싸울 수 있도록 경계를 늦추지 않았다. 모든 물개와 아내들이 육지에 오르자 그들이 떠들며 내는 소리가 세찬 바람 소리를 뚫고 몇 킬로미터 떨어진 바다까지 들려왔다. 바닷가에 있는 물개들은 아무리 적게 잡아도 백만 마리가 넘었다. 나이 든 물개, 어미 물개, 새끼 물개, 홀루시키들이 싸우고 실랑이를 벌이고 칭얼거리고 기어다니며 함께 어울렸다. 떼를 지어 바다로 뛰어들었다가 다시 올라오고, 끝없이 펼쳐진 바닷가를 가득 채우며 누워 있다가 안개 속에서 작게 무리를 지어 다툼을 벌였다. 잠시 해가 얼굴을 내밀어 세상을 진주 빛이나 무지갯빛으로 물들이는 때를 제외하고 노바스토시나에는 늘 안개가 끼어 있었다.

마트카의 새끼 코틱은 그런 혼란한 와중에 태어났다. 새끼 물개가 으레 그렇듯이 얼굴과 어깨밖에 없는 듯했고 엷은 푸른색 눈을 가지고 있었다. 하지만 평범한 물개와 어딘가 달라 보이는 구석이 있어서 엄마 물개는 새끼를 꼼꼼히 살펴보았다.

마침내 마트카가 말했다.

"여보, 우리 아기가 하얀 물개가 될 것 같아!"

시캐치가 콧방귀를 뀌었다.

"그게 무슨 속 빈 조개, 말라빠진 해초 같은 소리야. 세상에 하얀 물개 같은 건 없어."

마트카가 말했다.

"지금까지는 그랬지. 하지만 이제 생겨났다니까."

그리고는 엄마 물개들이 새끼들에게 불러 주는 물개 노래를 나지막하게 흥얼거렸다.

태어난 지 여섯 주가 될 때까지는 헤엄치면 안 된단다.

머리는 가라앉고 뒷지느러미만 물 위로 떠오르니까.

여름의 강풍과 범고래는 아기 물개에게 좋지 않아.

아가야, 정말로 좋지 않아.

아주 나쁘다고 할 만하지.

하지만 물장구를 치며 튼튼하게 자라렴.

우리 아가에게 나쁜 일은 생기지 않을 거야.

바다의 아이야.

물론 처음에 새끼 물개는 그 말이 무슨 뜻인지 이해하지 못했다. 그저 엄마 곁에서 뒤뚱뒤뚱 기어 다녔고, 시간이 흐르자 아빠 물개가 다른 물개와 싸우면서 미끄러운 바위를 오르내리며 으르렁거릴 때는 허둥지둥 자리를 피할 줄도 알게 되었다. 마트카는 늘 먹이를 찾아 바다에 나가곤 했다. 새끼 물개는 이틀에 한 번 먹이를 먹었지만 먹을 때는 실컷 먹고 무럭무럭 잘 자랐다.

코틱이 태어나 가장 먼저 한 일은 섬 안쪽으로 기어가는 것이었다. 그곳에서 같은 또래의 새끼 물개 수만 마리를 만나 함께 어울려 놀다가 깨끗한 모래밭에서 잠을 자고 다시 놀았다. 어른 물개들도 새끼들을 딱히 신경 쓰지 않았고, 홀루시키들도 자기들 구역에만 붙어 있었기 때문에 새끼들은 즐거운 시간을 보낼 수 있었다.

마트카는 깊은 바다에서 물고기를 잡아 돌아와 곧장 새끼 물개들의 놀이터로 향했다. 그리고 어미 양이 새끼 양을 부르듯 코틱을 부르고 코틱의 대답 소리가 들릴 때까지 기다렸다. 그러고는 소리가 들리는 쪽을 향해 앞발을 좌우로 휘두르고 닥치는 대로 새끼 물개들을 밀어젖히면서 곧장 나아갔다. 놀이터에는 늘 몇 백 마리의 엄마 물개들이 새끼들을 찾아다녔고 새끼들은 항상 활기가 넘쳤다. 마트카가 코틱에게 몇 가지만 주의를 주었다.

"흙탕물에 누워서 옴이 옮지 않도록 조심해라. 상처가 나고 긁힌 부분을 거친 모래로 비비지 말아라. 그리고 파도가 거셀 때 바다에서 헤엄을 치지 않도록 주의해라. 그런 일만 하지 않는다면 여기선 그 어느 것도 널 해치지 못할 거야."

새끼 물개는 어린아이들과 마찬가지로 헤엄을 칠 수 없었다. 하지만 어떻게든 헤엄치는 법을 배워야 직성이 풀렸다. 코틱이 처음 바다에 들어갔을 때 자신의 키보다 높은 파도에 휩쓸렸고, 엄마가 노래에서 일러준 것처럼 커다란 머리는 가라앉고 뒷지느러미만 물 위에 둥둥 떠올랐다. 다시 파도가 밀려와 바닷가로 밀어 주지 않았다면 그대로 물에 빠져 죽었을지도 모른다.

그 뒤로 코틱은 바닷가 웅덩이에 누워있다가 몸 위로 파도가 밀려들면 지느러미로 물장구를 쳐 몸을 세우는 법을 배웠다. 대신 누워서도 자신을 완전히 삼킬 만한 큰 파도가 밀려오지는 않는지 눈을 크게 뜨고 지켜보아야 했다. 그렇게 뒷지느러미 쓰는 법을 배우는 이주일 동안 코틱은 내내 버둥거리며 물속에 들어갔다 나왔다 반복했다. 물을 먹어 기침을 하고 짜증이 나서 꽥꽥거리다가 해안을 기어올라와 모래밭에서 선잠을 잤다. 그러고는 다시 물 속으로 돌아갔다. 그 과정 끝에 코틱은 마침내 자신이 진정으로 물에 사는 동물임을 알게 되었다.

그 이후로 코틱이 친구들과 어떻게 놀았는지 모습을 상상할 수 있을 것이다. 큰 파도 아래로 잠수를 했다가 큰 물결을 타고 밀려와 바닷가 안쪽까지 휘몰아치는 파도와 함께 육지에 몸을 날렸다. 또 어른 물개들이 하는 것처럼 꼬리로 앉아 머리를 긁기도 하고, 파도가 휩쓸고 지나 간 미끌미끌하고 해초가 무성한 바위 위에 올라가 '나는 왕이다' 놀이를 하기도 했다.

이따금 큰 상어의 것 같은 얇은 지느러미가 바닷가 가까이 떠밀려 오곤 했다. 코틱은 그게 어린 물개가 걸려들었다 하면 덥석 잡아먹는 범고래 그램푸스라의 것임을 알고 있었다. 코틱이 허겁지겁 바닷가로 도망치고 나면 그 지느러미는 마치 처음부터 어린 물개에게 관심도 없었다는 듯 천천히 떠내려갔다.

10월 말이 되자 물개들은 가족끼리, 또는 종족끼리 모여 세인트 폴 섬을 떠나 깊은 바다로 나가기 시작했다. 덕분에 물개들은 더 이상 보금자리를 놓고 싸움을 벌이지 않았고, 홀루시키들은 좋아하는 곳 어디서나 편히 놀 수 있게 되었다.

마트카가 코틱에게 말했다.

"내년에는 너도 홀루시키가 될 거야. 하지만 올해 고기 잡는 법을 배워둬야 해."

둘은 함께 태평양을 건넜다. 마트카는 코틱에게 지느러미를 옆구리에 단단히 붙이고 물 밖으로 코만 내놓은 채 누워서 잠자는 법을 가르쳐 주었다. 길게 넘실대는 태평양의 너울만큼 편안한 요람도 없었다. 코틱이 온몸이 따끔거린다고 하자 마트카는 지금 '물의 느낌'을 배우고 있는 거라고 말해주었다. 그리고 몸이 따끔거리고 얼얼한 느낌은 폭풍이 밀려올 징조이기 때문에 열심히 헤엄 쳐서 달아나야 한다고 했다.

"조만간 너도 어디로 헤엄을 쳐야 할지 알게 될 거야. 하지만 지금 당장은 돌고래를 따라가자. 아주 현명하거든."

돌고래 무리가 물속으로 첨벙 뛰어들어 물살을 갈랐다. 코틱은 있는 힘껏 돌고래를 쫓아갔다. 코틱이 숨을 헐떡이며 물었다.

"어디로 가야 할지 어떻게 아세요?"

무리의 우두머리가 하얀 눈을 굴리며 물속으로 쑥 들어갔다.

"내 꼬리가 따끔거리기 때문이지. 꼬리가 따끔거리면 뒤에서 폭풍이 쫓아온다는 뜻이란다. 자, 어서 가자! 만약 '끈적거리는 물(적도를 의미한다)'의 남쪽에 있을 때 꼬리가 따끔거린다면 그건 폭풍이 앞에서 치고 있다는 뜻이니까 북쪽으로 가야 하지. 자, 어서 가자! 여기 물은 느낌이 별로 안 좋아."

코틱은 이밖에도 아주 많은 것을 배웠다. 항상 뭔가를 배워야 했다. 마트카는 바다 밑바닥의 둑을 따라 대구와 큰 넙치를 따라가는 법과 해초 사이에 있는 구멍에서 조그만 물고기들을 빼내는 법을 가르쳐 주었다. 코틱은 수심 이백 미터 아래에 있는 난파선을 피하는 법과 물고기들처럼 뱃전에 난 창문으로 잽싸게 헤엄쳐 들어갔다가 다른 창문으로 튀어나오는 법도 배웠다. 그리고 온 하늘에 번개가 번쩍거릴 때 파도 꼭대기에서 춤추는 법과 꼬리가 뭉툭한 알바트로스와 군함새가 바람에 실려 날아갈 때 정중하게 앞발을 흔드는 법, 지느러미를 옆구리에 바짝 붙이고 꼬리를 구부린 채 돌고래처럼 수면 위로 1미터 이상 뛰어오르는 법을 배웠다. 또 뼈밖에 없는 날치는 잡을 필요가 없고 대신 깊은 물속에서 전속력으로 헤엄쳐 대구의 어깨를 물어뜯으라는 것을 배웠다. 무엇보다 배를 조심하라는 것을 배웠다. 물속에 멈춰 서서 보트나 배, 특히 노 젓는 배를 구경해서는 안 된다고 했다. 여섯 달이 지났을 무렵 코틱은 깊은 바다에서 물고기 사냥에 관해 알아야 할 점을 모두 배웠고, 그동안 육지에는 한 번도 올라오지 않았다.

어느 날 코틱은 후안페르난데스 섬 근처의 따뜻한 바닷물 속에 누워 살짝 잠이 들었다. 봄이 찾아왔을 때 춘곤증에 시달리는 인간들처럼 온몸이 나른한 느낌이 들었다. 멍하니 누워 있는 가운데 문득 천 킬로미터도 넘게 떨어진 곳에 있는 노바스토시나의 단단한 모래 사장이 떠올랐다. 그곳에서 친구들과 했던 놀이들, 해초 냄새, 물개의 울음소리와 싸움이 생각났다. 바로 그 순간 코틱은 북쪽으로 방향을 돌려 부지런히 헤엄치기 시작했다. 도중에 자신과 같은 생각을 갖고 움직이는 수십 마리의 옛 친구들을 만났다.

"안녕, 코틱! 올해 우리는 모두 홀루시키가 되었어. 노바스토시나에 돌아가면 루카논 해변에서 부서지는 큰 파도를 타고 불꽃 춤을 출 수도 있고, 새로 자란 풀밭 위에서 놀 수도 있어. 그런데 그 털은 어떻게 된 거야?"

코틱의 털은 이제 거의 새하얗게 변해 있었다. 코틱은 자신의 털을 아주 자랑스럽게 생각했지만 별 다른 말은 하지 않았다.

"어서 가자! 빨리 뭍에 오르고 싶어서 온몸이 근질거린다니까."

그렇게 해서 어린 물개들은 자신들이 태어난 바닷가에 도착했다. 아버지들인 어른 물개들이 자욱하게 피어오른 안개 속에서 싸우는 소리가 들려왔다.

그날 밤 코틱은 한 살배기 물개들과 함께 불꽃 춤을 추었다. 여름밤 노바스토시나에서 루카논으로 가는 길은 온통 불타는 듯했다. 물개들은 기름띠 같은 흔적을 남기며 헤엄을 쳤고 물개들이 펄쩍 뛰어오를 때마다 불꽃이 번쩍였다. 파도가 부서지며 거대한 줄무늬와 소용돌이 같은 빛을 반사했다. 그러고 나서 물개들은 섬 안쪽 홀루시키들의 구역으로 향했다. 그리고 새로 자란 야생 밀밭에서 이리저리 구르며 바다에 나가 있는 동안 자신들이 겪은 일들을 떠들었다. 물개들은 사내아이들이 열매를 줍던 숲에 관해 이야기를 하듯 태평양에 관해 이야기했다. 만약 물개들의 말을 알아듣는 사람이 있다면 멀리 바다로 나가 이제까지 볼 수 없었던 새로운 태평양 지도를 만들 수도 있었을 것이다. 그때 서너 살 된 홀루시키들이 허친슨 언덕을 쌩하고 내려오며 소리쳤다.

"저리 비켜라, 애송이들아! 바다는 아주 깊어서 너희는 아직 그 안에 뭐가 있는지 몰라. 케이프 혼이나 돌아보고 와서 말해. 거기, 너, 그 하얀 털은 어디서 난 거야?"

"어디서 얻은 게 아니고 자란 거예요."

코틱이 이렇게 말하고 그 홀루시키를 자빠뜨리려고 하는 찰나, 납작하고 붉은 얼굴에 머리카락이 검은 남자 둘이 모래 언덕 뒤에서 나타났다. 인간을 한 번도 본 적이 없던 코틱은 기침을 하며 고개를 숙였다. 홀루시키들은 그저 몇 미터 물러나 멍하니 그 광경을 바라보았다. 그들은 다름 아닌 물개 사냥꾼 대장인 케릭 부터린과 그의 아들 파탈라몬이었다. 그들은 물개 보금자리에서 1킬로미터도 채 떨어지지 않은 작은 마을에서 살았는데, 해안에서 덫으로 몰고 갈 물개들(물개들은 양처럼 몰고 가는 게 가능했다)을 고르는 중이었다. 물개를 잡아 그 가죽으로 외투를 만들려는 것이었다.

파탈라몬이 말했다.

"어라, 보세요! 하얀 물개가 있어요."

기름때와 연기 그을음을 뒤집어쓴 케릭 부터린의 얼굴이 하얗게 질렸다. 그는 얄류트 족이었고, 얄류트 족은 그리 잘 씻는 사람들이 아니었다. 케릭은 기도문을 중얼거리기 시작했다.

"만지지 마라, 파탈라몬. 하얀 물개라니, 태어나서 처음 보는군. 어쩌면 작년 큰 폭풍 때 실종되었던 자하로프 영감의 유령인지도 몰라."

"가까이 가지 않을래요. 왠지 불길해요. 그런데 저 녀석이 정말 자하로프 영감일까요? 그 영감한테 갈매기알 몇 개를 빚졌는데."

"쳐다보지 마라. 저기 네 살배기 녀석들이나 몰고 가자. 원래라면 오늘 이백 마리는 가죽을 벗겨야 하는데 아무래도 사냥철이 이제 시작이라 사람들도 아직 일이 서툴 거야. 백 마리면 충분할 게다. 자, 어서 움직여!"

파탈라몬이 한 무리의 홀루시키 앞에서 물개의 어깨뼈 한 쌍을 흔들어 달각달각 소리를 냈다. 홀루시키들은 놀란 숨만 몰아쉴 뿐 얼어붙은 듯 자리에서 꼼짝도 하지 못했다. 파탈라몬이 좀 더 가까이 다가가자 물개들도 움직이기 시작했고, 케릭이 그들을 섬 안쪽으로 몰고 갔다. 물개들은 무리에서 이탈해 점점 멀어졌다. 수십만 마리의 물개들이 친구들이 사라지는 것을 지켜보면서도 크게 개의치 않고 하던 놀이를 계속했다. 코틱만이 무슨 일이 일어났는지 물어보았다. 하지만 매년 사람들이 와서 6주에서 두 달 동안 저런 식으로 물개들을 몰아간다는 것 외에 코틱에게 뭔가 말해줄 수 있는 물개는 한 마리도 없었다.

"따라가 봐야겠어."

코틱은 발을 질질 끌며 물개들이 지나간 길을 따라갔다. 어찌나 열심히 움직였는지 눈이 튀어나올 지경이었다.

파탈라몬이 아버지에게 소리쳤다.

"하얀 물개가 우리를 따라오고 있어요. 물개가 제 발로 도살장으로 쫓아오는 건 처음이에요."

"쉿! 돌아보지 마라. 역시 자하로프의 유령이 틀림없어. 사제에게 이 일을 알려야겠구나."

도살장까지의 거리는 몇 백 미터밖에 되지 않았지만 도착할 때까지 꼬박 한 시간이 걸렸다. 물개가 너무 빨리 움직이다 보면 몸에서 열이 나 가죽을 벗길 때 군데군데 털이 빠지기 때문에 케릭을 비롯한 사냥꾼들은 아주 천천히 물개들을 몰았다. 일행은 바다사자의 길목을 지나고 웹스터 하우스를 거쳐 솔트 하우스에 도착했다. 솔트 하우스에서는 더 이상 바닷가의 물개들이 보이지 않았다.

코틱은 숨을 헐떡이면서도 궁금한 마음에 끝까지 일행을 쫓았다. 마치 세상의 끝까지 온 것처럼 느껴졌지만, 등 뒤에서 물개 보금자리의 떠들썩한 소리가 터널 속 기차 소리만큼이나 크게 들려왔다. 케릭은 이끼 위에 주저앉아 납으로 만든 흰 시계를 꺼내더니 30분 동안 물개들의 몸이 식기를 기다렸다. 코틱은 케릭의 모자챙에 맺힌 안개가 방울져 떨어지는 소리를 들을 수 있었다. 잠시 뒤 열두어 명의 남자들이 손에 쇠몽둥이를 들고 나타났다. 케릭이 무리 가운데서 다른 물개에게 물려 상처가 났거나 아직 몸이 뜨거운 물개 한두 마리를 가리키자 남자들이 바다코끼리의 목 부분 가죽으로 만든 두꺼운 장화를 신은 발로 그 물개들을 한옆으로 몰아냈다. 그러자 케릭이 말했다.

"시작하지!"

그 말과 함께 남자들이 일제히 물개들의 머리를 몽둥이로 내리쳤다. 순식간에 벌어진 일이었다.

10분이 지난 뒤 코틱은 더 이상 친구들을 알아볼 수 없었다. 코부터 지느러미까지 쭉 찢어진 채 가죽이 벗겨져 바닥에 수북이 쌓였던 것이다.

코틱이 더 이상 그곳에 머물 까닭은 없었다. 코틱은 그대로 몸을 돌려 전속력으로 달리기 시작했다(물개도 잠깐 동안은 매우 빠르게 질주할 수 있다). 바다를 향해 내달리는 사이 이제 갓 자라기 시작한 콧수염이 겁에 질려 곤두섰다. 커다란 바다사자들이 앉아 있는 바다사자의 길목에 도착하자 코틱은 파도가 밀려와 부서지는 차가운 물속에 뛰어들어 몸을 맡긴 채 가쁜 숨을 몰아쉬었다. 바다사자 한 마리가 퉁명스럽게 말했다. 바다사자들은 대개 자기들끼리만 지내는 것을 좋아했던 것이다.

"이게 누구야?"

코틱이 말했다.

"저 혼자예요! 저 혼자 남았어요! 사람들이 바닷가에 있는 홀루시키들을 모두 죽이고 있어요."

바다사자가 해안가를 향해 고개를 돌렸다.

"말도 안 되는 소리 하지 마라! 네 친구들이 언제나처럼 시끄럽게 떠들어 대고 있잖아. 아무래도 케릭이 물개들을 죽이는 모습을 본 게로구나. 벌써 30년째 하고 있는걸."

"끔찍해요, 너무 끔찍해요."

파도가 몸을 덮치자 코틱은 뒤로 물러나며 두 앞발을 바삐 움직여 몸의 균형을 잡았다. 그리고 물 밖으로 삐죽 나온 아주 좁은 바위 끝에 올라섰다.

"한 살 배기치곤 잘하는구나!"

바다사자가 훌륭한 수영 솜씨를 알아보고는 칭찬했다.

"네 입장에서 보기에는 상당히 끔찍했겠지. 하지만 너희 물개들이 매년 이곳으로 오니까 당연히 인간들이 알게 되지. 사람들이 전혀 오지 않는 섬을 찾으면 모를까. 너희는 늘 그렇게 끌려가서 죽게 될 거야."

"그런 섬은 과연 있을까요?"

"내가 20년 동안 넙치를 따라다녔는데 아직 찾지 못했어. 하지만, 그래, 넌 어른들과 이야기하는 걸 좋아하는 것 같으니 바다코끼리 섬에 가서 시비치에게 물어보면 어떻겠니? 시비치라면 뭔가 알지도 모르지. 그렇게 서두르지 마라. 여기서 10킬로미터는 헤엄쳐

가야 해. 애야, 나라면 일단 물 밖으로 나가서 잠부터 자겠구나."

코틱은 그의 충고가 옳다는 생각이 들었다. 그래서 물개들이 있
는 해변으로 헤엄쳐 가서 물 밖으로 나와 물개들이 으레 그러듯이
온몸을 씰룩거리며 30분 가량 잠을 잤다. 그러고는 곧장 바다코끼
리 섬으로 향했다. 그 섬은 노바스토시나에서 북동쪽에 위치한 작
고 야트막한 바위섬이었다. 여기저기 바위들이 튀어나오고 갈매기
둥지들이 널려 있는 곳으로, 바로 그곳에 바다코끼리들이 모여 살
고 있었다.

코틱은 늙은 시비치에게 가까이 다가갔다. 목이 굵고 긴 송곳니
를 가진 이 북태평양의 바다코끼리는 크고 못생기고 뒤룩뒤룩 살
이 찐 데다 피부에는 온통 무언가 도톨도톨한 것이 나 있었다. 게다
가 잘 때를 제외하고는 통 예의를 갖추지 않았다. 코틱이 그를 찾아
갔을 때 마침 시비치는 뒷발을 파도에 반쯤 담근 채 잠을 자고 있
었다.

"시비치, 일어나 보세요!"

갈매기들이 너무 시끄럽게 울어 대서 코틱은 시비치를 깨우기
위해 있는 힘껏 소리를 질러야 했다.

"흐음, 누가 날 깨우는 거냐?"

시비치가 옆에 있던 바다코끼리를 긴 엄니로 툭 쳤다. 자다말고
갑자기 엄니에 맞은 바다코끼리가 연이어 옆에 있는 바다코끼리마
저 깨웠다. 그렇게 해서 바다코끼리들이 전부 잠에서 깨어나기에
이르렀다. 하지만 이리저리 사방을 둘러보면서도 막상 코틱을 발
견하는 바다코끼리는 한 마리도 없었다.

"여기요! 이 아래에요!"

파도에 몸을 맡기고 너울대던 코틱이 다시 외쳤다. 물 위에서 흔들리는 모습이 마치 조그맣고 하얀 민달팽이처럼 보였다.

"맙소사! 놀라서 껍질 벗겨질 뻔했네!"

시비치가 외치자 바다코끼리들이 일제히 코틱을 바라보았다. 마치 양로원에 가득 모인 나른한 표정의 노신사들이 꼬마 아이를 바라보는 것 같은 모습이었다. 코틱은 이제 더는 가죽이 벗겨진다는 식의 얘기를 듣고 싶지 않았다. 그로서는 이미 충분히 보았던 것이다. 그래서 얼른 이렇게 소리쳤다.

"물개들이 지낼 만한 곳 중에 사람이 오지 않는 곳이 있을까요?"

시비치가 눈을 감으며 말했다.

"가서 직접 찾아보렴. 어서 가거라. 우린 바쁘니까."

잔뜩 약이 오른 코틱이 돌고래처럼 공중으로 튀어오르더니 목청 껏 소리를 질렀다.

"조개나 먹는 바다코끼리! 조개나 먹는 바다코끼리!"

코틱은 시비치가 아주 무서운 바다코끼리인 척 행동하지만 사실 조개와 해초만 찾아다닐 뿐 물고기는 한 번도 잡아본 적이 없다는 걸 알았다. 호시탐탐 시비치를 놀릴 기회를 찾고 있던 갈매기 치키 와 구버루스키, 에파트카, 부르고마스터, 키티웨이크를 비롯해 온 갖 새들이 일제히 코틱을 따라 소리를 지르기 시작했다. 림머신이 내게 들려준 이야기에 따르면 거의 5분 동안 바다코끼리 섬은 대포를 쏘아도 들리지 않을 만큼 시끄러웠다고 한다. 섬에 사는 동물들 이 일제히 소리를 질러댄 것이다.

"조개나 먹는 영감탱이!"

그러는 사이 시비치는 툴툴거리고 헛기침을 해대며 이리저리 뒹굴었다.

"이제 말씀해 주실래요?"

코틱이 숨을 헐떡이며 다시 묻자 결국 시비치가 대답했다.

"가서 바다소에게 물어봐라. 아직 살아 있다면 말해줄 수 있을 게다."

코틱이 급히 방향을 돌리며 물었다.

"바다소를 어떻게 알아보죠?"

"바다에서 시비치보다 못생긴 건 바다소밖에 없어."

시장 갈매기 한 마리가 시비치의 코밑에서 빙빙 돌며 소리쳤다.

"못생기고 더 무례하기까지 하지! 영감탱이!"

코틱은 시끄럽게 소리를 질러대는 갈매기들을 뒤로하고 노바스 토시나로 다시 헤엄쳐 갔다.

그러나 물개들이 살 만한 조용한 곳을 찾겠다는 코틱의 생각에 동의하는 물개는 단 한 마리도 없었다. 물개들은 사람들은 예전부터 쭉 홀루시키를 몰고 갔다고 했다. 늘상 있는 일일 뿐이라는 것이다. 그들은 코틱에게 그런 끔찍한 일을 보고 싶지 않으면 애초에 도살장에 가지 말았어야 한다고 타박했다. 하지만 물개들 가운데 누구도 실제로 도살 장면을 본 물개는 없었다. 그러니 다른 친구들과 코틱 사이에는 분명한 벽이 있었다. 게다가 다른 물개들과 달리 코틱은 하얀 물개였다.

아들이 겪은 이야기를 들은 시캐치가 말했다.

"네가 해야 할 일은 빨리 자라서 이 아빠처럼 큰 물개가 되는 거야. 그래서 바닷가에 보금자리를 마련해야지. 그러면 사람들도 널 건드리지 않을 거다. 앞으로 5년 후에는 너도 혼자 힘으로 싸울 수 있어야 해."

온화한 엄마 마트카마저도 해답을 주지 못했다.

"네 힘으로 물개들이 죽는 걸 막을 수는 없어, 코틱. 잊어버리고 바다에 나가 놀거라."

코틱은 바다로 나가 몹시 무거운 마음으로 불꽃 춤을 추었다.

그해 가을 코틱은 혼자 서둘러 섬을 떠났다. 둥근 머릿속에 박힌 생각이 홀로 길을 떠나게 등을 떠밀었다. 바다에 바다소가 실제로 있기만 하다면 찾아낼 생각이었다. 그리고 물개들이 살기 좋은 조용한 섬을 찾고 싶었다. 잘 다져진 모래사장이 펼쳐져 있고 사람들은 찾아올 수 없는 그런 섬을. 코틱은 밤낮으로 500킬로미터에 가까운 거리를 헤엄쳤고 북태평양과 남태평양을 오가며 혼자 바다소를 찾았다. 그동안 코틱은 이루 말할 수 없는 온갖 모험을 겪었다. 돌묵상어, 점박이 상어, 귀상어에게 잡힐 위기에서 가까스로 도망치기도 했다. 바다 속을 어슬렁거리는 여러 악당들과 반대로 지나치게 예의가 바른 물고기들도 만나고, 수백 년 동안 한 자리를 떠나지 않고 그 사실을 매우 자랑스럽게 여기는 붉은 점박이 가리비도 만났다. 하지만 도무지 바다소는 만날 수 없었고, 물개들이 살 만한 섬도 찾지 못했다.

질이 좋은 모래가 단단히 깔려 있는 해안가와 그 뒤쪽으로 물개들이 놀 만한 비탈이 있는 섬이면 늘 지평선 위로 고래 기름을 끓이는 포경선의 연기가 피어올랐다. 코틱은 그게 무슨 의미인지 알고 있었다. 한때 물개들이 찾아왔지만 모조리 죽임을 당하고 흔적만 남은 섬도 있었다. 코틱은 사람들이 한 번 왔던 곳에는 언제든 다시 찾아올 수 있다는 걸 잘 알았다.

코틱은 뭉툭한 꼬리를 가진 알바트로스를 알게 되었다. 그는 코틱에게 케르켈렌 섬이 아주 평화롭고 조용한 곳이라고 말해주었다. 그의 말을 따라 케르켈렌 섬을 찾았을 때 코틱은 바다에서 폭풍우를 만났다. 번개와 천둥이 내리치고 진눈개비까지 날렸다. 거센 폭풍우가 코틱을 몰아쳐 하마터면 험한 절벽에 부딪혀 온몸이 부서질 뻔했다. 힘겹게 폭풍우를 뚫고 해안가에 도착해보니 그곳에도 한때 물개들의 서식지가 있던 흔적을 찾을 수 있었다. 그가 방문한 다른 섬들도 모두 마찬가지였다.

림머신은 코틱이 찾아다닌 섬들의 이름을 줄줄이 읊어주었다. 코틱은 무려 다섯 해 동안 바다를 헤매고 다녔는데, 노바스토시나에서 넉 달 가량 쉬는 넉 달을 뺀 나머지 시간 내내 섬을 찾아다녔던 것이다. 홀루시키들은 그런 코틱을 향해 상상 속의 섬을 찾아다닌다며 놀려댔다. 코틱은 적도에 있는 바짝 마른 섬 갈라파고스에 갔다가 타 죽을 뻔했고, 그 외 조지아 섬, 사우스오크니 제도, 에메랄드 섬, 리틀나이팅게일 섬, 고프 섬, 부베 섬, 크로셋 군도, 희망봉 남쪽의 아주 작은 섬에도 다녀왔다. 하지만 어딜 가나 바다 속 동물들은 똑같은 말만 들려주었다. 옛날에 물개들이 그 섬을 찾아왔었지만 지금은 사람들이 다 죽여서 남은 개체가 없다는 것이었다. 한 번은 태평양에서 수천 킬로미터를 헤엄쳐 코리엔테스 곶이라고 불리는 곳까지 간 적도 있었는데(고프 섬에서 돌아오는 길이었다), 그곳에서 바위에 앉은 초라한 몰골의 물개 수백 마리를 만났었다. 물개들은 그곳에도 사람들이 왔었다고 대답했다.

코틱의 가슴이 찢어질 듯 슬펐고, 결국 케이프 혼을 돌아 다시 자신이 살던 바닷가로 향했다. 북쪽으로 가던 코틱은 푸른 나무들이 울창하게 자란 섬에 들르게 되었다. 그리고 그곳에서 죽어가는 늙은 물개를 발견했다. 코틱은 그를 위해 물고기를 잡아 주고 자신의 슬픈 심정을 쏟아놓았다.

"이제 노바스토시나로 돌아갈 거예요. 그곳에서 홀루시키들과 함께 도살장으로 가게 된다고 해도 이제 상관없어요."

그러자 늙은 물개가 타이르듯 말했다.

"한 번만 더 찾아보렴. 나는 마사푸에라 서식지의 마지막 생존자란다. 모두 죽었지. 사람들이 십만 마리나 되는 우리를 죽이던 때에 바닷가에서는 이런 얘기가 있었어. 언젠가 북쪽에서 온 하얀 물개가 다른 물개들을 이끌고 조용한 곳으로 인도할 거라고 말이다. 난 이미 늙어서 그런 날이 올 때까지 기다리지 못하겠지만, 다른 물개들은 그런 날을 보게 되겠지. 그러니 한 번 더 찾아보렴."

코틱은 자신의 멋진 콧수염을 말며 말했다.

"바닷가에서 태어난 물개 가운데 하얀 물개는 저밖에 없어요. 그리고 검은 물개와 하얀 물개를 통틀어 새로운 섬을 찾아야겠다고 생각한 것도 저뿐이고요."

그 일로 코틱은 큰 힘을 얻었다. 그해 여름 노바스토시나에 돌아왔을 때 엄마 마트카는 코틱에게 이제 아내를 얻고 정착하라고 말했다. 코틱은 이제 더 이상 홀루시키가 아니고 다 자란 어른 물개였던 것이다. 어느새 곱슬곱슬한 하얀 갈기가 어깨를 덮은, 자신의 아버지만큼이나 크고 무겁고 사나운 물개로 자라 있었다.

"제게 일 년만 더 시간을 주세요, 엄마. 아시잖아요, 바닷가에 가장 가까이 밀려오는 건 늘 일곱 번째 파도예요."

정말 신기하게도 코틱과 마찬가지로 다음 해까지 짝짓기를 미루겠다고 생각한 암컷 물개가 한 마리 있었다. 코틱은 마지막 탐험을 떠나기 전날 밤 그 물개와 함께 루카논 바닷가를 돌며 불꽃 춤을 추었다.

코틱의 이번 행선지는 서쪽이었다. 거대한 넙치 떼가 지나간 흔적을 발견했기 때문이다. 다 자란 물개 답게 코틱은 건강한 몸 상태를 유지하려면 적어도 하루에 100파운드의 물고기를 먹어야 했다. 코틱은 지칠 때까지 넙치 떼를 쫓다가 코퍼 섬 쪽으로 밀려가는 큰 파도의 물결에 몸을 맡긴 채 잠을 청했다.

코틱은 코퍼 섬 연안에 대해 아주 잘 알고 있었기 때문에 자정쯤 해초 밭에 몸이 부딪히는 것을 느꼈을 때 별로 놀라지 않고 "오늘 밤에는 조류가 세차게 흐르네" 하고 대수롭지 않게 중얼거렸다. 하지만 물속에서 몸을 돌리며 천천히 눈을 뜨고 기지개를 켜던 다음 순간, 소스라치게 놀라서 고양이처럼 펄쩍 뛰었다. 거대한 누군가가 여울물에서 이리저리 냄새를 맡으며 무성한 해초를 뜯어먹고 있었던 것이다.

코틱이 목소리를 낮춰 말했다.

"맙소사, 저들은 도대체 누구지?"

그들은 바다코끼리나 바다사자, 물개, 곰 고래, 상어, 물고기, 오징어도 아니었고, 그 누구도 닮지 않았다. 코틱이 생전 처음 보는 종족이었다. 몸길이는 6미터에서 9미터쯤 되었고, 뒷발은 달려 있지 않았다. 대신 삽처럼 생긴 고리가 있었는데 마치 젖은 가죽을 잘라 만든 것처럼 보였다. 얼굴은 이제껏 본 그 누구의 것보다 멍청해 보였고 우스꽝스러웠다. 그들이 해초를 뜯지 않을 때는 깊은 물속에서 꼬리 끝으로 균형을 잡은 채 서로를 향해 진지하게 인사를 하며 앞발을 흔들었다. 그 모습이 마치 뚱뚱한 사람이 팔을 흔드는 것 같았다.

"흠흠, 안녕하세요?"

코틱이 인사를 건네자 그 커다란 동물들은 마치 개구리 시종(루이스 캐롤의 동화 『이상한 나라의 앨리스』에 등장하는 여왕의 시종-옮긴이)처럼 허리를 굽히고 앞발을 흔들며 답례했다. 그리고는 다시 해초를 먹기 시작했다. 코틱이 그들을 자세히 살펴보니 두 갈래로 갈라진 윗입술을 30센티미터쯤 벌려 그 틈 사이로 해초를 넣는 걸 알 수 있었다. 한 웅큼 해초가 입 안으로 들어가면 갈라져 있던 입술이 다시 닫혔다. 그런 식으로 그들은 입 안 가득 해초를 밀어 넣고는 엄숙한 표정으로 우물우물 씹었다.

코틱이 말했다.

"먹는 모습이 지저분하네."

그들은 다시 코틱에게 인사를 했다. 코틱은 슬슬 부아가 치밀기 시작했다.

"좋아, 어쩌다 앞발에 관절 하나가 더 생겼는지 모르지만, 그걸 그렇게 자랑할 필요는 없어요. 얼마나 우아하게 인사를 하는지 잘 알았으니, 이제 이름을 알려주면 좋겠군요."

갈라진 입술이 실룩거리며 움직였다. 하지만 유리알 같은 푸른 눈으로 코틱을 빤히 쳐다보기만 할 뿐 여전히 말은 하지 않았다.

"내가 만난 동물 가운데 시비치보다 못생긴 동물은 처음이야. 게다가 훨씬 무례해."

그 순간 바다코끼리 섬에서 갈매기가 했던 말이 퍼뜩 떠올랐다.

코틱이 한 살이었을 때 시비치를 만나러 가지 않았던가. 코틱은 물속에서 공중제비를 돌며 기뻐했다. 마침내 바다소를 찾은 것이다.

바다소들은 계속해서 물속에서 이리저리 다니며 해초를 뜯어 우물우물 먹기만 했다. 코틱은 여행 중에 귀동냥으로 배운 온갖 말을 총동원해 최대한 이것저것 물어보았다. 바다 동물들도 사람만큼이나 다양한 언어를 사용했던 것이다. 하지만 바다소는 대답하지 않았다. 애초에 말을 하지 못하는 종족이었던 것이다. 바다소는 일곱 개의 뼈가 있어야 할 목 안에 여섯 개의 뼈밖에 없었다. 따라서 자기들끼리도 대화를 나눌 수 없었다. 대신 앞발에 관절이 하나 더 있는 것을 이용해 위아래, 혹은 좌우로 흔들어 어설프게나마 일종의 신호를 만들어 의사소통을 했다.

날이 밝자 코틱은 갈기가 쭈뼛쭈뼛 섰다. 인내심은 이미 바닥난 지 오래였다. 그때 바다소들이 느릿느릿 북쪽으로 이동하기 시작했다. 그 와중에 서로 인사를 주고받기 위해 이따금씩 멈추기도 했다. 코틱은 그 뒤를 따라가며 생각했다.

"이렇게 멍청한 동물들이 지금까지 살아있다니, 안전한 섬을 찾아내지 못했다면 이미 오래전에 몰살을 당했을 게 분명한데 말이야. 바다소들에게 좋은 곳이라면 물개들에게도 좋을 테지. 그나저나 좀 빨리 갔으면 좋겠는데."

지루하기 그지없는 여행이었다. 바다소 무리는 하루에 60킬로미터에서 80킬로미터 정도밖에 이동하지 않았다. 밤이면 먹이를 먹기 위해 멈췄고, 바닷가 근처를 떠나지도 않았다. 코틱이 바다소들 위로, 아래로, 주위로 헤엄쳐 다니며 애를 썼지만, 어떻게 해도 1킬로미터도 더 빨리 가게 할 수 없었다. 북쪽으로 점점 더 나아가자 바다소들의 인사도 점점 잦아졌다. 그들은 몇 시간마다 한 번씩 모여서 인사를 나누었고, 코틱은 조바심이 나서 자신의 콧수염을 쥐어뜯고 싶은 지경이 되었다. 그러나 어느 순간 바다소들이 난류를 따라가고 있음을 알아차렸고, 그들을 향해 약간의 존경심을 갖게 되었다.

어느 날 밤 바다소들이 반짝이는 물 아래로 마치 돌처럼 쑥 가라앉았다. 그리고 코틱이 그들을 만난 이래 처음으로 헤엄치는 속도가 빨라지기 시작했다. 뒤를 쫓던 코틱은 그 빠르기에 깜짝 놀라고 말았다. 바다소가 그렇게 헤엄을 잘 칠 줄은 상상도 하지 못했다. 바다소들은 빠르게 바닷가 절벽을 향해 나아갔다. 절벽은 깊은 바닷속으로 뻗어있는데 바로 앞의 수심이 무척 깊었다. 바다소들은 절벽 아래 난 어두운 구멍으로 뛰어들었다. 물 아래 30미터 가까이 내려가야 닿을 위치였다. 바다소들을 따라 한참을 헤엄치다 보니 신선한 공기가 간절해질 정도가 되었다. 숨이 가빠올 때쯤 마침내 어두운 터널의 끝이 보였다.

"맙소사!"

터널을 빠져나온 코틱이 숨을 헐떡이며 수면 밖으로 솟구쳐 올랐다.

"정말 길었다. 힘들지만, 그만한 가치가 있었어."

바다소들은 다시 뿔뿔이 흩어져 한가로이 해초를 뜯고 있었다. 코틱이 태어나서 본 가운데 가장 멋진 바닷가였다. 물개들의 보금자리를 만들기에 꼭 알맞은 곳이었다. 반들반들 닳은 바위들이 수 킬로미터에 걸쳐 쭉 이어져 있었고, 그 너머 섬 안쪽에 비탈을 이룬 단단한 모래밭은 놀이터로 안성맞춤이었다. 물개들이 춤을 출 수 있는 큰 파도와 뒹굴 수 있는 긴 풀밭이 있었고, 오르내릴 수 있는 모래 언덕도 있었다. 그리고 무엇보다 중요한 점이 있었다. 코틱은 물개라면 누구나 알 수 없는 물의 느낌으로, 이곳에 한 번도 사람의 발길이 닿지 않았다는 사실을 깨달았다.

코틱이 가장 먼저 물고기가 잘 잡히는지 확인했다. 그런 다음 해안을 따라 헤엄을 치며 아름다운 안개에 반쯤 가려져 있는 야트막한 모래섬이 몇 개나 있는지 세어보았다. 충분했다. 멀리 북쪽으로 이어진 길에는 모래톱이며 바위가 늘어서 있어 해안에서 10킬로미터 안으로는 배가 들어올 수 없었다. 섬들과 육지 사이를 흐르는 깊은 물줄기는 가파른 절벽들이 있는 곳까지 흘렀고, 그 아래 어딘가에는 터널의 입구가 있었다.

"노바스토시나에 돌아온 것 같아. 하지만 거기보다 열 배는 좋아. 바다소들은 내가 생각한 것보다 훨씬 더 현명한 동물인 게 틀림없어. 설령 인간들이 여길 찾아낸다 해도 저 절벽 아래로 내려오기란 불가능해. 만약 바다 쪽으로 들어오려고 한다면 저쪽 모래톱에 배가 부딪혀 산산조각이 나고 말거고. 바다에서 안전한 곳이 있다면 바로 여기야."

코틱은 노바스토시나에 남겨 두고 온 암컷 물개를 떠올렸다. 어서 빨리 섬으로 돌아가고 싶었지만, 일단 그 지역을 샅샅이 살펴보았다. 누가 어떤 질문을 할지 모르니까. 그런 다음 코틱은 다시 물속으로 뛰어들어 터널 입구를 확인하고 그 터널을 지나 남쪽으로 헤엄쳤다. 바다소나 물개 말고는 그런 곳이 존재하리라고 그 누구도 상상하지 못할 것이다. 절벽을 빠져나온 코틱조차도 자신이 그 아래를 지나왔다는 사실을 믿기 힘들 정도였다.

서둘러 헤엄을 쳤는데도 집까지 돌아가는 데 꼬박 엿새가 걸렸다. 코틱이 바다사자의 길목을 지나 서식지 쪽으로 오자마자 가장 먼저 만난 것은 자신을 기다리던 암컷 물개였다. 암컷 물개는 코틱의 눈빛을 보고 코틱이 마침내 꿈에 그리던 섬을 찾았다는 것을 알았다.

하지만 코틱의 아버지 시캐치를 비롯한 다른 물개들은 코틱이 섬을 찾았다는 이야기를 하자 모두 비웃었다. 코틱 또래의 젊은 물개가 이렇게 말했다.

"다 좋아, 코틱. 하지만 아무도 모르는 곳에서 돌아왔다고 하면서 우리더러 무작정 가자고 하면 어쩌라는 거야. 있잖아, 우리는 지금까지 보금자리를 두고 싸움을 벌여왔어. 하지만 넌 그러지 않았지. 싸우기는커녕 바닷속을 헤매고 다니는 걸 더 좋아했잖아."

이 말을 들은 물개들이 웃음을 터뜨렸다. 코틱을 놀린 젊은 물개가 이리저리 머리를 비틀기 시작했다. 그는 올해에 막 짝짓기를 한 탓에 유난히 호들갑을 떨었다.

"난 싸워서 지킬 보금자리가 없어. 그저 모두 안전하게 살 장소를 알려주고 싶을 뿐이야. 우리끼리 싸우는 게 무슨 소용이 있지?"

젊은 물개가 낄낄거리며 심술궂게 말했다.

"물론 네가 그렇게 순순히 물러선다면 나로서는 더 이상 할 말이 없지."

"그렇다면, 내가 이기면 나와 함께 가겠어?"

코틱의 눈에 초록빛이 돌았다. 어찌됐든 싸워야만 한다는 사실에 화가 치밀었던 것이다.

젊은 물개가 심드렁하게 대답했다.

"좋아. 네가 이기면 따라가지."

젊은 물개는 미처 마음을 바꿀 새도 없었다. 코틱이 쏜살같이 머리를 들이받고는 상대 물개의 두툼한 목덜미에 이빨을 깊숙이 박았던 것이다. 코틱은 그대로 젊은 물개를 바닷가로 질질 끌고 가서 흔들고 때려눕혔다. 그런 다음 나머지 물개들을 향해 소리쳤다.

"난 지난 오 년 동안 여러분을 위해 최선을 다했어요. 그리고 마침내 모두가 안전하게 살 수 있는 섬을 발견했지요. 그런데 그 멍청한 머리를 뽑아버리지 않으면 믿지 않겠단 말이군요. 그럼 가르쳐 주는 수밖에 없죠. 각오해야 할 거예요."

림머신은 해마다 만 마리의 물개들이 싸우는 모습을 보아 왔지만, 자신의 짧은 생에 동안 그러한 대단한 모습은 본 적이 없다고 고백했다. 코틱이 다른 물개들의 보금자리를 향해 공격하는 모습은 대단한 장관이었다. 그런 싸움은 처음 보는 것이었다. 코틱은 제일 먼저 눈에 띄는 가장 큰 물개에게 몸을 날려 목을 물고는 상대가 살려달라고 애걸할 때까지 목을 조르고 몸을 부딪치고 두들겼다. 그런 다음 상대를 내팽개치고 곧이어 다른 물개를 공격했다. 보금자리를 지키는 물개들은 매년 넉 달씩 굶었지만 코틱은 그런 적이 없었고, 깊은 바다를 헤엄치고 다니느라 몸이 매우 건장했다. 그리고 무엇보다 아직 한 번도 싸운 적이 없었다. 코틱의 곱슬곱슬한 흰 갈기가 분노로 곤두섰다. 눈에는 불꽃이 일었으며, 커다란 송곳니는 번쩍거렸다. 그 모습은 매우 당당했고 훌륭했다.

코틱의 아버지 시캐치는 아들이 쏜살같이 달려가 늙은 회색 물개들을 넘치마냥 이리저리 끌고 다니는 모습을 보고, 젊은 물개들을 사방으로 내팽개치는 것을 보았다. 시캐치가 큰 소리로 한 번 울부짖고는 외쳤다.

"저 녀석이 비록 어리석을지는 몰라도 이 해안에서 가장 뛰어난 싸움꾼이야. 아들아, 네 아비한테까지 달려들지는 마라! 나도 너와 함께하마!"

코틱도 거기에 답하듯 울부짖었다. 늙은 시캐치는 콧수염을 빳빳이 세우고 기관차처럼 입김을 내뿜으며 위풍당당히 걸어나갔다. 코틱과 미래를 약속한 암컷 물개는 마트카와 나란히 웅크리고 앉아 수컷들의 모습을 보며 감탄했다. 그것은 굉장한 싸움이었다. 두 물개는 아무도 고개를 들지 못할 때까지 싸움을 계속했다. 감히 머리를 치켜드는 물개가 보이기만 하면 바로 내리쳤다. 두 부자는 큰 소리로 울부짖으며 당당하게 해변을 걸어다녔다.

밤이 되어 북극광이 안개 사이로 반짝일 때, 코틱은 빈 바위 위로 올라가 여기저기 흩어져 있는 보금자리들과 상처 입고 피를 흘리는 물개들을 내려다보았다.

"자, 이제 좀 깨달았겠지."

시캐치가 심하게 상처를 입은 몸을 힘겹게 일으켜 세웠다.

"세상에! 범고래도 저렇게 심한 부상을 입히지는 못했을 거다. 아들아, 네가 자랑스럽구나. 그리고 네가 찾은 섬에 나도 함께 가겠다. 정말 그런 곳이 있다면 말이다."

코틱이 으르렁거리며 말했다.

"자, 살찐 돼지 같은 물개들아! 이제 나와 함께 바다소의 터널로 갈 물개는 누구인가? 대답해라, 안 그러면 다시 한 번 매운 맛을 알려줄 테니."

파도의 잔물결이 번지듯 바닷가 전체가 술렁거렸다. 수많은 물개들이 지친 목소리로 말했다.

"같이 가겠다. 하얀 표범, 코틱을 따라가겠다."

그러자 코틱은 자랑스러운 듯 어깨 사이로 얼굴을 묻고 눈을 감았다. 코틱은 더 이상 하얀 물개가 아니었다. 머리부터 꼬리까지 피로 물들어 붉게 되었지만 상처를 살피거나 보살필 생각을 하지 않았다.

일주일 뒤 코틱과 그의 만 마리에 이르는 홀루시키들과 나이 든 물개들을 끌고 바다소의 터널을 향해 북쪽으로 떠났다. 그대로 노바스토시나에 남은 물개들은 그들을 어리석다고 비웃었다. 하지만 이듬해 봄, 태평양의 어장 근처에서 다시 만났을 때 코틱을 따라갔던 물개들이 바다소 터널 너머에 있는 새로운 바닷가에 관한 이야기를 들려주었다. 그리고 점점 더 많은 물개들이 노바스토시나를 떠났다.

물론 그 일이 한 번에 이루어진 것은 아니다. 원래 물개들은 마음을 바꾸는 데 오랜 시간이 걸렸다. 하지만 매년 물개들은 노바스토시나, 루카논 그리고 다른 서식지를 떠나 보다 안전하고 조용한 바닷가로 향했다. 그곳에는 해마다 점점 몸집도 커지고 비례해 힘도 더 강해진 코틱이 여름 내내 앉아 있었다. 사람이 찾지 않는 이 바닷가에서 홀루시키들이 코틱의 곁을 맴돌며 신나게 놀았다.

루카논

세인트폴 섬의 물개들이 여름마다 자신들의 바닷가로 돌아갈 때 부르는 넓고 깊은 바다의 노래, 애절한 물개들의 애국가.

이른 아침 친구들을 만났네.
(하지만 나는 너무 늙었지!)
여름의 큰 파도가 밀려와 바위에 부딪혀 포효할 때
나는 부서지는 파도의 노래마저 삼킨 커다란 합창 소리를 들었네.
루카논 해안, 이백 만 물개의 우렁찬 목소리.

초호 옆 기분 좋은 서식지의 노래
뒤뚱거리며 모래 언덕을 내려와 입김을 내뿜는 무리의 노래
바다를 휘저어 불꽃을 일으키는 한밤중 춤의 노래
루카논 해안, 아직 물개 사냥꾼이 오지 않았지.

이른 아침 친구들을 만났네.
(두 번 다시 만날 수 없겠지!)
그들은 떼를 지어 다니며 해안을 검게 뒤덮었네.
하얀 거품이 이는 앞바다를 뚫고 멀리까지 닿도록
우리는 바닷가를 찾는 무리들을 환호로 맞이하며
노래를 불러 주었네.

루카논 해안, 겨울 밀이 쑥쑥 자랐네.
물에 젖은 채 오그라든 이끼.
모든 걸 적시는 바다 안개.
우리가 뛰노는 놀이터의 반들반들한 큰 바위들.
루카논 해안, 우리가 태어난 고향.

이른 아침 친구들을 만났네. 뿔뿔이 흩어진 지친 무리.
사람들은 물속에 있는 우리를 향해 총을 쏘고
육지에 있는 우리를 향해 몽둥이를 내려치네.

사람들은 우리를 어리석고 순한 양처럼 솔트 하우스로 몰았네.
그래도 우리는 루카논을 노래하네. 물개 사냥꾼이 오기 전.

남쪽으로, 남쪽으로 방향을 바꿔라!
오, 갈매기여, 잘 가게!
가서 깊은 바다의 총독들에게 우리의 슬픈 이야기를 전해주게!
머지않아 폭풍에 휩쓸려 바닷가에 던져진 상어 알처럼 텅 비어버린
루카논 해안은 더 이상 그 아들들을 보지 못할 거라고!

리키티키타비

주름 가죽이 들어간 구멍에 대고
붉은 눈이 소리쳤다.
붉은 눈이 하는 말을 들으라.
"나그, 이리 나와 죽음의 춤을 추어라!"

눈과 눈, 머리와 머리를 맞대고
(박자를 맞춰, 나그.)
하나가 죽어야 춤은 끝이 난다.
(좋을 대로, 나그.)
돌면 돌고 꼬면 꼬고
(도망가 숨어, 나그.)
저런! 두건을 쓴 죽음의 신이 실패했군!
(재앙이 있으리라, 나그!)

지금부터 들려줄 이야기는 리키티키타비가 인도 세고리의 영국군 병영에 있는 큰 저택의 욕실에서 홀로 치른 위대한 전투에 대한 것이다. 재봉새 다르지가 그를 도와주었고, 마룻바닥 가운데로 나오지 않고 늘 벽에 딱 붙어서 살금살금 돌아다니는 사향쥐 추춘드라가 조언을 주었다. 하지만 어쨌든 직접 싸운 것은 리키티키타비였다.

리키티키는 몽구스였다. 털과 꼬리는 작은 고양이와 비슷한 반면 머리와 습성을 보면 족제비와 많이 닮았다. 쉴 새 없이 씰룩거리는 코끝과 눈은 분홍색이었다. 리키티키타비는 앞발이나 뒷발을 사용해 몸의 어디든지 원하는 곳을 구석구석 긁을 수 있었다. 또 병닦는 솔처럼 보일 때까지 꼬리를 한껏 부풀릴 수도 있었다. 긴 풀 사이를 헤치며 바삐 달릴 때는 '리키-틱-티키-티키-틱' 하고 싸울 때 지르는 소리를 냈다.

어느 여름 날 리키티키는 홍수에 휩쓸려 부모와 살던 굴에서 쓸

려 나왔다. 길가 배수로를 따라 떠내려가는 사이 계속 끙끙거리며
발버둥을 쳤다. 마찬가지로 물 위로 떠내려가는 풀더미를 발견하
고 거기에 매달렸던 리키티키는 그대로 정신을 잃었다. 이윽고 다
시 정신을 차렸을 때는 온몸이 진흙투성이가 된 채로 어느 집의 정
원에 나 있는 작은 길 한복판에 뜨거운 햇볕을 받으며 누워 있었다.
한 사내아이가 그 모습을 바라보며 말했다.

"여기 죽은 몽구스가 있어요. 장례식을 치러 줘요."

그러자 아이의 엄마가 말했다.

"아니야, 집 안으로 데려가서 털을 말려줘 보자. 아직 죽지 않았
을지도 몰라."

엄마와 아이가 리키티키를 집 안으로 데리고 들어갔다. 덩치가
큰 남자가 리키티키를 엄지와 검지로 들어올리더니 죽은 게 아니
라 잠시 숨이 막혀 기절했을 뿐이라고 했다. 아이와 부모가 천으로
리키티키를 감싸서 따뜻하게 해주었다. 잠시 후 리키티키가 눈을
뜨고 재채기를 했다.

건장한 남자(집에 막 이사 온 영국인이었다)가 말했다.

"자, 놀라게 하지 말고 어떻게 하는지 보자꾸나."

몽구스를 놀라게 하는 일은 세상에서 가장 힘든 일일 것이다. 몽
구스는 코끝부터 꼬리까지 호기심으로 똘똘 뭉쳐 있기 때문이다.
모든 몽구스 집안의 좌우명은 '달려가서 알아내라'였다. 그리고 리
키티키는 틀림없는 몽구스였다.

리키티키는 몸을 감싸고 있는 천을 살펴보고 먹을 게 아니라고
결론짓고는 탁자 위를 한 바퀴 돌았다. 그러고는 똑바로 앉아 털을
매만지고 몸을 긁더니 소년의 어깨 위로 폴짝 뛰어올랐다.

아이 아빠가 말했다.

"무서워할 것 없어, 테디. 너랑 친구가 되려고 그러는 거야."

"아! 얘 때문에 턱이 간지러워요."

리키티키는 아이의 옷깃과 목 사이를 살펴보고, 귀에 코를 대고 킁킁거리며 냄새를 맡아보고, 몸을 타고 내려와서는 마룻바닥에 앉아 제 코를 문질렀다.

테디의 엄마가 말했다.

"어머나, 야생 동물이 전혀 경계심이 없네! 아마 우리가 살려줘서 안 무서워하는 거겠지."

아빠가 말했다.

"몽구스들은 다 저래. 테디가 꼬리를 잡아채거나 우리 속에 가두지만 않으면 하루 종일 집 안팎으로 돌아다닐 거야. 먹을 걸 좀 줘야겠는데."

가족들은 리키티키에게 날고기 한 점을 주었다. 훌륭한 식사였다. 배불리 먹은 뒤 베란다에 나가 털을 잔뜩 부풀리고 햇볕 아래 구석구석 빠짐없이 몸을 말렸다. 그러자 기분이 한결 좋아졌다.

리키티키는 생각했다.

'이 집에는 우리 가족이 평생 살펴봐도 모자랄 만큼 알아 볼 게 많이 있어. 계속 머물면서 살펴봐야겠다.'

리키티키는 그날 온종일 집안을 이리저리 뒤지고 다녔다. 욕조에 빠져 죽을 뻔하기도 하고 책상에 놓인 잉크병에 코를 박기도 했다. 그리고 덩치 큰 남자가 글을 쓰는 걸 보려고 무릎에 기어 올라갔다가 남자가 문 시가 끝에 코를 데이기도 했다. 해질녘에는 테디의 방으로 쪼르르 달려가 석유램프의 불을 붙이는 모습을 지켜보왔다. 그리고 테디가 잠자리에 들자 리키티키도 침대 위에 기어올랐다. 하지만 리키티키는 잠자리에서도 가만히 있지 못했다. 밤새도록 무슨 소리가 날 때마다 벌떡 일어나 귀를 기울이고 어디서 소리가 났는지 알아내느라 바빴던 것이다. 테디의 엄마, 아빠가 잠자리에 들기 전에 마지막으로 아이를 보러 왔을 때 베개 위에 있던 리키티키는 깨어 있었다.

테디의 엄마가 말했다.

"썩 내키지 않는데. 애를 물지도 모르잖아."

아빠가 말했다.

"걱정 마. 그럴 일은 절대 없어. 블러드하운드가 지키는 것보다 저 조그만 녀석이랑 있는 게 테디에게 더 안전할 거요. 혹시 방에 뱀이라도 들어온다면……."

하지만 테디 엄마는 그렇게 끔찍한 일은 생각하고 싶지 않았다.

아침 일찍 리키티키가 테디의 어깨에 올라탄 채 베란다로 아침을 먹으러 갔다. 사람들이 그에게 바나나와 삶은 달걀을 주자 리키티키는 이 사람 저 사람의 무릎으로 돌아다녔다. 제대로 자란 자란 몽구스는 언젠가 애완용 몽구스가 되어서 이 방 저 방으로 마음껏 뛰어다닐 수 있게 되기를 원하기 마련이다. 게다가 리키티키의 엄마(한때 세고리에 있는 장군의 집에서 살았다)는 아이에게 백인과 만나게 되면 어떻게 해야 하는지 자세히 알려준 적도 있었다.

식사가 끝난 후 리키티키는 뭔가 구경할 게 있는지 보려고 정원으로 나갔다. 반 정도만 손질이 된 커다란 정원이었다. 월계화 덤불이 무성하게 우거져 있었고, 라임 나무와 오렌지 나무, 대나무, 키가 큰 수풀이 함께 자라고 있었다.

리키티키가 입술을 핥았다.

"굉장히 멋진 사냥터로군."

생각만으로도 꼬리가 병 닦는 솔처럼 부풀었다. 황급히 정원을 오가며 여기저기 코를 박고 킁킁대며 냄새를 맡았다. 그때 가시나무 덤불에서 매우 구슬픈 목소리가 들려왔다.

재봉새 다르지와 그의 아내였다. 둘은 커다란 나뭇잎 두 장을 맞대고 가는 풀로 가장자리를 꿰매어 근사한 둥지를 만들었다. 그리고 둥지 안에 보드라운 솜과 깃털을 채워 넣었다. 그런데 두 마리 새가 가장자리에 앉아 우는 바람에 둥지가 앞뒤로 흔들렸다.

"무슨 일이에요?"

리키티키의 물음에 다르지가 대답했다.

"너무 슬퍼요. 어제 우리 새끼 하나가 둥지에서 떨어졌는데 나그가 그만 잡아먹어 버렸어요."

"저런! 정말 슬픈 일이군요. 그런데 내가 아직 여기가 익숙하지 않아서 그러는데, 나그가 누구에요?"

다르지와 그의 아내는 대답도 못 하고 둥지 속으로 몸을 웅크렸다. 순간 덤불 아래 무성한 풀밭에서 낮게 쉭쉭거리는 소리가 들려던 것이다. 무척이나 섬뜩한 소리였다. 깜짝 놀란 리키티키는 정확히 60센티미터 뒤로 펄쩍 물러났다. 그때 풀 위로 거대한 검은 코브라, 나그의 머리와 우산처럼 펼친 목이 조금씩 솟아올랐다. 혀끝에서 꼬리까지의 길이가 족히 1.5미터는 될 듯했다. 몸의 삼분의 일정도를 공중으로 세우고 있었는데, 바람에 흔들리면서도 쓰러지지 않는 민들레처럼 앞뒤로 몸을 흔들며 균형을 잡고 있었다. 그리고 사악한 눈으로 리키티키를 쏘아보았다. 무슨 생각을 하고 있는지 속내를 알 수 없는, 아무 기색도 비치지 않는 뱀의 눈이었다.

나그가 말했다.

"누가 나그냐고? 내가 나그다. 위대한 신 브라마께서 우리 종족 모두에게 징표를 남겨 주셨지. 브라마께서 주무실 때 최초의 브라마가 자신의 목덜미를 펼쳐서 햇빛을 가려 드렸거든. 자, 보아라, 그리고 두려워하라!"

나그는 활짝 목덜미를 펼쳤다. 리키티키는 그 목덜미에 있는 안경 무늬 같은 표식을 발견했다. 걸어서 잠그는 단추의 둥근 고리 부분과 비슷한 모양이었다. 리키티키는 겁에 질렸지만, 그 시간이 그리 길지는 않았다. 몽구스가 오랫동안 두려움을 갖는 것은 있을 수 없는 일이었다. 리키티키가 살아 있는 코브라를 본 것은 처음이었지만, 엄마가 죽은 코브라를 먹여준 적은 있었다. 그리고 다 자란 몽구스라면 평생 뱀과 싸우며 뱀을 잡아먹고 살아야 한다는 것도 잘 알고 있었다. 나그 또한 그 사실을 알고 있었으므로 냉정한 마음 깊은 곳에서는 두려움을 느끼고 있었다.

리키티키가 다시 꼬리를 부풀리며 말했다.

"그래, 라마가 주신 징표가 있고 없고 상관 없고, 둥지에서 떨어진 어린 새를 잡아먹는 게 옳은 일이라고 생각해?"

나그는 리키티키 뒤쪽 풀밭 속의 아주 조그만 움직임을 주시하며 생각했다. 그는 정원에 몽구스가 있다는 건 머지않아 자신과 가족이 죽임을 당할 수 있다는 뜻이라는 걸 알았다. 지금은 리키티키를 방심하게 만드는 게 최우선이었다. 그래서 살짝 고개를 숙이고는 옆으로 돌렸다.

"얘기 좀 해보자고. 너도 알을 먹잖아. 그런데 왜 난 새를 먹으면 안 된다는 거지?"

그때 다르지가 외쳤다.

"뒤! 뒤를 조심해!"

리키티키는 뒤를 돌아보느라 시간을 허비할 만큼 어리석지는 않았다. 곧장 공중으로 힘껏 뛰어올랐고 그 순간 바로 밑으로 나그의 사악한 아내 나가이나의 머리가 획 지나갔다. 나가이나는 리키티키가 말하는 동안 살금살금 뒤로 기어와 공격하려고 했던 것이다. 나가이나의 일격이 빗나가는 순간 사납게 쉭쉭거리는 소리가 들렸다. 리키티키는 나가이나의 등 위로 떨어질 뻔했다가 가까스로 피하며 착지했다. 만약 나이 많은 몽구스였다면 그 순간에 나가이나의 등을 한입에 물어뜯어야 한다는 것을 알았을 것이다. 하지만 리키티키는 코브라의 맹렬한 반격이 두려웠다. 때문에 나가이나의 몸을 물긴 했지만 잠깐만 물었다가 떨어졌다. 그리고 이리저리 휘두르는 뱀의 꼬리를 피해 펄쩍 뛰어올랐다. 살점이 찢어진 나가이나는 화를 참지 못하고 씩씩거렸다.

"이 못된 것, 몹쓸 다르지!"

나그는 덤불 속에 있는 둥지를 향해 한껏 몸을 세웠다. 하지만 다행히 둥지는 뱀이 닿을 수 없는 곳에 있었기 때문에 위험하지는 않았고 다만 앞뒤로 흔들리기만 했다.

리키티키는 두 눈이 붉게 타오르는 것을 느꼈다(화가 났다는 뜻이다). 그리고 어린 캥거루처럼 꼬리와 뒷발로 버티고 앉아 화가 난 목소리로 끽끽거리며 주위를 둘러보았다. 하지만 나그와 나가이나는 이미 풀숲으로 모습을 감춘 뒤였다. 뱀은 공격이 실패하면 더 이상 어떤 말도 하지 않았고, 다음에 무슨 짓을 할지 내색하는 법도 없었다. 리키티키는 그들을 쫓아갈 생각은 없었다. 한꺼번에 두 마리를 상대할 수 있을지 자신이 없었던 것이다. 그래서 집 근처의 자갈길로 종종거리며 달려와 그대로 주저앉은 채 생각에 잠겼다. 리키티키에게는 아주 중요한 문제였다.

오래된 자연사 책들을 보면 몽구스가 뱀과 싸우다 물리면 달아나서 약초를 먹고 치료를 한다는 이야기가 나온다. 하지만 그것은 사실이 아니다. 승리는 오직 눈과 발의 싸움이었다. 누가 더 빨리 보고 누가 더 빨리 움직이느냐, 즉 뱀의 일격과 몽구스의 도약의 대결이 승패를 가르는 요인이었다. 뱀이 공격할 때 눈만으로 뱀 머리의 빠른 움직임을 쫓을 수는 없었다. 그래서 재빨리 움직이는 것이 그 어떤 마법의 약초보다 훨씬 더 훌륭한 결과를 만들어 낸다. 리키티키는 자신이 아직 어린 몽구스에 불과하다는 것을 알았다. 그래서 자신이 뒤에서 오는 공격을 피했다는 생각에 뿌듯해졌다. 리키티키는 그 사실에 자신감을 얻었고, 테디가 자갈길을 달려 내려올 때는 다시 귀여운 애완동물로 사랑을 받을 준비가 되어 있었다.

그러나 테디가 막 몸을 숙이는 순간 먼지가 일면서 뭔가가 꿈틀거렸다. 작은 목소리가 들렸다.

"조심하라고! 나는 곧 죽음이니까!"

종종 흙 위에 누워 먹이를 노리곤 하는 작은 갈색 뱀 카라이트였다. 카라이트에게 물리면 코브라에게 물리는 것만큼이나 위험했다. 하지만 너무 작은 탓에 사람들은 이 뱀에게 그다지 주의를 기울이지 않았다. 덕분에 어떤 면에서는 사람들에게 더 위험한 존재였다.

리키티키의 눈이 다시 붉어졌다. 그리고 대대로 핏줄로 물려받은 특유의 몸짓으로 카라이트에게 다가갔다. 마치 춤을 추는 듯 전후좌우로 흔들거리는 움직임이었는데, 언뜻 보기에는 매우 우스꽝스러웠지만 사실 완벽하게 균형 잡힌 걸음걸이였다. 또 원한다면 어느 각도로든 몸을 날릴 수 있었다. 뱀을 상대하는 데 있어서 그만한 이점도 없었다. 리키티키는 자신이 나그다 훨씬 더 위험한 상대와 싸우고 있음을 몰랐다. 카라이트는 몸집이 아주 작아서 재빨리 몸을 회전시킬 수 있었던 것이다. 리키티키는 카라이트의 뒤통수를 단번에 제대로 물어야 했다. 그렇지 않으면 도리어 눈이나 입을 반격 당할 수 있었다. 하지만 리키티키는 그런 사실을 몰랐다. 새빨개진 눈으로 몸을 앞뒤로 흔들며 물기 좋은 부분을 찾았다. 카라이트가 먼저 공격을 시작했다. 리키티키는 펄쩍 뛰어 옆으로 피했다가 다시 공격을 시도했다. 하지만 사악하고 조그만 잿빛 머리가 리키티키의 어깨를 공격했고 리키티키는 카라이트를 훌쩍 뛰어넘었다. 카라이트의 머리가 리키티키를 바짝 뒤쫓았다.

테디가 집을 향해 소리쳤다.

"여기 보세요! 우리 몽구스가 뱀이랑 싸우고 있어요!"

아이 엄마의 비명 소리가 들려왔고 곧이어 아빠가 막대기를 들고 뛰어 나왔다. 하지만 이미상황이 종료된 뒤였다. 카라이트가 깊숙이 돌진해 오는 순간 리키티키가 펄쩍 뛰어올라 카라이트의 등에 내려앉았고, 곧장 앞발 사이로 얼굴을 깊숙이 묻고 최대한 카라이트의 머리에 가까운 쪽을 문 채 이리저리 뒹굴렀던 것이다. 리키티키에게 물린 뱀은 곧 딱딱하게 몸이 굳었다. 리키티키는 몽구수 가족의 식사 습관에 따라 꼬리부터 먹어 치우려다가 문득 너무 배불리 먹으면 움직임이 둔해진다는 사실이 떠올랐다. 계속 강하고 민첩하게 움직이려면 날씬한 몸을 유지해야 했다.

리키티키가 아주까리 덤불 아래로 모래 목욕을 하러 간 사이 테디의 아빠가 죽은 카라이트를 막대기로 두들겼다. 리키티키는 생각했다.

"뭐 하는 거지? 이미 내가 해치웠는데."

테디의 엄마가 흙구덩이에 있는 리키티키를 들어올려 품에 꼭 안았다. 그리곤 울먹이며 리키티키가 테디의 목숨을 구했다고 말했다. 테디의 아빠는 리키티키가 집에 온 것이 신의 뜻이라고 했다. 테디는 그저 놀라서 휘둥그레진 눈으로 이 모습을 바라보기만 했다. 리키티키는 사람들이 호들갑을 떠는 모습이 재미있었다. 물론 왜 그러는지 이해할 수는 없었지만. 테디 엄마의 행동은 테디가 흙장난을 했다고 쓰다듬고 칭찬하는 것이나 다름 없었다. 그만큼 리키티키에게 있어서 사냥은 즐거운 일이었던 것이다.

그날 밤 저녁 식사 때 리키티키는 식탁 위의 포도주 잔들 사이로 이리저리 움직이며 맛있는 음식을 배불리 얻어먹었다. 평소의 세 배는 먹은 듯했다. 하지만 나그와 나가이나를 잊지는 않았다. 테디의 엄마가 몸을 쓰다듬으며 토닥여주는 것도 좋고, 테디의 어깨 위에 앉아 있는 것도 즐거웠지만 이따금씩 눈을 빨갛게 물들이며 '리키-틱-티키-티키-틱' 하며 길게 소리를 내지르곤 했다.

테디는 리키티키를 침대로 데리고 갔다. 그리고 자신의 턱 아래 눕히며 자라고 고집을 부렸다. 리키티키가 예의 바르게 자랐기 때문에 아이를 물거나 할퀴지는 않았지만 테디가 잠들자마자 곧 집 안을 돌며 밤 순찰을 시작했다. 그러다가 어둠 속에서 벽을 따라 살금살금 다니는 사향쥐 추춘드라와 마주쳤다. 추춘드라는 조그만 짐승으로 늘 슬픔에 잠겨 있었다. 밤새도록 훌쩍이고 찍찍거리면서 방 한가운데로 뛰어들겠다고 마음을 먹지만, 막상 단 한 번도 그런 적이 없었다.

추춘드라가 울먹였다.

"살려 줘요, 리키티키. 살려 줘요."

리키티키가 가소롭다는 듯 말했다.

"나는 뱀도 죽일 수 있어. 뱀도 잡을 수 있는 나 같은 사냥꾼이 겨우 사향쥐를 죽일 것 같아?"

추춘드라가 더욱 슬픈 목소리로 대답했다.

"뱀을 죽이는 사냥꾼은 뱀한테 죽는 법이죠. 그리고 나그가 어두운 밤에 나를 당신으로 착각하지 않을 거라고 어떻게 장담할 수 있겠어요?"

"그런 일은 일어나지 않아. 나그는 정원에서 사는데 넌 정원에는 가지 않잖아."

"내 사촌인 추아가 그러는데······."

추춘드라가 갑자기 말을 멈췄다.

"추아가 뭐라고 했는데?"

"쉿! 나그는 어디든 갈 수 있어요, 리키티키. 당신이 정원에 있는 추아와 얘기를 나누었으면 좋았을 텐데."

"나는 추아를 만난 적이 없어. 그러니 네가 대신 말해 줘. 어서, 추춘드라. 그렇지 않으면 물어 버릴 거야."

추춘드라는 자리에 주저앉더니 수염을 타고 눈물이 흘러내릴 때까지 펑펑 울었다. 추춘드라가 울먹이며 말했다.

"난 정말 불쌍한 쥐예요. 마룻바닥 한가운데로 달려 나갈 용기도 없죠. 잠깐만요. 쉿! 아무 소리도 내지 말아요. 저 소리가 들리지 않나요, 리키티키?"

리키티키가 귀를 기울였다. 집안은 쥐 죽은 듯 조용했지만 아주 희미하게 스으스윽 소리가 들려왔다. 말벌이 유리창 위를 걷는 것만큼이나 아주 희미한 소리였는데, 뱀의 비늘이 벽돌을 스치며 나는 소리였다.

리키티키가 작은 목소리로 중얼거렸다.

"나그 아니면 나가이나야. 목욕탕의 배수관으로 기어들어오는 모양이군. 네 말이 맞아, 추춘드라. 추아와 얘길 했어야 했는데."

리키티키는 살며시 테디의 욕실로 가 보았지만 그곳에는 아무것도 없었다. 그래서 다시 테디 엄마의 욕실로 향했다. 매끈하게 회반죽을 바른 욕실 벽 아래쪽에 물이 빠져나갈 통로를 만들기 위해 벽돌 하나를 빼낸 곳이 있었다. 욕조 자리로 움푹 파인 자리에 살며시 숨은 리키티키는 나그와 나가이나가 바깥에서 달빛을 받으며 속삭이는 소리를 들었다.

나가이나가 남편에게 말했다.

"집에 사람이 살지 않으면 녀석도 떠날 수밖에 없을 거야. 그럼 정원은 다시 우리 차지가 될 거고. 조용히 안으로 들어가 봐. 첫 번째로 물어야 할 사람은 카라이트를 죽인 그 덩치 큰 남자라는 걸 명심해. 그런 다음 나와서 내게 말해줘. 그러고나서 우리 둘이 함께 리키티키를 사냥하는 거야."

"사람들을 죽이면 문제가 해결된다는 게 확실해?" "당연하지. 이 집에 사람이 살지 않았을 때 정원에 몽구스가 한 마리라도 있었어?

이 집에서 사람이 사라지면 우리가 정원의 왕과 왕비가 될 거야. 그리고 멜론 밭에 있는 알들이 부화해서 우리 새끼들이 나오면 아이들이 조용히 지낼 곳도 필요하잖아. 알은 당장 내일이라도 나올지 모른다고."

나그가 말했다.

"그 생각은 못했군. 알겠어. 하지만 굳이 리키티키까지 사냥할 필요는 없을 거야. 그 덩치 큰 사내와 여자, 아이까지만 죽이면 돼. 그러고 잠시 조용히 지내다 보면 집이 비게 될 테고 리키티키는 사라지겠지."

이 말을 들은 리키티키는 분노와 증오로 몸을 가눌 수 없을 정도였다. 다음 순간 나그의 머리가 구멍을 통해 들어왔고, 곧이어 1.5미터나 되는 차가운 몸뚱이가 따라 들어왔다. 리키티키는 화가 나면서도 엄청난 몸집을 보고 겁이 났다. 나그는 똬리를 튼 채 고개를 치켜들고 어두운 욕실 안을 바라보았다. 나그의 눈이 반짝거렸다.

리키티키는 생각했다.

'지금 여기서 녀석을 죽이면 나가이나가 금방 알아차리게 될 거야. 그렇다고 탁 트인 마루에서 싸우면 저 녀석에게 유리해. 어떻게 해야 하지?'

나그가 앞뒤로 몸을 흔들더니 욕조의 물을 채우는 데 쓰는 커다란 물통에서 물을 마시는 소리가 들렸다. 나그가 말했다.

"좋아. 카라이트를 죽일 때 그 덩치 큰 남자는 막대기를 가지고 있었어. 아직도 그 막대기를 가지고 있을지 몰라. 하지만 아침에 씻으러 들어올 때 막대기를 들고 오지는 않을 거야. 남자가 올 때까지 여기서 기다려야겠어. 나가이나, 내 말 들려? 난 날이 밝을 때까지 여기 시원한 곳에서 기다릴래."

밖에서는 아무런 대답이 없었다. 리키티키는 나가이나가 이미 가 버렸다는 것을 알아챘다. 나그는 물통의 아래쪽 불룩한 부분에 몸을 천천히 감았고, 리키티키는 죽은 듯이 꼼짝 않고 있었다. 한 시간쯤 흐른 뒤에 리키티키는 조금씩 물동이를 향해 움직이기 시작했다. 나그는 잠들어 있었다. 리키티키는 나그의 커다란 등을 바라보며 과연 어디를 무는 게 가장 좋을지 생각했다.

"만약 첫 일격에 녀석의 등을 부러뜨리지 못하면 나그가 날 공격할 거야. 나그가 공격을 하면…… 아, 리키!"

리키티키는 나그의 두툼한 목을 살펴보았다. 아무리 봐도 자신이 감당하기에는 너무 벅차 보였다. 그렇다고 꼬리 근처를 물면 나그가 더 미쳐 날뛰게 될 것 같았다.

마침내 리키티키가 말했다.

"반드시 머리를 공격해야 해. 목덜미 위쪽 말이야. 그리고 일단 머리를 물게 되면 절대 놓아줘서는 안 돼."

리키티키가 허공으로 몸을 날렸다. 나그의 머리는 물통의 불룩한 부분 아래쪽, 물통과 조금 떨어진 곳에 놓여 있었다. 이빨이 닿는 순간 리키티키는 빨간 물통의 불룩한 부분에 등을 딱 붙여 몸을 지탱하고는 나그의 머리를 꽉 눌렀다. 이렇게 해서 번 시간은 고작 1초 정도였지만 리키티키는 그 기회를 최대한 이용했다. 그리고 다음 순간 개가 쥐를 물고 흔들 듯이 나그가 리키티키를 이리저리 흔들며 패대기쳤다. 바닥 이쪽과 저쪽에 부딪치고 위아래로 흔들고 크게 원을 그리며 빙글빙글 몸을 돌렸다. 하지만 리키티키의 눈은 점점 더 새빨개졌다. 나그가 채찍을 휘두르듯 자신의 몸을 바닥에

팽개쳤다. 그 바람에 양철 바가지와 비누 곽, 목욕 수건이 이리저리 흩어졌다. 다음 순간 리키티키의 몸이 욕조의 가장자리 양철을 댄 곳에 세차게 부딪혔다. 하지만 리키티키는 끝까지 매달려 있었다. 그리고 시간이 지날수록 점점 더 강하게 물었다. 죽게 되더라도 가문의 명예를 위해 뱀의 머리에 이빨을 단단히 꽂아 넣은 채 죽어야겠다고 결심했던 것이다. 이리저리 부딪힐 때마다 온몸이 쑤시고 관절 마디마디가 떨어져 나가는 듯 아팠다. 그때 갑자기 뒤쪽에서 천둥소리가 났다. 뜨거운 바람을 맞은 리키티키는 그대로 정신을 잃었다. 빨간 불꽃에 털이 그슬렸다. 시끄러운 소리에 잠이 깬 남자가 엽총을 두발 쏴서 나그의 목덜미를 맞췄던 것이다.

리키티키는 두 눈을 꼭 감은 채 움직이지 않았다. 이젠 꼼짝없이 죽었다고 생각한 것이다. 하지만 나그의 머리는 미동도 없었고 덩치 큰 남자가 리키티키를 들어 올리며 말했다.

"이번에도 이 몽구스야, 앨리스. 이 조그만 녀석이 이번에는 우리 목숨을 구했군."

테디의 엄마가 얼굴이 하얗게 질린 채 욕실로 들어와 총에 맞은 나그의 시체를 보았다. 리키티키는 힘겹게 몸을 끌며 테디의 방으로 돌아갔다. 그리고 남은 밤의 절반이 지나도록 온몸을 부드럽게 흔들어 보았다. 자신이 생각했던 것처럼 진짜로 몸이 마흔 조각으로 부서진 건 아닌지 걱정이 되었기 때문이다.

아침까지 온몸이 뻐근했지만 리키티키는 자신이 한 일에 무척 뿌듯함을 느꼈다.

"이제 나가이나만 해결하면 돼. 하지만 나가이나는 나그보다 다섯 배는 더 사악할 거야. 나가이나가 말한 알들이 언제 어디서 깨어날지도 알 수도 없으니 가서 다르지를 만나 봐야겠어!"

리키티키는 아침을 기다릴 틈도 없이 다르지가 있는 가시덤불로 달려갔다. 다르지는 승리의 노래를 목청껏 부르고 있었다. 나그가 죽었다는 소식이 벌써 정원 전체에 자자했다. 청소부가 죽은 나그를 쓰레기더미에 던져 놓았던 것이다.

리키티키가 화난 목소리로 말했다.

"아, 이 바보 같은 털 뭉치 같으니라고! 지금이 노래할 때에요?"

다르지는 노래했다.

"나그가 죽었다네. 죽었다네. 죽었다네! 용맹한 리키티키가 머리를 꽉 물고 늘어졌네. 덩치 큰 남자가 탕 소리를 내는 막대기를 가져왔고, 나그는 두 동강이 났다네. 다시는 우리 아기들을 잡아먹지 못할 거라네."

리키티키가 조심스럽게 주위를 둘러보며 물었다.

"그 말이 모두 맞긴 한데 나가이나는 어디 있지?"

다르지가 노래를 계속했다.

"나가이나는 욕실 배수구로 와서 나그를 불렀다네. 나그는 막대기 끝에 걸려 밖으로 나왔다네. 청소부가 막대기 끝으로 나그를 들어서 쓰레기더미에 던져 버렸다네. 위대한 붉은 눈 리키티키에 대한 노래를 부르자!"

목을 한껏 부풀린 다르지가 계속해서 노래를 불렀다.

리키티키가 말했다.

"내가 둥지로 올라갈 수만 있으면 당신의 아기들을 전부 밖으로 밀어버릴 거예요. 언제 뭘 해야 하는지 알지 못하는 군요. 당신이야 거기 둥지에 있어서 안전하겠지만 여기 아래에 있는 나는 전쟁 중이란 말이에요. 당장 노래를 멈춰봐요, 다르지."

"위대하고 아름다운 리키티키를 위해 노래를 멈추지요. 오, 끔찍한 나그를 죽인 자여, 무슨 일인가요?"

"마지막으로 묻겠는데 나가이나는 어디 있지?"

"마구간 옆에 있는 쓰레기더미에서 나그의 죽음을 슬퍼하고 있어요. 하얀 이빨을 가진 위대한 리키티키여."

"하얀 이빨 타령은 집어쳐요! 나가이나가 어디다 알을 뒀는지 들어 본 적 있어요?"

"멜론 밭이에요. 담장과 가장 가까운 쪽이요. 거의 하루 종일 햇볕이 내리쬐는 곳이죠. 나가이나가 몇 주 전에 거기에 자기 알을 숨겨 놨어요."

"그걸 내게 말해 줘야겠다는 생각은 한번도 못 한 거예요? 담장과 가까운 쪽이라고요?"

"리키티키, 설마 그 알들을 먹을 건 아니죠?"

"정확히 말하면 먹을 건 아니에요, 다르지. 당신 털끝만큼이라도 머리를 쓸 줄 안다면 당장 마구간으로 날아가서 날개가 부러진 척을 해요. 그렇게 해서 나가이나가 이곳 덤불까지 쫓아오게 만들라고요. 나는 멜론 밭으로 가 봐야 하는데 지금 이대로 갔다간 나가이나한테 들키고 말 거예요."

다르지는 그다지 영리하지 못한 새였고, 한 번에 한 가지 생각밖에 하지 못했다. 게다가 나가이나의 새끼들도 자기 새끼들처럼 알에서 태어난다는 것을 알고 있었기 때문에 처음에는 그 알들을 죽이는 게 옳지 못하다고 생각했다. 하지만 다르지의 아내는 영리한 새였고, 그 알들이 나중에는 어린 코브라가 된다는 걸 알았다. 그래서 그녀가 남편 대신 둥지에서 날아올랐다. 다르지는 새끼들을 품으면서 계속 나그의 죽음을 노래하게 내버려 두었다. 다르지는 여러 거지 면에서 사람과 비슷했다.

다르지의 아내는 쓰레기더미 옆에 있는 나가이나 앞에서 날개를 퍼덕이며 소리를 질렀다.

"아, 내 날개! 아무래도 날개가 부러졌나봐! 아이가 돌을 던져서 날개가 부러졌어."

그리고 더욱 절망적으로 날개를 퍼덕이는 시늉을 했다.

나가이나가 고개를 들고 쉭쉭거렸다.

"리키티키를 공격할 때 네가 녀석에게 주의를 줬었지? 여기서 날개를 다치다니 장소 한 번 잘 골랐구나."

나가이나는 땅 위를 미끄러지듯 움직이며 다르지의 아내 곁으로 다가갔다.

다르지의 아내가 날카롭게 외쳤다.

"사내아이가 돌을 던져서 날개를 부러뜨렸어!"

"그래, 그 아이도 내가 가만두지 않을 생각이었어. 네 몫까지 복수를 해줄 테니 네가 죽더라도 위로가 좀 되겠지. 오늘 아침에는 내 남편이 쓰레기더미에 누워 있었지. 하지만 밤이 되기 전에 그 애도 자기 방에 조용히 누워 있게 될 거야. 달아나도 소용없어. 어차피 나한테 잡힐 테니까. 이 어리석은 새야, 날 봐!"

다르지의 아내는 그 말에 따를 만큼 어리석지 않았다. 새가 뱀의 눈을 바라보게 되면 너무 겁에 질려 몸을 움직이지 못하게 되었다. 다르지의 아내는 구슬프게 울면서 계속 퍼덕거리기만 할 뿐 날아오르지 않았다. 나가이나가 그 뒤를 바짝 뒤쫓았다.

리키티키는 나가이나와 다르지 부인이 마구간을 떠나 오솔길로 올라가는 소리를 들었다. 그리고 더욱 서둘러 담장과 가까운 멜론 밭으로 달려갔다. 멜론 주위에 따뜻하게 깔아 둔 짚더미 속에 스물다섯 개의 알이 매우 교묘하게 숨겨져 있었다. 크기는 달걀만 했지만 딱딱한 껍질 대신 희끄무레한 막에 싸여 있었다.

"아슬아슬하게 맞춰왔군."

얇은 껍질 속에 새끼 코브라들이 웅크리고 있는 게 보였던 것이다. 새끼 코브라들은 알에서 부화하는 순간 모두 사람이나 몽구스를 죽일 수 있는 존재들이었다. 리키티키는 최대한 빠른 속도로 알 위쪽을 물어뜯고 새끼 코브라들을 차례로 꾹꾹 밟아 죽였다. 그리고 이따금씩 짚더미를 들춰보며 빠뜨린 알은 없는지 확인했다. 마침내 단 세 개의 알만이 남았을 때 리키티키는 혼자 신이 나서 낄낄거렸다. 그때 다르지 부인이 날카롭게 외치는 소리가 들렸다.

"리키티키, 내가 나가이나를 집 쪽으로 유인했더니 베란다로 들어가 버렸어요. 얼른 와요. 사람들을 죽이려고 해요!"

리키티키는 서둘러 알 두 개를 부순 다음 마지막 알을 입에 물고 허둥지둥 멜론 밭을 빠져나왔다. 그리고 땅을 박차며 베란다를 향해 황급히 뛰어갔다. 테디와 엄마, 아빠는 아침을 먹기 위해 베란다에 나와 있었다. 하지만 아무도 아침을 먹고 있지 않았다. 다들 자리에 앉은 채 돌처럼 굳어 있었고 얼굴은 하얗게 질려 있었다. 나가이나는 테디의 의자 옆 매트 위에 똬리를 틀고 앉아 있었다. 마음만 먹으면 쉽게 테디의 맨다리를 공격할 수 있는 위치였다. 나가이나는 앞뒤로 몸을 흔들며 승리의 노래를 부르고 있었다.

나가이나가 쉭쉭거리며 말했다.

"나그를 죽인 덩치 큰 남자의 아들아. 가만히 있거라. 내가 아직 준비가 되지 않았거든. 꼼짝 말고 기다려라. 너희 모두 움직이지 마. 움직이면 공격할 거야. 움직이지 않아도 공격할 거고. 어리석은 인간 같으니. 어째서 내 남편 나그를 죽인 거야!"

테디의 눈은 아빠를 향하고 있었다. 하지만 아빠가 할 수 있는 일은 "테디, 가만히 있으렴. 움직이면 안 돼. 테디, 가만히 있어" 하고 속삭이는 것뿐이었다.

그때 리키티키가 나타나 외쳤다.

"나가이나, 몸을 돌려. 나와 싸우자!"

나가이나는 눈도 돌리지 않은 채 대답했다.

"기다려. 너에게도 빚이 있으니 곧 복수를 해주마. 여기 네 친구들을 좀 봐. 하얗게 질려서 꼼짝도 못하는구나. 겁을 잔뜩 먹어서 움직일 엄두도 못 내고 있어. 네가 한 발짝만 다가오면 바로 공격할 거야."

"담장 근체 멜론 밭에 있는 네 알들이나 살펴보시지. 어서 가봐, 나가이나."

거대한 뱀은 그 말을 듣고 반쯤 몸을 돌려 베란다에 놓인 알을 발견했다.

"안 돼! 이리 내놔!"

리키티키는 두 발로 알을 감싸 쥐었다. 금세 눈이 새빨갛게 변해 있었다.

"뱀의 알은 얼마나 하지? 새끼 코브라는? 심지어 킹코브라의 알이라면? 그것도 마지막, 마지막으로 단 하나 남은 알이라면 과연 얼마나 할까? 멜론 밭에 있는 다른 알들은 모두 죽어서 개미들이

다 먹고 치우고 있을 거야."

나가이나는 하나 남은 알 때문에 모든 걸 잊고 휙 몸을 돌렸다. 리키티키는 테디의 아빠가 재빨리 커다란 손을 내밀어 테디의 어깨를 붙잡아 찻잔이 놓인 작은 탁자 건너편으로 끌어당기는 것을 보았다. 이제 아이는 나가이나로부터 안전한 곳에 있었다.

리키티키가 낄낄거리며 말했다.

"속았지! 속았어! 속았다고! 이제 아이는 안전해. 그리고 어젯밤 욕실에서 나그의 목덜미를 문 건 바로 나야."

리키티키는 머리를 바닥쪽으로 숙인 채 네발로 펄쩍펄쩍 뛰기 시작했다.

"그 녀석이 나를 이리저리 팽개쳤지만 나를 떼어내지는 못했지. 녀석은 덩치 큰 남자가 총으로 두 동강 내기 전에 이미 죽었어. 바로 이 몸이 죽였지. 리키-티키-틱틱! 나가이나, 덤벼. 어서 나랑 싸우자. 네가 과부로 있을 날도 길지는 않을 거야."

나가이나는 테디를 죽일 수 있는 기회를 놓쳐 버렸다는 사실을 깨달았다. 그리고 자신의 알은 리키티키의 발 아래 있었다.

나가이나가 고개를 숙이며 말했다.

"리키티키, 알을 줘. 부탁이야. 마지막 남은 알을 주면 멀리 떠나서 다시는 돌아오지 않을게."

"그래, 안 그래도 떠나게 될 거야. 그리고 다시는 돌아오지 못할 테고. 나그가 있는 쓰레기더미로 가게 될 테니까. 이 과부야, 덤벼라! 덩치 큰 남자가 총을 가지러 갔어! 자, 덤벼!"

리키티키는 나가이나가 공격할 수 없도록 거리를 유지하며 주위로 펄쩍펄쩍 뛰어다녔다. 리키티키의 눈은 석탄처럼 시뻘겋게 달아올랐다. 나가이나가 정신을 가다듬고 리키티키를 향해 몸을 날렸다. 리키티키가 펄쩍 뛰어서 뒤로 물러났다. 나가이나는 몇 번이고 반복해서 공격을 퍼부었다. 그리고 그때마다 퍽 소리와 함께 베란다 바닥에 머리를 부딪쳤다. 하지만 포기하지 않고 계속해서 다시 몸을 곤추세웠다. 리키티키는 나가이나의 뒤로 돌아가려고 빙글빙글 원을 그리며 춤을 추었고, 나가이나도 리키티키와 마주보려고 휙휙 방향을 돌렸다. 그럴 때마다 나가이나의 꼬리가 베란다 바닥을 스치면서 바람에 날리는 마른 낙엽 같은 소리를 냈다.

순간 리키티키는 알을 까맣게 잊어버렸다. 알은 계속 베란다에 놓여 있었고, 나가이나는 점점 더 가까이 그쪽으로 다가갔다. 호시탐탐 틈을 노리던 나가이나는 마침내 리키티키가 잠시 숨을 돌리는 사이 알을 입에 물고 몸을 틀었다. 그리고 쏜살같이 계단을 내려가 도망쳤다. 리키티키가 급히 그 뒤를 쫓았다. 코브라가 있는 힘껏 도망칠 때는 말의 목 위로 내리치는 채찍처럼 빨랐다.

리키티키는 반드시 나가이나를 붙잡아야 했다. 그렇지 않으면 언젠가 또 위험한 일이 일어날 터였다. 나가이나는 곧장 가시덤불 옆 기다란 풀숲으로 향했다. 달리는 리키티키의 귀에 다르지가 부르고 있는 멍청한 승리의 노랫소리가 들려왔다. 하지만 다르지의 아내는 현명했다. 나가이나가 도망쳐 오자 둥지를 떠나 나가이나의 머리 근처에서 날개를 퍼덕였다. 만약 다르지가 도와줬더라면 나가이나를 돌려 세웠을지도 모른다. 하지만 나가이나는 고개를 숙인 채 계속 도망쳤다. 그래도 잠깐 멈칫하는 사이에 리키티키가 나가이나를 따라잡았다. 그리고 나가이나가 나그와 함께 살던 구멍으로 뛰어드는 순간 작고 하얀 이빨로 그녀의 꼬리를 꽉 물었다.

아무리 현명하고 노련한 몽구스라 해도 코브라의 굴까지 따라 들어가려고 하는 경우는 보지 드물었다. 구멍 안은 깜깜했다. 언제 갑자기 넓은 곳이 나타나 나가이나가 몸을 돌려 반격해올지 알 수 없었다. 리키티키는 나가이나의 꼬리를 꽉 문 채 덥고 습한 흙 경사면에 두 발로 딛고 깜깜한 구멍 속으로 미끄러지지 않으려 악착같이 기를 썼다.

잠시 후 구멍 입구 근처에 있는 풀들이 더 이상 흔들리지 않자 다르지가 외쳤다.

"리키티키도 이제 끝났구나! 리키티키의 죽음을 슬퍼하는 애도의 노래를 불러야겠다. 용맹한 리키티키가 죽었다! 땅속에서 나가이나가 리키티키를 죽인 게 틀림없어."

다르지는 즉석에서 매우 애절한 노래를 만들어 불렀다. 그리고 그의 노래가 가장 감동적인 부분에 이르려는 찰나 다시 풀이 흔들렸다. 흙투성이가 된 리키티키가 콧수염을 핥으며 다리를 하나씩 빼내며 구멍을 빠져나왔다. 다르지가 비명을 지르며 노래를 멈추었다. 리키티키가 몸을 흔들어 털에 묻은 먼지를 털어 내고는 연신 재채기를 했다.

"다 끝났어. 나가이나는 두 번 다시 구멍에서 나오지 못할 거야."

풀뿌리 틈새에 사는 붉은 개미들이 그 말을 듣고는 사실인지 확인하려는 듯 구멍 속으로 줄지어 몰려갔다.

리키티키는 풀 속에 웅크린 채 그대로 잠이 들었다. 그리고 오후 늦게까지 자고 또 잤다. 리키티키에게도 오늘 하루는 아주 고된 날이었던 것이다.

마침내 잠에서 깨어난 리키티키가 말했다.

"자, 이제 집으로 가야지. 다르지, 오색조 쿠퍼스미스에게 이 일을 말해 줘요. 그럼 쿠퍼스미스가 나가이나가 죽은 걸 온 정원에 알려줄 거예요."

쿠퍼스미스는 마치 작은 망치로 구리 냄비를 두들기는 것 같은 소리를 내는 새였다. 쿠퍼스미스가 이렇게 시끄러운 소리를 내는 까닭은 인도의 모든 정원을 돌며 귀를 기울이는 모든 이들에게 소식을 전하는 새이기 때문이다. 리키티키가 자갈길을 따라 올라가고 있을 때 식사 시간을 알리는 작은 징처럼 소식을 알리는 녀석의 울음소리가 들려왔다.

"딩동톡! 나그가 죽었네! 딩동! 나가이나가 죽었네! 딩동톡!"

쿠퍼스미스가 외쳐대는 소리에 정원의 모든 새들이 노래를 부르기 시작했다. 개구리들도 개굴개굴 울어댔다. 나그와 나가이나가 어린 새들뿐만 아니라 개구리도 잡아먹곤 했던 것이다.

리키티키가 집에 도착하자 테디와 엄마(기절했다 깨어난 테디 엄마는 여전히 하얗게 질려 있었다), 아빠가 달려나왔다. 그들은 금방이라도 울음을 터트릴 것 같은 표정으로 리키티키를 반겼다. 그날 밤 리키티키는 더 이상 먹을 수 없을 때까지 맛있는 음식을 먹었다. 그리고 부른 배를 안고 테디의 어깨에 올라타 침실로 향했다. 그리고 테디의 엄마가 늦은 밤 아이를 보러 왔을 때도 여전히 침대에 있었다.

테디의 엄마가 아빠에게 말했다.

"저 몽구스가 우리와 테디의 목숨을 구했어. 생각해봐. 우리 모두를 구한 거야."

리키티키가 잠에서 깨어 벌떡 일어났다. 몽구스들은 잠귀가 무척 밝았다.

"아, 당신들이었군요. 왜 잠들지 않고 있죠? 이제 코브라는 다 죽었어요. 설령 살아있다 해도 내가 있으니 걱정말아요."

리키티키는 스스로를 자랑스럽게 여길 만했다. 물론 지나치게 으스대지는 않았다. 몽구스답게 높이 뛰어오르고 강한 이빨로 적을 물어 정원을 지켰고, 그리하여 감히 정원의 담장 안으로 머리를 들이미는 코브라는 단 한 마리도 없었다.

다르지의 노래
리키티키티비를 찬양하는 노래

나는 가수라네.
그리고 재봉사이기도 하지.
그래서 내가 아는 즐거움도 두 배라네.
하늘에 내 노래가 울려퍼지네.
울려퍼지는 내 노래가 자랑스럽다네.
내가 꿰매어 만든 집이 자랑스럽다네.
위로 아래로 움직이며 나는 노래를 엮는다네.
그렇게 엮는다네.
내 집을 엮는다네.

어린 새들에게 다시 노래를 부르네.
어미새여, 고개를 들어요!
우리를 괴롭히는 악당이 죽었다네.
정원의 사신이 죽어 누워 있다네.
장미들 속에 숨어 있던 공포가 힘을 잃었다네.
쓰레기더미 위에 던져진 채 죽음을 맞았다네.

누가 우리를 구했나?
누가 우리를 구했나?
그의 둥지와 그의 이름을 말해주게.
리키, 용맹하고 진실한 자,
리키, 불꽃같은 눈을 가진 자,
리키티키티키, 상아 같은 송곳니를 가진 자.
불타오르는 눈을 지닌 용맹한 사냥꾼.

그에게 새들의 감사 인사를 바치네.
꽁지깃을 활짝 펴고 노래를 부르네.

나이팅게일의 노래로 그를 찬양하네.
아니, 내가 대신 그를 찬양하리.
들어라! 병 모양의 꼬리를 가진
불타는 눈을 가진 리키,
내가 그대를 찬양하는 노래를 부르네.

(여기서 리키티키가 끼어들어 멈추게 했고,
덕분에 노래의 나머지 부분은 전해지지 않는다.)

코끼리들의 투마이

내가 누구였는지 기억하리. 이제 난 밧줄과 쇠사슬이 지겹다.
내가 가졌던 힘과 숲에서의 일을 기억하리.
내 등을 사탕수수 한 다발에 인간에게 팔지 않으리.
내 종족과 숲의 친구들에게로 가리.

동이 트고 아침이 밝아 올 때까지 걸어가리.
때 묻지 않은 바람이 입술을 간질이고
깨끗한 물이 몸을 어루만지는 그곳으로 가리.
내 발목에 채워진 족쇄도 잊고,
나를 묶어 놓은 말뚝도 부수리.
잃어버린 나의 사랑과 자유로운 시절의 친구들을 다시 찾으리!

'검은 뱀'이라는 뜻의 칼라나그는 47년 동안 인도 정부를 위해 일했다. 오랜 세월 코끼리가 할 수 있는 일이란 일은 모두 했다고 해도 과언이 아니다. 처음 붙잡혔을 때 이미 스무 살이었으니 지금은 어느새 일흔을 바라보게 되었다. 코끼리가 오래 사는 걸 감안해도 늙은 나이였다. 이마에 커다란 가죽 띠를 두른 채 진흙탕에 빠진 대포를 밀던 때도 있었다. 1842년 아프간 전쟁이 일어나기 전이었는데 그때만 해도 칼라나그는 제 힘을 전부 발휘하지 못했다. 칼라나그와 함께 붙잡혔던 엄마 코끼리 라다 파이어리의 이름은 '사랑스러운 라다'라는 뜻이었다. 그녀는 칼라나그의 젖니가 빠지기도 전에 두려움을 갖는 코끼리가 다치기 십상이라고 알려 주었다. 칼라나그가 그 가르침이 옳다는 것을 깨닫게 된 계기가 있었다. 태어나서 처음으로 포탄이 터지는 것을 보았을 때 비명을 지르며 뒷걸음질 치다가 소총들을 걸어 둔 보관대에 부딪히면서 여린 살이 총검에 찔렸던 것이다. 그리하여 칼라나그는 스물다섯 살이 되기 전에 두려움을 모르는 코끼리가 되었다. 그리고 그 덕분에 인도 정부를 위해 일하는 코끼리들 가운데 가장 신임과 총애를 받는 코끼리가 되었다. 인도 북부 지역을 행군할 때 500킬로그램이 넘는 천막들을 운반했고, 증기 기중기 끝에 매달려 배에 실린 채 인도에서 멀리 떨어진 바위투성이의 낯선 땅에 가기도 했다. 그곳에서 칼라나그는 등에 박격포를 지고 날랐다. 마그달라에서는 테오드로스 황제(에티오피아 왕국을 통일했던 통치자-옮긴이)가 죽어 누워있는 모습도 보았다. 칼라나그는 다시 증기선으로 돌아왔고, 군인들은 칼라나그에게 아비시니아(에티오피아의 옛 이름-옮긴이) 훈장을 받을 자격이 충분하다고 말했다. 그로부터 10년 뒤에는 알리 머스지드라는 곳에서 동료 코끼리들이 추위와 병, 굶주림과 일사병으로 죽어가는 것을 지켜봐야 했다. 이후 남쪽으로 수천 킬로미터 떨어진 모울메인(미얀마 남부의 항구도시-옮긴이)의 목재저장소로 가서 커다란 티크나무를 운반해 목재 쌓는 일을 했다. 함께 일하는 코끼리들 가운데 자신에게 주어진 몫의 일을 게을리 하며 말을 제대로 듣지 않는 젊은 코끼리들을 혼내는 역할도 했다.

그 후에 칼라나그는 목재 끄는 일에서 벗어나 훈련을 받은 수십 마리의 다른 코끼리들과 함께 가로(Garo) 언덕에서 야생 코끼리 체포 작전에 동원되었다. 코끼리들은 인도 정부로부터 매우 철저하게 관리되었다. 코끼리를 사냥하고 붙잡고 길들이고 코끼리들을 필요로 하는 전국 각지에 보내는 일을 전담하는 부서가 따로 있을 정도였다.

칼라나그는 어깨까지의 높이가 족히 3미터는 되는 큰 코끼리였다. 상아는 1.5미터 길이에서 잘려 있었고 끝이 갈라지는 걸 막기 위해 구리로 만든 테두리를 감아두었다. 하지만 칼라나그는 그 뭉툭한 상아만으로도 훈련받지 않은 코끼리가 뾰족한 상아로 할 수 있는 것보다 더 많은 일을 할 수 있었다.

칼라나그는 몇 주 동안 언덕에 흩어져 있던 코끼리들을 신중하게 몰았다. 사오십 마리의 야생 코끼리들을 마지막 울타리로 몰아넣고 나면 굵은 나무줄기를 단단히 동여매 만든 거대한 문이 덜컹 내려와 닫혔다. 칼라나그는 명령에 따라 코끼리들이 성을 내며 울부짖는 아수라장 속으로 들어가 무리 가운데 가장 덩치가 크고 사나운 놈들을 골라 두들기고 밀어붙여 얌전하게 만들었다(이런 일은 주로 밤에 이루어졌는데, 횃불이 너울거리는 바람에 거리를 가늠할 수 없을 때가 많았다). 그러는 사이 다른 코끼리들 등에 올라탄 사람들이 좀 더 작은 야생 코끼리들을 밧줄로 묶었다.

지혜롭고 노련한 검은 뱀 칼라나그는 싸움에 대해 모르는 게 없었다. 한창때 상처 입은 호랑이의 공격에 맞서 여러 차례 싸운 적도 있었기 때문이다. 칼라나그는 연한 코 부분이 다치지 않도록 돌돌 말고는 머리를 재빨리 돌려 달려드는 상대를 향해 재빠르고 날카롭게 일격을 가했다. 이것은 온전히 혼자서 생각해낸 기술이었다. 호랑이를 후려쳐 쓰러뜨리고 자신의 거대한 무릎으로 호랑이를 연신 밟았다. 헐떡이며 울부짖던 호랑이가 점점 기력을 잃고 나면 땅에는 한때 호랑이였던 푹신한 줄무늬 가죽만 남아 있었다. 이제 칼라나그는 그 꼬리를 잡고 끌고 가기만 하면 되는 것이다.

"그래, 검은 뱀은 나 말고는 아무것도 두려워하지 않아."

칼라나그를 모는 '큰 투마이'는 그렇게 말했다. 그는 칼라나그가 붙잡히는 모습을 지켜보았던 '코끼리들의 투마이'의 손자이자 칼라나그를 아비시니아로 데려온 '검은 투마이'의 아들이었다.

"우리 가문의 삼대가 녀석을 먹이고 빗질을 해주었지. 내 다음 대까지 이어지는 걸 볼지도 모르겠구나."

"칼라나그는 나도 두려워해요."

'작은 투마이'가 말했다. 몸에는 천 쪼가리 한 장만을 걸친 채 고작 1미터가 조금 넘는 키로 꼿꼿이 서있는 작은 투마이는 이제 갓 열 살이 된, 큰 투마이의 장남이었다. 다 자라면 관습에 따라 아버지를 대신해 칼라나그를 타게 되고 묵직한 쇠막대기 안쿠스를 들게 될 것이다. 그것은 아이의 아버지와 할아버지, 증조할아버지가 코끼리를 부릴 때 사용하는 막대기로, 오랜 세월 사용해 반들반들하게 닳아 있었다. 작은 투마이가 말은 허튼소리가 아니었다. 작은 투마이는 칼라나그의 그늘에서 태어났고, 걷기도 전에 칼라나그의 코를 가지고 놀았고, 걸음마를 떼자마자 데리고 다니며 물을 먹였던 것이다. 칼라나그 역시 작은 투마이가 작고 날카로운 목소리로 명령하는 것을 거스를 생각은 없었다. 큰 투마이가 작은 갈색 아기를 칼라나그의 상아 아래에 놓으며 앞으로 주인이 될 아기에게 인사하라고 했던 날에도 죽일 생각은 꿈에도 하지 않았던 것처럼.

"아무렴, 칼라나그는 나를 무서워하지."

작은 투마이는 그렇게 말하며 칼라나그에게 성큼성큼 다가갔다. 그리고는 칼라나그를 늙고 뚱뚱한 돼지라고 부르며 한 발씩 차례로 들어보라고 시켰다.

"와, 너는 정말로 커다란 코끼리구나."

작은 투마이는 솜털이 보송보송한 머리를 흔들며 아버지가 한 말을 따라했다.

"코끼리가 일하는 데 들어가는 돈은 정부에서 내는지 모르겠지만 코끼리들의 진짜 주인은 코끼리를 부리는 우리야. 칼라나그, 네가 늙으면 돈 많은 왕이 와서 널 사려고 할 거야. 넌 몸집도 크고 예의도 바르니까 맘에 들어할 게 분명해. 그러면 넌 다른 일은 안 하고 황금 귀고리를 달고 황금 가마를 등에 얹고 금으로 뒤덮인 붉은 천을 옆구리에 두르고 왕의 행렬 맨 앞에서 걷기만 하면 돼. 그럼 난 은으로 된 안쿠스를 들고 네 목에 앉게 되겠지. 황금 막대기를 든 사람들이 우리 앞으로 달려가며 소리칠 거야. '왕의 코끼리가 지나가니 길을 비켜라!' 정말 근사하지 않아, 칼라나그? 분명 좋은 일일 거야. 하지만 정글에서 이렇게 사냥하는 것만큼 좋지는 않겠지."

큰 투마이가 말했다.

"저런! 너는 들소 새끼마냥 철이 없구나. 이렇게 언덕을 오르락내리락하는 게 최고의 일거리는 아니야. 나도 점점 나이가 드는데다 야생 코끼리 잡는 일도 썩 좋아하지는 않으니까 말이다. 이렇게 돌아다니면서 야영을 하는 것도 싫어. 나에게 필요한 건 한 칸에 코끼리 한 마리씩 넣을 수 있는 벽돌로 만든 우리야. 코끼리를 안전하게 매어 둘 수 있는 커다란 말뚝도 필요하고, 코끼리들에게 운동을 시킬 수 있는 넓고 평평한 길도 필요하지. 아, 칸푸르 막사가 좋았는데. 근처에 시장도 있었고 하루에 세 시간만 일하면 됐으니까 말이야."

작은 투마이는 칸푸르의 코끼리 우리를 떠올리고는 아무 대꾸도 하지 않았다. 사실 작은 투마이는 야영 생활이 훨씬 더 좋았던 것이다. 아버지가 말한 넓고 평평한 길도 싫었고, 매일 사료 저장고에서 풀을 찾아오는 것도 싫었다. 무엇보다 칼라나그가 몇 시간이고 아무 할 일도 없이 말뚝에 묶여 안절부절 못하는 것을 지켜보는 것이 지루하고 싫었다.

작은 투마이가 좋아하는 것은 코끼리만 갈 수 있는 좁은 길로 올라가거나 골짜기 아래로 내려가는 것, 몇 킬로미터 떨어진 곳에서 풀을 뜯는 야생 코끼리들의 모습을 구경하는 것, 돼지와 공작새들이 칼라나그의 발에 밟힐까봐 겁에 질려 도망가는 모습을 보는 것이었다. 또 앞이 잘 보이지 않을 정도로 따뜻한 비가 쏟아져서 온 언덕과 골짜기가 흐릿해지던 광경, 그날 밤 어디서 야영을 하게 될지 아무도 짐작할 수 없는 안개 낀 아침의 근사한 풍경, 야생 코끼리를 침착하고 조심스럽게 몰아가는 일을 좋아했다. 그리고 코끼리를 몰아넣는 마지막 밤의 거친 움직임과 불꽃과 시끌벅적한 소리를 좋아했다. 야생 코끼리들은 산사태에 굴러 떨어지는 바위들처럼 울타리 안으로 쏟아져 들어갔고 자신들이 빠져나올 수 없다는 것을 알고는 단단한 기둥에 쾅쾅 몸을 부딪쳤다. 하지만 결국 함성 소리와 타오르는 횃불과 공포탄 소리에 놀라 울타리 안으로 물러났다.

그곳에서는 조그만 사내아이도 할 일이 있었다. 그리고 작은 투마이는 사내아이 셋의 몫을 너끈히 했다. 손에 든 횃불을 흔들고 목청껏 소리를 질렀다. 가장 신나는 건 코끼리들이 울타리로 쏟아져 들어가기 시작할 때였다. 케다, 즉 울타리는 마치 세상의 끝을 보는 듯했고 사람들은 자신의 말소리도 잘 들리지 않아서 서로 수신호를 주고받아야 했다. 그러면 작은 투마이는 흔들리는 울타리 기둥 위로 기어 올라갔다. 햇볕에 바랜 갈색 머리를 어깨까지 풀어헤친 해 횃불의 불빛에 비치는 아이의 모습은 마치 도깨비 같았다. 잠시 조용해지는 순간 울부짖는 소리와 쿵쾅거리며 달리는 소리, 밧줄을 던지는 획하는 소리, 밧줄에 묶인 코끼리들의 신음 소리 너머로 작은 투마이가 카랑카랑한 목소리로 칼라나그를 격려하는 외침 소리가 들려왔다.

"계속해, 계속해, 칼라나그! 엄니로 받아버려! 조심! 조심해! 옳지, 때려! 내리치라고! 거기 기둥 조심해! 이랴! 이랴!"

칼라나그와 야생 코끼리는 케다 안에서 밀고 밀리는 큰 전투를 계속했다. 노련한 코끼리 사냥꾼들은 잠시 눈 위로 흘러내리는 땀을 훔치며 기둥 위에서 신이 나서 까불고 있는 작은 투마이에게 고개를 끄덕여 주곤 했다.

작은 투마이가 까불기만 한 건 아니었다. 어느 날 밤 울타리 기둥에서 내려온 투마이는 코끼리들 사이로 슬그머니 숨어 들어갔다. 그리고 발길질을 하는 어린 코끼리의 다리를 단단히 묶으려고 하는 몰이꾼에게 땅에 떨어진 밧줄을 던져 주었다(원래 다 자란 동물들보다 어린 새끼들이 더 애를 먹이기 마련이다). 칼라나그가 작은 투마이를 발견하고 코로 들어 올려서 아버지에게 건네주었다. 큰 투마이는 바로 그 자리에서 아들을 철썩 때리고는 기둥 위에 다시 올려놓았다.

다음날 아침 큰 투마이가 아들을 혼내며 말했다.

"코끼리 우리나 돌보고 텐트나 운반하면 되는 것을, 그걸로 모자라서 벌써 코끼리를 잡으러 나서겠다는 거냐, 이 말썽꾸러기 녀석아? 나보다 돈도 적게 받는 저 멍청한 사냥꾼들이 피터슨 나리에게 이 일을 얘기했을 거야."

작은 투마이는 덜컥 겁이 났다. 백인에 대해 잘은 몰랐지만 작은 투마이에게 피터슨 나리는 세상에서 가장 위대한 백인이었다. 그는 전체 케다 운영을 책임지는 책임자였다. 즉, 인도 정부에서 필요한 코끼리는 모두 그가 잡았고, 이 세상 그 누구보다 코끼리의 습성에 관해 잘 알았다.

작은 투마이가 물었다.

"그럼, 그럼 어떻게 되는 거예요?"

"어떻게 되느냐고? 최악의 상황이 벌어질 수도 있지. 피터슨 나리는 미친 사람이야. 미치지 않았다면 왜 이 사나운 악마들을 사냥하러 다니겠니? 너한테 코끼리 사냥꾼이 되라고 할지도 몰라. 열병이 창궐하는 정글 아무 곳에서나 잠을 자고 결국에는 케다에서 밟혀 죽겠지. 이런 말도 안 되는 일이 아무 탈 없이 끝나서 다행이다, 녀석아. 다음 주면 코끼리 잡는 일도 끝날 거고, 우리는 다시 원래 있던 곳으로 돌아가는 거지. 그러면 우리는 포장된 길로 당당히 걸어 다니며 여기서의 사냥을 모두 잊게 될 거야. 하지만 아들아, 나는 네가 이 더러운 아삼 정글족 일에 끼어들었다는 게 무척 화가 나는구나. 칼라나그는 나 말고는 누구 말도 따르지 않으니 할 수 없이 내가 칼라나그와 함께 케다로 들어가는 거야. 하자만 칼라나그도 전투 코끼리이고, 밧줄로 코끼리들을 잡는 일 같은 건 돕지 않는다. 그래서 난 코끼리 부리는 사람답게 편히 앉아만 있는 거야. 나는 하찮은 사냥꾼이 아니라 코끼리를 부리는 사람이란 말이다. 이 일이 끝나면 연금도 받게 되지. 투마이 가문 사람이 케다의 흙 속에서 코끼리 발에 밟히다니 말이 돼? 나쁜 녀석! 못된 놈아! 이 멍청한 녀석 같으니! 가서 칼라나그나 씻겨 주거라. 귀도 살펴 주고, 발에 가시가 박히지 않았는지도 잘 봐. 그러지 않으면 피터슨 나리가 널 야생코끼리 사냥꾼으로 만들어 버릴 거다. 코끼리 발자국이나 따라다니는 한심한 놈 말이다. 부끄러운 줄 알거라! 자, 어서 가!"

작은 투마이는 한마디도 대꾸하지 못하고 그대로 물러났다. 대신 칼라나그의 발을 살펴보면서 불만을 털어놓았다.

작은 투마이가 커다란 칼라나그의 오른쪽 귀 가장자리를 뒤집어 보며 말했다.

"아무 이상 없어. 내 이름이 벌써 피터슨 나리의 귀에 들어갔을 거야. 아마도 말이야. 아닐지도 모르지만, 그럴지도 모르지. 어쩌면…… 누가 알아? 와! 내가 정말 큰 가시를 뽑았어!"

그 뒤로 며칠 동안 코끼리들을 모으고 길들인 코끼리 두 마리 사이에 새로 잡은 야생 코끼리들을 세워서 걷는 연습을 시키는 일이 이어졌다. 들판으로 내려갈 때 새로 잡은 코끼리들이 큰 말썽을 부리지 않게 하려는 것이었다. 그리고 낡아서 못 쓰게 되거나 숲에서 잃어버린 담요나 밧줄, 그 밖의 물건들을 재고를 조사했다.

피터슨 나리가 자신의 똑똑한 암코끼리 푸드미니를 타고 나타났다. 코끼리 사냥철이 막바지에 이르고 있었기 때문에 언덕 여기저기 흩어져 있는 야영지를 돌며 돈을 지불하고 있었던 것이다. 현지인 사무원이 나무 아래 탁자에 앉아 코끼리 몰이꾼들에게 임금을 지불했다. 돈을 받은 사람들은 자신의 코끼리가 있는 곳으로 돌아가 출발하기 위해 기다리는 줄에 합류했다. 매년 정글에 머무르는 코끼리 사냥꾼들과 케다에서 고정적으로 일하는 일꾼들은 피터슨 나리 소유의 코끼리 등에 앉아 있거나 팔에 총을 낀 채 나무에 기대어 서 있었다. 그리고 떠나는 몰이꾼들을 비웃듯이 구경했다. 간

혹 새로 잡은 코끼리들이 행렬을 벗어나 도망칠 때마면 큰소리로 웃음을 터뜨렸다.

큰 투마이가 작은 투마이를 데리고 직원 앞으로 다가갔다. 그러자 추적꾼들의 우두머리인 마추아 아파가 나직한 목소리로 친구에게 말했다.

"저기 코끼리 사냥꾼이 될 자질을 가진 녀석이 가는구나. 정글에 있어야 할 녀석이 평지에서 자라다니 안타깝군."

피터슨 나리는 귀가 무척 밝았다. 세상 모든 생명체 가운데 가장 조용한 야생 코끼리의 소리를 듣는 사람으로서 당연한 일이었다. 그는 줄곧 몸을 기대고 있던 푸드미니의 등에서 고개를 돌렸다.

"그게 무슨 말이냐? 평지에 사는 몰이꾼들 중에 죽은 코끼리를 밧줄로 묶을 만큼의 재주라도 있는 사람이 있던가? 난 여지껏 들어 본 적이 없는데."

"어른이 아니라 아직 어린아이입니다. 마지막 몰이 때 케다 속으로 들어가 바르마오에게 밧줄을 던져 주었습니다. 다들 어깨에 반점이 있는 어린 코끼리를 어미에게 떼어 놓으려고 한참 진땀을 빼고 있었지요."

마추아 아파가 작은 투마이를 가리켰다. 피터슨 나리의 시선이 향하자 작은 투마이가 머리를 숙여 인사를 했다.

피터슨 나리가 말했다.

"저 아이가 밧줄을 던졌다고? 코끼리를 매어 두는 말뚝보다 작은데. 얘야, 네 이름이 뭐냐?"

작은 투마이는 겁에 질려 아무 말도 못했다. 하지만 뒤에 칼라나 그가 있었다. 작은 투마이가 손짓을 하자 코끼리는 작은 투마이를 코로 잡고 푸드미니 이마 높이까지 들어 올려 위대한 피터슨 나리 앞에 아이를 보여주었다. 피터슨 나리와 마주하게 되자 작은 투마이는 두 손으로 얼굴을 가렸다. 코끼리에 관한 것 말고는 그저 여느 아이처럼 부끄럼을 타는 어린아이였던 것이다.

피터슨 나리가 콧수염 아래로 미소를 지으며 말했다.

"오호! 네 코끼리에게 그런 재주는 왜 가르친 거냐? 지붕 위에 내다 말리는 덜 여문 옥수수라도 훔치려고?"

"나리, 옥수수가 아니라…… 멜론입니다."

작은 투마이의 말에 주위에 앉아 있던 사람들이 모두 웃음을 터뜨렸다. 대부분 어렸을 때 자기 코끼리에게 그런 재주를 가르친 경험들이 있었던 것이다. 작은 투마이는 바닥에서 2미터가 넘는 높이에 있었지만 그만큼 땅속으로 꺼지고 싶은 심정이었다.

큰 투마이가 못마땅한 얼굴로 말했다.

"나리, 제 아들 투마이입니다. 아주 못된 녀석이라서 언젠가 감옥에 갇히고 말 겁니다."

"내 생각은 좀 다른데. 저 나이에 코끼리가 가득 찬 케다를 두려워하지 않는다면 감옥에 가지는 않을 거야. 자, 얘야, 여기 4아나를 줄 테니 가서 사탕이나 사 먹으렴. 제법 똘똘한 아이 같아서 주는 거야. 조만간 너도 사냥꾼이 될 거다."

큰 투마이는 더욱 못마땅한 얼굴이 되었다. 피터슨 나리가 말을 이었다.

"하지만 케다는 아이들이 들어가서 놀 만한 곳이 아니라는 사실을 기억해라."

작은 투마이가 깜짝 놀라서 물었다.

"그럼 거긴 들어가면 안 되는 건가요?"

피터슨 나리가 다시 웃으며 대답했다.

"그래. 만약 네가 코끼리들이 춤추는 걸 보게 된다면 그땐 들어가도 되지. 코끼리들이 춤추는 걸 보게 되거든 나한테 오렴. 그땐 어느 케다든지 원하는 대로 들어가게 해 주마."

또 한바탕 웃음이 터져나왔다. 그 말은 코끼리 사냥꾼들 사이에 오가는 오래된 농담이었는데 '안 된다', '아니다'라는 의미였기 때문이다. 숲 속 깊숙한 곳에는 코끼리들의 무도장이라고 불리는 평평하고 넓은 공터가 있었다. 사실 그곳도 아주 우연히 발견되었을 뿐이라 코끼리들이 춤을 추는 것을 본 사람은 더더욱 없었다. 그래서 코끼리 몰이꾼이 자신의 기술과 용기를 떠벌리면 다른 몰이꾼들이 이렇게 말하는 것이다.

"그래서 코끼리가 춤추는 건 언제 봤어?"

칼라나그가 작은 투마이를 바닥에 내려놓았다. 작은 투마이는 다시 머리를 조아리고 아버지와 함께 자리로 돌아가 어린 동생에게 젖을 먹이는 엄마에게 자신이 받은 4아나 은화를 주었다. 그리고 가족 모두가 칼라나그의 등에 올라탔다. 시끄럽게 울부짖는 코끼리 행렬이 언덕길을 따라 평지로 길게 이어지며 내려갔다. 새로운 코끼리들 때문에 행진은 매우 활기가 넘쳤다. 새 코끼리들은 여울을 건널 때마다 애를 먹었고, 몇 분마다 한 번씩 달래거나 때려야 했기 때문이다.

머리끝까지 화가 난 큰 투마이는 칼라나그를 찔러댔지만 작은 투마이는 행복해서 말이 나오지 않을 지경이었다. 피터슨 나리가 자신에게 관심을 보이고 돈까지 주었다. 마치 병사가 앞으로 불려

나가 총사령관으로부터 칭찬을 받았을 때의 느낌이었다.

마침내 작은 투마이가 엄마에게 조용히 물어보았다.

"피터슨 나리가 말한 코끼리들의 춤이란 게 뭐예요?"

큰 투마이가 그 말을 듣고 차갑게 말했다.

"그건 네가 결코 코끼리를 쫓는 사냥꾼이 될 수 없다는 뜻이다. 다른 의미는 없어. 이봐, 거기 앞에 가는 당신, 왜 이렇게 꾸물거리는 거야?"

두세 마리의 코끼리를 사이에 두고 앞서 가던 아삼족 몰이꾼이 화가 난 표정으로 돌아보며 소리쳤다.

"칼라나그 좀 이리로 데려와 봐. 여기 이 어린 녀석들의 버르장머리를 좀 가르쳐야겠어. 피터슨 나리는 왜 하필 나더러 논바닥의 당나귀 같은 당신네들하고 같이 가라고 한 거야? 투마이, 당신 코끼리 좀 이리 보내라니까. 그 엄니로 이 녀석들을 좀 찌르라고 해. 언덕의 모든 신들을 걸고 말하는데, 아무래도 새로 잡힌 코끼리들은 모두 귀신이 들린 것 같아. 그렇지 않고서는 정글에 있는 제 동료들 냄새를 맡았거나."

칼라나그는 새로 합류한 코끼리들의 옆구리를 숨이 턱 막힐 정도로 세차게 들이받았다. 그때 큰 투마이가 말했다.

"정글에 있는 동료는 무슨, 우리가 마지막 사냥 때 언덕에 있는 코끼리들을 모조리 쓸어왔는데. 그저 당신이 코끼리들을 부주의하게 몰아서 그런 거야. 내가 이 긴 행렬 전체를 다 챙겨야겠어?"

몰이꾼이 말했다.

"얼씨구, 저 잘난 양반 말하는 것 좀 보라지. 코끼리를 모조리 쓸어왔다고? 하하! 당신네 평지 사람들이란 다들 그렇지. 한 번도 정글을 본 적 없는 초짜들 빼고는 다 아는 사실을 모른단 말인가? 이번 사냥철이 끝난 걸 코끼리들도 눈치 챘다는 걸 말이야. 그러니 오늘밤 야생 코끼리들이 전부…… 말해 봤자 내 입만 아프지."

작은 투마이가 큰 소리로 물었다.

"코끼리들이 뭘 하는데요?"

"아, 꼬마야. 너구나? 그래, 너한테는 말해주마. 넌 제법 영리하니까. 코끼리들이 춤을 출 거란다. 그러니 언덕에 있는 코끼리들을 모조리 쓸어왔다는 네 아빠는 오늘밤 말뚝에 쇠사슬을 두겹씩 감아야 할 거다."

"지금 애한테 무슨 헛소리를 하는 거야? 지난 40년 동안 삼대째 코끼리들을 돌봐왔지만 코끼리들이 춤을 춘다는 둥 그런 헛소리는 들어본 적이 없어."

"아무렴, 오두막에 사는 평지 사람이 오두막의 네 벽 말고 뭘 알겠어? 그럼 오늘밤 코끼리들을 풀어놓고 무슨 일이 일어나는지 지켜보라고. 내가 어디에서 코끼리들이 춤을 추는 걸 봤는가 하면…… 오, 이런! 다잉 강은 왜 이렇게 구불구불한 거야? 여기 또 개울이 있군. 어린 코끼리들은 헤엄을 쳐야 할지도 모르겠어. 이놈, 거기 뒤에 있는 놈아, 얌전히 있어."

시끄러운 행렬이었다. 일행은 떠들고 다투고 첨벙거리며 강을 건넜다. 이제 곧 새로운 코끼리들을 맞아들이는 캠프에 도착할 터였다. 하지만 코끼리들은 캠프에 도착하기 훨씬 전부터 잔뜩 흥분해 있었다.

캠프에 도착한 뒤 일꾼들은 코끼리들의 뒷다리에 사슬을 묶어서 커다란 말뚝에 매었다. 새로 들어온 코끼리들에게는 추가로 밧줄까지 묶었다. 그리고 코끼리들 앞에 풀을 쌓아 주었다. 언덕의 몰이꾼들은 아직 해가 지기 전에 피터슨 나리에게 돌아갔다. 그들은 떠나기 전 평지 몰이꾼들에게 오늘밤은 특히 조심해야 한다고 말했다. 평지 몰이꾼들이 왜 그런지 이유를 물었지만, 언덕의 몰이꾼들은 그저 웃기만 할 뿐 대답해 주지 않았다.

해가 진 뒤 작은 투마이는 칼라나그의 저녁을 챙겨주었다. 그리고 잔뜩 기분이 들떠 캠프를 돌아다니며 톰톰을 찾았다. 인도의 아이들은 아무리 기분이 좋고 행복해도 과하게 시끄럽게 떠들거나 미친 망아지처럼 뛰어다니지 않았다. 투마이 역시 그저 가만히 자리에 앉아 혼자서 자기 나름의 축제를 즐겼다. 피터슨 나리가 말을 걸어주다니! 작은 투마이가 이 기쁨을 발산하지 못 했다가는 가슴이 부풀어 오르다 못해 펑 터져버렸을지도 모른다. 다행히 캠프의 사탕 장수가 손바닥으로 치는 작은 북 톰톰을 빌려주었다. 별들이 하나둘 뜨기 시작할 무렵 작은 투마이는 칼라나그 앞에 책상다리를 하고 앉아 무릎 위에 올려놓은 탐탐을 계속 두드렸다. 코끼리가 먹는 풀들 사이에 앉아 자신에게 일어났던 명예로운 일을 생각하고 또 생각하며 더욱 신나게 북을 쳤다. 가락도 가사도 없었지만 북을 치는 것만으로도 즐거웠다.

새로 들어온 코끼리들은 밧줄을 잡아당기며 이따금씩 꽥 소리를 지르거나 나팔소리 비슷한 울음소리를 냈다. 저쪽 오두막에서 작은 투마이의 엄마가 어린 동생을 재우며 자장가를 불러주는 소리가 들렸다. 위대한 시바 신에 대한 아주 오래된 노래였는데, 옛날 시바 신이 모든 동물들에게 각자 무엇을 먹어야 하는지 정해 주었

다는 내용이었다. 듣는 이의 마음을 평안하게 해주는 이 자장가의
1절 가사는 이랬다.

추수를 주시고 바람을 불게 하시는 시바 신이여.
오래 전 어느 날 문턱에 앉아
옥좌에 앉은 왕에서 성문 앞에 앉은 거지에 이르기까지
자기 몫의 음식과 노역과 운명을 나눠 주셨네.
모든 걸 만드시는 시바, 우리의 보호자여,
마하데오! 마하데오! 그분이 모든 걸 만드셨네.
낙타에게는 가시나무를, 소에게는 여물을,
잠든 아이에게는 엄마의 가슴을. 아, 내 어린 아들아!

작은 투마이는 한 소절이 끝날 때마다 흥겹게 탕탕 북을 쳐댔다.
그러다 슬슬 졸음이 밀려오자 칼라나그 옆에 놓인 풀 더미 위에 몸
을 뉘였다.

마침내 코끼리들도 하나둘씩 눕기 시작했다. 여느 날과 다르지
않은 모습이었다. 무리의 오른쪽에 있던 칼라나그만 눕지 않고 서
있었다. 칼라나그는 몸을 좌우로 천천히 흔들며 언덕에서 느릿느
릿 불어오는 바람 소리를 들으려는 듯 귀를 바짝 당겼다. 공기는 밤
의 소리들로 가득했다. 대나무 줄기들이 부딪히면서 내는 소리, 덤
불 속에서 무언가 바스락거리는 소리, 채 잠에 들지 않은 새들이 우
는 소리(새들은 우리가 예상하는 것과 달리 그다지 밤에 잠을 자지
않는다), 아주 멀리서 들리는 물방울 떨어지는 소리, 그 소리들이
합쳐져 하나의 거대한 침묵을 만들었다. 어느 틈에 잠이 들었던 작

은 투마이가 눈을 떴을 때는 달빛이 눈부시게 빛나고 있었다. 칼라나그는 여전히 귀를 당긴 채 서 있었다. 작은 투마이는 풀 더미 속에서 부스럭부스럭 몸을 움직이며 별이 뜬 하늘을 반쯤 가린 칼라나그의 커다란 등을 바라보았다. 그리고 불현듯 무슨 소리가 들렸다. 아득히 멀리서 들려오는 소리였다. 침묵을 뚫고 나온 그 소리는 아주 희미했다. 기적 소리처럼 들리는 그것은 바로 야생 코끼리의 울음소리였다.

순간 나란히 누워 있던 코끼리들이 전부 총에 맞기라도 한 것처럼 벌떡 일어났다. 코끼리들이 요란스레 내는 소리에 자고 있던 결국 몰이꾼들도 일어나 밖으로 나왔다. 그리고 코끼리들이 다시 조용해질 때까지 커다란 나무망치로 말뚝을 더 깊이 박고 밧줄을 단단히 죄었다. 새로 온 코끼리 한 마리가 말뚝이 거의 뽑힐 정도로 날뛰자 큰 투마이는 녀석의 앞발과 뒷발을 묶기 위해 칼라나그의 다리에 묶었던 사슬을 벗겼다. 대신 칼라나그의 다리에는 가는 새끼줄 같은 고리를 끼워 넣고는 여전히 단단히 묶여 있으니 잊지 말라고 일렀다. 투마이 자신도 익히 알고 있는 수법으로, 그의 아버지와 할아버지도 벌써 수백 번씩이나 똑같은 방법으로 칼라나그를 길들여 왔다. 그러나 평소와 달리 큰 투마이의 명령에 소리 내어 대답하지 않았다. 그저 조용히 서서 고개를 살짝 들고 귀를 부채처럼 펼친 채 달빛 너머 겹겹이 골짜기를 이룬 가로(Garo) 언덕을 바라볼 뿐이었다.

"녀석이 밤에 날뛰지 않는지 지켜봐라."

큰 투마이는 아들에게 그렇게 이르고 다시 오두막에 들어가 잠을 청했다. 잠시 후 작은 투마이도 막 잠이 들려는 찰나 야자 껍질로 만든 줄이 툭 하며 끊어지는 작은 소리가 들렸다. 칼라나그였다. 골짜기 입구에서 구름이 빠져나오듯 천천히, 그리고 소리 없이 말뚝에서 육중한 몸이 빠져나왔다. 작은 투마이는 달빛이 비치는 길을 맨발로 달렸다. 그리고 칼라나그를 쫓아 가면서 낮은 목소리로 연거푸 그를 불렀다.

"칼라나그! 칼라나그! 나도 데려가, 칼라나그!"

칼라나그는 소리 없이 돌아섰다. 그리고 세 걸음 만에 달빛 아래 서 있는 소년에게 되돌아와서는 코를 이용해 아이를 획 감아올렸다. 작은 투마이가 칼라나그의 목덜미에 채 앉기도 전에 칼라나그의 몸이 숲으로 미끄러져 들어갔다.

한 번 더 성난 코끼리의 울음소리가 코끼리들이 있는 캠프에서 터져나오더니 다시 침묵이 온 사방에 내려앉았다. 칼라나그의 움직임이 빨라졌다. 때때로 파도가 뱃전을 휩쓸고 지나가듯 높이 자란 풀줄기가 칼라나그의 옆구리를 스쳤다. 야생 후추 덩굴이 등을 긁거나 대나무가 어깨에 닿으면서 뿌드득 하는 소리를 내기도 했다. 하지만 칼라나그는 그 어느 것에도 전혀 개의치 않고 마치 연기 속을 스쳐가듯 수풀이 무성한 가로(Garo) 숲을 유유히 지나갔다. 칼라나그는 오르막길로 향하고 있었다. 하지만 작은 투마이는 칼라나그가 어느 쪽으로 가는지 가늠하기 어려웠다. 나무들 사이로 보이는 별들을 올려다보았지만 정확한 방향을 알 수는 없었다.

마침내 칼라나그가 오르막길 끝에 도착하자 잠시 걸음을 멈추었다. 작은 투마이는 코끼리 등에 앉아 몇 킬로미터에 걸쳐 나무가 빽빽이 들어선 풍광을 내려다보았다. 달빛을 받아 빛나는 나무 꼭대기들이 마치 부드러운 털뭉치처럼 보였다. 계곡 아래에서 강물 위로 푸른빛이 도는 하얀 안개가 피어올랐다. 투마이는 앞으로 몸을 기댄 채 그 모습을 가만히 바라보았다. 마치 발아래에 있는 숲이 잠에서 깨어나 살아 움직이고 북적거리는 것 같은 느낌이 들었다. 커다란 갈색의 과일 박쥐가 귀 옆을 스쳐 날아가고, 덤불 속에서는 가시가 긴 호저가 부스럭거리며 소리를 냈다. 나무 그늘 속에서는 멧돼지가 코를 킁킁거리며 부드럽고 축축한 흙을 열심히 파헤쳤다.

다시 머리 위로 우거진 나뭇가지들이 나타났다. 칼라나그가 천천히 골짜기로 내려가기 시작한 것이다. 올라올 때와 달리 이번에는 꽤 요란한 이동이었다. 마치 제어가 되지 않는 대포처럼 가파른 경사면을 거대한 네 개의 다리가 피스톤처럼 움직이며 한 걸음에 몇 미터씩 거침없이 나아갔고, 그때마다 주름 잡힌 앞다리에서 버석거리는 소리가 났다. 또 길게 자란 풀들이 칼라나그에 짓밟히며 천이 찢어지는 듯한 날카로운 소리를 내질렀다. 한편 커다란 어깨에 밀려 휘어진 어린 나무들이 다시 제자리로 돌아오며 칼라나그의 옆구리를 때렸고, 서로 엉켜 있던 긴 덩굴들이 칼라나그의 상아에 걸려 엉겨들었다. 칼라나그는 이 모든 장해물에 조금도 멈칫거리지 않고 머리를 좌우로 흔들며 길을 헤치고 나아갔다. 반면 작은 투마이는 사방에서 덮쳐오는 나뭇가지에 걸려 떨어지지 않도록 칼라나그의 거대한 목덜미에 착 달라붙어야 했다. 다시 캠프로 돌아가고 싶다는 마음이 간절해졌다.

어느 순간 발밑의 풀들이 질퍽질퍽해지기 시작했다. 칼라나그가 한 걸음 내디딜 때마다 발이 아래로 쑥쑥 빠졌다. 골짜기 바닥에 깔린 밤안개 때문에 작은 투마이는 온몸이 으슬으슬 떨려왔다. 빠르게 흐르는 물소리와 첨벙첨벙 하는 소리, 그리고 뭔가 뭉개지는 소리가 뒤섞였고, 칼라나그는 조심스럽게 한 걸음씩 내디디며 강바닥을 따라 걸어갔다. 칼라나그의 다리를 휘감으며 흐르는 요란한 물소리 너머로 강의 상류와 하류 전체에서 첨벙거리는 소리, 나팔소리 같은 울음소리, 큰 소리로 씩씩거리며 콧김을 내뿜는 소리가 들려왔다. 주위를 둘러싼 안개 속에 굽이치고 물결치는 그림자가 가득했다.

작은 투마이가 중얼거렸다.

"맙소사! 다들 몰려나왔네. 코끼리들이 춤을 추려는 거야!"

칼라나그가 첨벙거리며 물 밖으로 나와 콧속의 물을 뿜어냈다. 그리고 다시 오르막길을 오르기 시작했다. 하지만 이번에는 혼자가 아니었다. 지금까지 그랬던 것처럼 길을 만들며 나아갈 필요도 없었다. 눈앞에 이미 너른 길이 만들어져 있었던 것이다. 구부러진 정글 풀들이 도로 일어나려고 애쓰고 있었다. 불과 몇 분 전에 수많은 코끼리들이 그 길을 지나간 게 틀림없었다. 작은 투마이가 뒤를 돌아보자 시뻘겋게 달아오른 석탄처럼 빛나는 작은 돼지 눈을 가진 거대한 야생 코끼리가 막 안개 낀 강에서 빠져나오고 있었다. 다시 나무들이 눈앞을 가렸고, 코끼리들은 나팔 소리 같은 울음소리와 엄청난 굉음을 내며 움직였다. 오르막길을 오르는 대열의 움직임에 따라 사방에서 가지들이 부러지는 소리가 이어졌다.

마침내 칼라나그는 언덕 맨꼭대기에 위치한 두 그루의 나무 사이에 멈춰 섰다. 그 나무들뿐만이 아니었다. 대략 15평에서 20평쯤 되는 공터를 여러 그루의 나무들이 빙 둘러싸며 서 있었다. 공터는 원이나 네모 같은 모양을 갖추고 있지는 않았지만, 작은 투마이는 그 바닥이 마치 벽돌 바닥처럼 단단하게 다져져 있는 것을 확인할 수 있었다. 공터 중앙에도 몇 그루의 나무가 있었지만, 모두 껍질이 벗겨진 채 하얀 속살을 드러내고 있었다. 달빛에 반짝이는 매끈한 가지에는 덩굴 식물들이 매달려 있었고, 덩굴에는 창백하고 커다란 종 모양의 꽃들이 잠든 채 매달려 있었다. 하지만 공터 안 어디에도 초록색 풀잎은 보이지 않았다. 단단히 다져진 흙뿐이었다.

공터 전체가 달빛을 받아 회색을 띠고 있었고, 코끼리 몇 마리가 서 있는 곳에만 새까만 그림자가 드리워져 있었다. 작은 투마이는 눈이 휘둥그레져서 숨을 멈추었다. 나무 사이로 점점 더 많은 코끼리들이 공터로 몰려오는 것이 보였다. 작은 투마이는 열까지 밖에 셀 줄 몰랐기 때문에 손가락을 꼽아가며 열을 세고 또 세었지만 결국 다 세지 못하고 머리가 빙글빙글 돌기 시작했다. 공터로 향하는 코끼리들이 언덕을 올라오면서 수풀로 우르르 몰려 들어가는 소리가 시끄럽게 들렸다. 하지만 일단 나무들로 둘러싸인 공터 안으로 들어서면 코끼리들은 유령처럼 움직였다.

그곳에는 주름진 목과 귀에 낙엽과 열매와 잔가지들을 잔뜩 달고 온 하얀 상아를 가진 사나운 수코끼리들도 있었고, 느릿느릿 움직이는 뚱뚱한 암컷들도 있었다. 키가 1미터 남짓밖에 되지 않는 분홍빛이 도는 검은 새끼 코끼리들이 엄마 코끼리의 배 밑으로 쉴 새 없이 뛰어다니기도 했다. 상아가 막 자라기 시작한 젊은 코끼리들은 매우 우쭐거리는 표정인 반면, 거친 나무껍질 같은 코를 가진 크고 비쩍 마른 늙은 암코끼리들은 움푹 팬 얼굴에 근심스러운 표정을 짓고 있었다. 사납고 나이 많은 수코끼리들 중에는 어깨부터 옆구리까지 베이고 찢어진 상처들을 마치 훈장처럼 달고 있는 경우도 있었다. 어디선가 진흙 목욕을 했는지 지난 싸움의 흔적이 남은 어깨에서 말라붙은 흙덩어리들이 툭툭 떨어졌다. 상아가 부러지고 옆구리에는 호랑이 발톱 자국에 깊게 패인 무시무시한 상처 자국이 있는 코끼리도 있었다.

코끼리들은 서로 머리를 맞대고 서 있거나 둘씩 짝을 지어 이리저리 걸어다녔다. 때로는 혼자서 몸을 흔들며 서 있기도 했다. 이곳에 모인 코끼리만 수십, 수백 마리는 되는 것 같았다.

작은 투마이는 칼라나그의 목덜미에 가만히 엎드려만 있으면 아무 일도 없을 거라는 사실을 알았다. 울타리에 갇혀 서로 밀치고 날뛰는 와중에도 야생 코끼리가 코를 뻗어서 길들여진 코끼리 목에 앉은 사람을 끌어내리는 경우는 없었다. 더욱이 이 코끼리들은 그날 밤 인간에게는 아무 관심이 없었다. 그때 숲 속에서 족쇄가 부딪히며 쩔렁거리는 소리가 들려오자 코끼리들이 깜짝 놀라 귀를 바짝 당겼다. 피터슨 나리가 아끼는 암코끼리 푸드미니였다. 잠시 후 그녀가 끊어진 쇠사슬을 끌고 코를 쿵쿵거리며 언덕을 올라왔다. 말뚝을 부러뜨리고 피터슨 나리의 캠프에서 곧장 이리로 온 게 틀림없었다. 작은 투마이는 다른 코끼리도 한 마리 보았는데, 비록 전에 한 번도 본 적 없는 코끼리였지만 등과 가슴에 밧줄에 깊게 쓸린 상처들이 있는 것으로 보아 그 녀석도 언덕에 흩어진 캠프 가운데 하나에서 도망쳐 온 듯했다.

시간이 흐르자 마침내 숲 속을 다니는 코끼리 소리가 더 이상 들리지 않게 되었다. 칼라나그가 자신이 서 있던 나무들 사이에서 나와 끌끌 혀를 차며 코끼리 무리 한가운데로 들어갔다. 그러자 다른 코끼리들도 자기들 말로 이야기를 나누며 이리저리 움직였다.

작은 투마이는 여전히 칼라나그의 등에 엎드린 채로 다른 코끼리들의 넓적한 등과 펄럭이는 귀와 이리저리 흔드는 코와 작은 눈을 내려다보았다. 코끼리들이 움직이다가 이빨이 부딪히며 딱 소리가 나기도 하고, 서로 코를 휘감으며 버석거리는 소리가 나기도 했다. 또 단단한 옆구리와 어깨들이 스치는 소리와 긴 꼬리를 쉴 새 없이 획획 휘두르는 소리도 들렸다. 달이 구름 속으로 들어가며 공터는 깜깜한 어둠 속에 잠겼다. 하지만 코끼리들이 조용히 움직이며 부딪히고 스쳐가고 휘감으며 내는 소리들은 계속되었다. 작은 투마이는 코끼리들이 칼라나그를 온통 에워싸고 있어서 여기서 빠져나갈 수 없다는 것을 깨달았다. 두려움에 부들부들 몸이 떨려 이를 꽉 물었다. 울타리 안에서는 횃불과 고함 소리가 있었지만 여기서는 어둠 속에 작은 투마이 혼자뿐이었다. 어느 순간 어떤 코끼리의 코가 쑥 올라와 투마이의 무릎을 건드리기도 했다.

그때 코끼리 한 마리가 나팔 소리를 내자 모든 코끼리들이 5초에서 10초 동안 일제히 나팔 소리를 냈다. 캄캄해서 보이지는 않지만 머리 위 나무에 맺힌 이슬이 코끼리들의 등 위로 비처럼 쏟아지며 후두두 소리를 냈다. 그리고 다시 쿵쿵거리는 소리가 희미하게 들려오기 시작했다. 처음에는 별로 크지 않아서 무슨 소리인지 분간할 수 없었다. 하지만 소리가 점점 더 커졌다. 칼라나그도 앞발 하나를 들었다가 내리고 이어서 다른 앞발을 들었다가 내렸다. 두 앞발을 번갈아 들었다가 쿵 땅에 내려놓기를 반복했다. 하나둘, 하나둘 그렇게 기계처럼 규칙적으로 발을 굴렀다. 모든 코끼리들이 쿵쿵거리며 발을 굴렀고, 그 소리는 마치 동굴 입구에서 쳐대는 북소리 같았다.

나무에 맺혀 있던 이슬이 모조리 떨어지고도 쿵쿵 소리는 계속

되었다. 땅이 울리고 흔들렸다. 작은 투마이는 견딜 수가 없어 귀를 막고 소리를 듣지 않으려고 애썼다. 하지만 수백 개의 육중한 발로 맨땅을 쿵쿵 구르는 소리는 몸을 타고 흐르는 거대한 울림 같은 것이었다. 한두 번 칼라나그를 비롯한 코끼리들이 동시에 몇 걸음 앞으로 나아가는 것이 느껴졌고, 쿵쿵거리는 소리는 물기를 머금은 풀들을 밟아 뭉개는 소리로 바뀌었다. 그러나 이내 다시 딱딱한 흙 바닥을 구르는 발소리로 돌아왔다. 근처에 서 있는 나무에서 삐걱거리는 소리가 나서 작은 투마이가 손을 뻗자 나무의 껍질 부분이 만져졌다. 하지만 칼라나그는 여전히 발을 구르며 앞으로 움직였고 작은 투마이는 자신이 공터 어디쯤에 있는지도 분간할 수 없었다. 두세 마리의 새끼 코끼리들이 한두 번 낑낑거린 것을 제외하면 코끼리들은 입으로 아무런 소리도 내지 않았다. 잠시 뒤 쿵 소리와 발을 질질 끄는 소리가 들리더니 다시 쿵쿵 소리가 계속되었다. 그런 상황이 꼬박 두 시간은 계속되었을 것이다. 작은 투마이는 온몸이 쑤시고 아픈 통증을 느꼈다. 하지만 밤공기의 냄새로 이제 새벽이 오고 있음을 알 수 있었다.

초록빛 언덕 너머로 연한 노란빛이 퍼지면서 아침이 찾아왔다. 그리고 마치 그 빛이 어떤 명령이라도 내린 것처럼 첫 햇살과 함께 쿵쿵 소리도 멈췄다. 작은 투마이가 앉은 자세를 바꾸기도 전에 코끼리들이 눈앞에서 모두 사라졌다. 오직 칼라나그와 푸드미니 그리고 밧줄에 쓸린 상처가 있는 코끼리만 남아 있었다. 순식간의 일이었다. 아직까지 작은 투마이의 머릿속에 웅웅거리는 소리가 남아 울리고 있었다. 코끼리들이 어디로 갔는지 짐작할 수 있을 만한 어떤 흔적도 보이지 않았고, 언덕을 내려가며 바스락거리고 속삭이는 소리도 들리지 않았다.

작은 투마이는 주변을 살펴보았다. 공터는 어젯밤 처음 보았을 때보다 더 넓어져 있었다. 가장자리의 덤불과 풀들이 뒤로 밀려나 있었던 것이다. 원래는 공터 밖에 있던 나무 몇 그루가 이제는 공터 안에 서 있었다. 작은 투마이는 다시 한 번 주변을 둘러보았다. 코끼리들이 발을 쿵쿵 구르는 것이 어떤 의미였는지 알 것 같았다. 그들은 발을 구르며 공터를 넓히고 있었던 것이다. 무성한 풀들은 뭉개 없애고, 물기 많은 나무줄기들은 밟아서 가는 가지로, 굵은 섬유로, 다시 가는 섬유로 만들고, 그 가는 섬유는 점차 단단한 흙으로 바뀌는 것이었다.

작은 투마이가 졸음이 가득한 게슴츠레한 눈으로 말했다.

"와우! 칼라나그, 푸드미니를 따라서 피터슨 나리의 캠프로 돌아가자. 나는 지금 너무 졸려서 네 목에서 떨어질 지경이야."

세 번째 코끼리는 칼라나그와 푸드미니가 떠나는 것을 지켜보다가 콧김을 내뿜더니 휙 방향을 바꿔서 자기 갈 길로 갔다. 녀석은 90킬로미터, 100킬로미터 아니면 150킬로미터쯤 떨어진 조그만 원주민 왕국의 소유인지도 몰랐다.

두 시간 뒤 피터슨 나리가 이른 아침을 먹고 있을 때, 전날 밤 쇠사슬을 이중으로 묶어 놓았던 코끼리들이 나팔 소리를 내기 시작했다. 그리고 어깨까지 진흙을 묻힌 푸드미니가 발이 아픈 칼라나그와 함께 캠프로 비틀비틀 걸어 들어왔다.

칼라나그의 등에는 밤새 수척해진 창백한 얼굴의 작은 투마이가 타고 있었다. 머리에는 나뭇잎이 잔뜩 붙어 있고, 몸은 이슬로 흠뻑 젖어 있었다. 와중에도 작은 투마이는 피터슨 나리에게 힘겹게 인사를 하고는 가냘픈 목소리로 말했다.

"춤, 코끼리 춤을 봤어요! 제가요. 그리고…… 아이고, 힘들다!"

칼라나그가 제자리에 앉는 것과 동시에 작은 투마이는 죽은 듯이 기절해서 칼라나그의 목에서 스르르 미끄러졌다.

인도 원주민 아이들이 뻔뻔할 만큼 거리낌이 없다는 것은 두 말할 필요가 없다. 작은 투마이는 두 시간 동안 피터슨 나리의 사냥용 외투를 베고 해먹에 편안히 누워 있었다. 키니네(과거 말라리아 약으로 쓰였던 남미산 기나나무 껍질에서 얻은 약)와 따뜻한 우유, 브랜디까지 얻어먹은 뒤였다. 아이가 잠에 빠진 사이 수염이 덥수룩하고 여기저기 상처가 난 정글의 사냥꾼들이 그 앞에 세 줄로 앉아 마치 유령이라도 보는 듯 작은 투마이를 바라보았다. 작은 투마이는 아이답게 짧고 간단히 이야기했다. 그리고 이야기를 끝냈으며 이렇게 말했다.

"제 말이 거짓말 같으면 사람을 보내서 직접 확인해 보세요. 코끼리들이 밟아 뭉개서 무도회장을 더 넓혀 놓은 걸 확인할 수 있을 거예요. 열 개, 그리고 또 열 개, 여하튼 열 개를 몇 번씩 합쳐 놓은 것보다 더 많은 발자국들이 무도회장으로 이어지는 것도 볼 수 있을 거고요. 코끼리들이 발을 굴러서 공터를 더 넓혀 놓았어요. 내가 봤어요. 칼라나그가 날 데려가 줬어요. 칼라나그도 지금 다리가 아플 거예요!"

작은 투마이는 다시 누워서 그대로 긴 오후를 지나 다시 해가 질 때까지 잠을 잤다. 그 사이 피터슨 나리와 마추아 아파는 두 코끼리의 발자국을 쫓아 25킬로미터를 걸어 언덕을 올라갔다. 피터슨 나리는 18년 넘게 코끼리 사냥을 했지만 그 동안 딱 한 번 그런 무도 회장을 본 적이 있었다. 마추아 아빠는 공터를 슬쩍 보고도 그곳에서 무슨 일이 있었는지 알아차렸다. 코끼리들이 밟아서 단단히 다져진 흙을 굳이 발로 파헤쳐 볼 필요도 없었다.

"아이가 한 말이 사실이군요. 어젯밤에 이렇게 된 거예요. 오면서 세어 보니까 강을 건넌 발자국이 70개쯤 되었어요. 나리, 저기 보세요, 푸드미니의 다리에 채웠던 사슬에 긁혀 나무껍질이 벗겨졌네요. 그 아이 말 대로 푸드미니도 여기 있었어요."

두 사람은 서로의 얼굴을 바라보고 다시 위를 올려다보고 아래를 내려다보며 머리를 갸웃거렸다. 인도인이든 백인이든 인간의 머리로는 코끼리들이 왜 이런 행동을 하는지 이해할 수 없었던 것이다.

마추아 아빠가 말했다.

"사십오 년이나 코끼리들을 따라다녔지만 이 아이가 본 것을 봤다는 사람의 얘기는 들어 본 적이 없어요. 언덕의 모든 신을 걸고 말하는데 이건…… 뭐라 할 말이 없네요."

그러고는 머리를 흔들었다.

두 사람이 캠프로 돌아왔을 때는 저녁식사 시간이었다. 피터슨 나리는 자기 천막에서 혼자식사를 했지만, 그날 캠프에는 평소보다 곱절의 밀가루와 쌀, 소금을 주고 양 두 마리와 닭 몇 마리도 잡으라고 명령했다. 잔치가 벌어질 게 뻔했기 때문이다.

큰 투마이가 자신의 아들과 코끼리를 찾아 평지에 있는 캠프에서 부리나케 올라왔다. 그들을 발견한 사람들은 두 부자를 두려워하는 듯한 눈으로 바라보았다. 줄지어 말뚝에 매어 놓은 코끼리들

앞에 모닥불을 활활 피워 놓고 잔치가 열렸다. 잔치의 주인공은 당연히 작은 투마이였다. 덩치 큰 갈색 피부의 코끼리 사냥꾼과 추적꾼들, 몰이꾼과 밧줄을 던지는 사람들, 야생 코끼리를 길들이는 일에 관해서라면 모르는 것이 없다고 자부하는 사람들이 작은 투마이 앞을 차례차례 지나가며 갓 잡은 야생 수탉의 가슴에서 받은 피를 이마에 발라 주었다. 모든 정글이 받아들이고 출입을 허락한 숲의 사람이라는 뜻이었다. 밤이 깊어지면서 점점 불길이 잦아들었다. 모닥불은 이제 희미하게 타오르며 주변을 온통 붉게 물들였다. 곁에 있는 코끼리들이 마치 피에 젖은 것처럼 보였다. 케다의 모든 몰이꾼들의 우두머리이자 피터슨 나리의 오른팔이며 사십 년 동안 사람이 만들어 놓은 길이라고는 밟아본 적도 없는, 너무나 위대해서 마추아 아파 외에 다른 이름은 없었던 그 마추아 아파가 벌떡 일어났다. 그리고 작은 투마이를 머리 위로 번쩍 치켜들고는 큰소리로 외쳤다.

"형제들이여, 들으시오! 거기 줄지어 서 있는 코끼리들도 잘 들어라! 나, 마추아 아파가 말한다. 이 아이는 이제 더 이상 작은 투마이로 불리지 않을 것이며, 이전에 그의 증조할아버지가 그렇게 불렸듯 코끼리들의 투마이라고 불릴 것이오. 이 아이는 기나긴 밤 동안 사람이 절대 보지 못한 것을 보았소. 이 아이에게 코끼리들과 정글의 신들의 은총이 함께하고 있소. 이 아이는 위대한 추적자인 나, 마추아 아파보다 더 위대한 추적자가 될 것이오. 맑은 눈으로 새로운 발자국과 오래된 발자국, 뒤섞인 발자국을 모두 쫓을 것이오. 케다에 들어가 야생 코끼리들을 밧줄로 묶기 위해 코끼리들의 배 밑으로 달린다 해도 아무런 해를 입지 않을 것이오. 달려오는 수코끼리의 발 앞으로 미끄러지더라도 코끼리가 아이를 알아보고 밟지 않을 것이오. 오! 사슬에 묶인 코끼리들이여!"

마추아 아파는 말뚝에 묶여 늘어서 있는 코끼리들에게 다가갔다. 그리고 투마이를 내밀며 말했다.

"너희의 숨겨진 장소에서 너희가 추는 춤을 본 아이가 여기 있다. 그 어떤 인간도 본 적 없는 광경을 본 아이가 여기 있다! 아이에게 경의를 표하라! 사라람 카로, 내 아이들아! 코끼리들의 투마이에게 절하라! 궁가 페르샤드. 아하! 히라 구즈, 비르치 구즈, 쿠타르 구즈, 아하! 푸드미니, 너는 춤추는 곳에서 이 아이를 보았고, 코끼리들의 진주 칼라나그, 너도 보았다! 아아! 모두 인사해라! 코끼리들의 투마이에게, 위대한 자여!"

그가 마지막으로 커다랗게 외치자 모든 코끼리들이 코끝이 이마에 닿을 만큼 코를 높이 치켜 올리고는 우렁찬 나팔 소리를 냈다. 이것은 오직 인도 총독만이 들을 수 있는 케다 코끼리들이 전하는 최고의 인사였다.

하지만 그것은 오로지 작은 투마이를 위한 인사였다. 인간은 한 번도 보지 못한 것, 한밤중에 혼자 가로 언덕 깊은 산속 코끼리들의 무도회장에서 코끼리의 춤을 본 작은 투마이 말이다.

시바 신과 메뚜기

추수를 주시고 바람을 불게 하시는 시바 신이여.
오래 전 어느 날 문턱에 앉아
옥좌에 앉은 왕에서 성문 앞에 앉은 거지에 이르기까지
자기 몫의 음식과 노역과 운명을 나눠 주셨네.
모든 걸 만드시는 시바, 우리의 보호자여,
마하데오! 마하데오! 그분이 모든 걸 만드셨네.
낙타에게는 가시나무를, 소에게는 여물을,
잠든 아이에게는 엄마의 가슴을. 아, 내 어린 아들아!

부자들에게는 밀을, 가난한 이들에게는 수수를,
집집마다 돌며 구걸하는 성자에게는 먹다 남은 음식을,
호랑이에게는 가축을, 솔개에게는 썩은 고기를,
밤이면 못 가는 곳이 없는 사악한 늑대들에게는 살점과 뼈를.
시바 신에게는 아주 고귀한 이도 없고, 아주 천한 이도 없네.
파르바티가 시바 신 옆에서 이 모든 것을 지켜보다가
자신의 남편을 속여 웃음거리로 만들고자 결심했네.
작은 메뚜기를 훔쳐서 자신의 품속에 숨겼지.
그렇게 우리의 보호자 시바 신을 속였네.
마하데오! 마하데오! 돌아보아라.
낙타들은 키가 크고, 암소들은 몸이 무겁지만,
이것은 작은 것들 가운데서도 아주 작다네.
아, 내 어린 아들아!

시바 신이 모두 나누어 주고 나자 파르바티가 웃으며 말했네.
"위대한 이여, 이 세상 수백만의 입 가운데
아직 먹지 못한 입이 남아 있나요?"
시바 신이 웃으며 대답했네.
"모두가 제 몫을 받았노라.

그대 품에 숨겨 놓은 그 작은 것까지."
도둑 파르바티가 품속에서 메뚜기를 꺼내보니
작은 것들 가운데서도 가장 작은 그것이
새로 자란 잎을 갉아먹고 있었네.
파르바티는 두렵고 놀란 마음에 시바 신께 기도했네.
살아 있는 모든 것들에게 먹을 것을 주신 시바 신께.
모든 걸 만드시는 시바, 우리의 보호자여.
마하데오! 마하데오! 그분이 모든 걸 만드셨네.
낙타에게는 가시나무를, 소에게는 여물을,
잠든 아이에게는 엄마의 가슴을. 아, 내 어린 아들아!

여왕 폐하의 신하들

분수나 간단한 비례식으로 이 문제를 풀 수도 있겠지.
하지만 트위들덤의 방식이 곧 트위들디의 방식은 아니지.
지쳐 쓰러질 때까지 비틀거나 돌리거나 꼬아볼 수 있겠지.
하지만 필리웡키의 방식이 곧 윙키팝의 방식은 아니지.

인도 라왈핀디의 한 캠프에서 있었던 일이다. 한 달 내내 비가 퍼붓던 때였다. 캠프에는 삼만 명의 병사들과 수천 마리의 낙타, 코끼리, 말, 황소, 노새가 모여 인도 총독의 사열을 받았다. 당시 아프가니스탄의 아미르가 인도 총독을 방문했는데, 그는 매우 야만적인 나라의 야만적인 왕이었다. 아미르는 병사 팔백 명과 말들을 호위대로 거느리고 왔는데, 이들은 이제껏 다른 캠프를 방문한 적도 없었고, 기관차를 본 적도 없었다. 그야말로 중앙아시아 촌구석에서 온 야만적인 무리였던 것이다. 이들이 데려온 말들은 캠프의 큰 골칫거리였다. 매일 밤 하루도 빠짐없이 두 다리를 묶은 밧줄을 끊고 어둠 속에서 진흙을 튀기며 이리저리 우르르 몰려다녔던 것이다. 또 밧줄을 푼 낙타들이 뛰어다니다가 텐트 밧줄에 걸려 넘어지기도 했다. 막 잠에 들려는 사람들에게 이런 북새통이 얼마나 괴로웠을지 상상해보라. 내 텐트는 낙타들이 있는 곳에서 제법 떨어져 있었기 때문에 안전할 거라고 생각했지만, 어느 날 밤 한 남자가 불쑥 텐트 안으로 얼굴을 들이밀더니 소리쳤다.

"어서 나가요, 어서! 녀석들이 오고 있어요! 내 텐트는 벌써 무너졌소!"

나도 그 '녀석들'이란 게 누군지 알고 있었다. 서둘러 장화를 신고 비옷을 걸친 뒤 허둥지둥 텐트 밖으로 달려나갔다. 내가 키우는 폭스테리어 강아지 리틀 빅슨도 반대편으로 달려나갔다. 곧이어 거친 울부짖음과 부글거리는 거품 소리가 들려왔고, 쿵 소리와 함께 기둥이 부러지면서 텐트가 주저앉았다. 낙타 한 마리가 그 안에 돌진했던 것이다. 그러더니 텐트 천을 뒤집어 쓴 채 미친 유령이 춤을 추듯 우왕좌왕 움직이기 시작했다. 비에 흠뻑 젖은 데다 텐트가 다 부서진 탓에 화가 났지만 막상 그 꼴을 보니 웃지 않을 수 없었다. 하지만 그것도 잠시, 다시 뛰기 시작했다. 낙타들이 몇 마리나 풀려났는지 알 수 없었기 때문이었다. 그리고 얼마 지나지 않아 나는 진흙탕을 헤치고 달려서 캠프에서 멀리 떨어진 곳에 다다랐다.

한참을 달리던 끝에 나는 대포에 걸려 넘어졌고, 그 덕분에 여기가 밤에 대포를 세워 놓는 포병대 근처 어딘가라는 걸 알 수 있었다. 더 이상 깜깜한 어둠 속에서 빗물을 튀기며 돌아다니고 싶지 않았기 때문에 대포의 포신에 비옷을 씌우고 꽂을대 두세 개를 찾아 인디언 천막 비슷한 것을 만들었다. 그러고는 대포들 사이에 누워 빅슨은 어디로 갔을까 생각했다.

막 잠이 들려는 순간 짤랑거리는 마구 소리와 거친 숨소리가 들려왔다. 그리고는 웬 노새 한 마리가 젖은 귀를 흔들며 내 옆을 지나갔다. 마구에 달린 끈과 고리, 사슬 등이 요란하게 덜걱거리는 소리로 보아 스크루 포병대 소속임을 알 수 있었다. 스크루포는 두 부분을 나사로 연결하여 사용하는 소형 대포로, 노새가 오를 수 있는 곳이면 산꼭대기까지도 가져갈 수 있기 때문에 바위가 많은 산악 지역에서 싸울 때 매우 유용했다.

내 곁을 스쳐간 노새의 뒤로 낙타 한 마리가 따라왔다. 크고 부드러운 발이 질퍽거리는 진흙에 미끄러졌다. 목을 앞뒤로 흔드는 모양이 꼭 길 잃은 암탉 같았다. 다행히 나는 원주민들에게서 동물들의 말, 물론 야생 동물이 아니라 캠프에 있는 동물들의 말을 배운 덕분에 그 낙타가 하는 말을 알아들을 수 있었다. 녀석이 노새에게 하는 말을 듣자하니 아무래도 그 녀석이 바로 내 텐트에 뛰어든 낙타가 틀림없었다.

"이제 어떻게 하죠? 어디로 가야 하는 거예요? 좀 전에 마구 흔들리는 하얀 녀석이랑 싸웠는데 그 녀석이 막대기를 들고 있다가 내 목을 쳤어요(녀석이 말한 막대기는 물론 부러진 텐트 기둥이었고, 나는 그 낙타 녀석이 맞았다는 말을 들으니 무척 유쾌했다). 계속 도망가야 하는 거예요?"

노새가 말했다.

"네가 한 짓이었어? 막사를 발칵 뒤집어 놓은 게 바로 네 놈들이었구나? 쯧쯧, 어차피 아침이 되면 두들겨 맞을 테지만, 일단 지금 나한테 몇 대 맞아야겠다."

마구가 짤랑거리는 소리가 들려왔다. 노새가 물러섰다가 낙타의 옆구리를 북소리가 나도록 걷어찼던 것이다.

"이제 다시는 밤에 '도둑이야, 불이야!' 소리치면서 노새 막사로 달려들면 안 된다는 걸 잘 알았겠지. 거기 앉아. 그리고 그 바보 같은 목도 좀 가만히 두고."

낙타는 접이식 자처럼 몸을 접고 앉아 훌쩍거렸다. 어둠 속에서 규칙적인 발굽 소리가 들리더니 커다란 기병대 말이 행진하듯 또각또각 천천히 달려왔다. 그러고는 대포를 가볍게 뛰어넘어 노새 가까이에 멈춰 섰다.

말이 콧김을 내뿜으며 말했다.

"정말 부끄러운 일이야. 저 낙타들이 또다시 우리 막사를 아수라장으로 만들었어. 이번 주만 해도 벌써 세 번째라고. 잠을 못 자면 어떻게 컨디션을 유지하겠어? 그런데 자네는 누군가?"

노새가 대답했다.

"나는 제1스크루 포병대에서 2번포의 뒷부분을 맡고 있는 노새일세. 그리고 여긴 자네가 말한 그 낙타 녀석들 중 하나지. 녀석이 나도 깨웠다네. 그러는 자네는 누구인가?"

"나는 제9창기병대 E중대 15번 딕 컨리프의 말이지. 조금만 옆으로 비켜주겠나?"

"아, 미안하군. 너무 어두워서 잘 안 보여. 그나저나 이 낙타들 때문에 정말 피곤하지 않나? 나도 조용한 곳에서 잠시 쉬려고 우리 부대를 빠져나왔지."

낙타가 공손하게 말했다.

"미안해요. 우리는 밤에 나쁜 꿈을 자주 꿔요. 너무 무서웠어요. 전 제39원주민 보병대에서 짐을 나르는 낙타일 뿐이라 여러분처럼 용감하지 못해요."

노새가 말했다.

"그럼 그냥 가만히 있다가 보병대의 짐이나 나를 것이지, 왜 부대 안을 온통 헤집고 다니는 거야?"

낙타가 대답했다.

"너무 끔찍한 꿈을 꾸었거든요. 죄송해요. 잠깐! 저게 뭐죠? 또 도망가야 하나?"

노새가 말했다.

"가만히 앉아 있어. 안 그러면 그 긴 다리가 대포 사이에 끼어서 뚝 부러질 거야."

노새가 한쪽 귀를 쫑긋 세우고 귀를 기울였다.

"황소들이군! 대포를 끄는 황소들이야. 맙소사, 너와 네 동료들이 진짜로 온 캠프 모두 깨운 모양이구나. 웬만큼 난리가 나지 않고서야 황소들이 일어날 리가 없는데."

땅에 사슬이 끌리는 소리가 들리더니 덩치 큰 하얀 황소 한 쌍이 잔뜩 화가 난 표정으로 다가왔다. 두 마리 모두 어깨에 멍에를 멘 채였다. 코끼리들이 화포가 발사되는 곳에 가까이 가지 않으려고 버틸 때 코끼리들 대신 무거운 화포를 끄는 소들이었다. 그리고 소들의 사슬을 밟다시피 하며 또 다른 노새 한 마리가 미친 듯이 '빌리'를 불러대면서 달려왔다.

늙은 노새가 기병대 말에게 말했다.

"저건 우리 신참인데. 나를 부르고 있군. 여기야, 신참. 시끄러우니까 그만 좀 꽥꽥거려. 아직 죽은 동물은 없으니까."

대포를 끄는 황소들은 나란히 자리에 앉아 되새김질을 시작했다. 하지만 젊은 노새는 빌리라는 나이든 노새에게 바짝 다가앉으며 말했다.

"큰일 났어요, 빌리! 정말 무시무시하고 끔찍한 일이 벌어졌어요. 우리가 자고 있는데 그놈들이 부대 안으로 들어왔어요. 놈들이 우리를 죽일까요?"

늙은 노새 빌리가 말했다.

"넌 좀 맞아야 정신을 차리겠구나. 키도 훤칠하고 훈련까지 받은 노새가 왜 이리 촐랑거려! 기병대의 신사분 앞에서 우리 부대의 명예에 먹칠을 하다니!"

기병대 말이 말했다.

"저런, 살살 다루게! 누구든 처음 시작할 때는 다 그렇지 않은가. 내가 처음 사람을 봤을 때는 말이야……. 세 살 때 호주에서였는데, 사람을 보고는 한나절을 도망 다녔어. 그때 만약 낙타를 봤다면 아직까지도 뛰고 있을 거야."

영국 기병대의 말들은 거의 모두 호주에서 인도로 데려와서 기병들이 직접 훈련을 시켰다.

노새 빌리가 말했다.

"맞는 말일세. 이봐, 신참, 이제 그만 좀 떨어. 사람들이 처음 내 등에 사슬이 잔뜩 달린 마구를 얹었을 때 뒷발을 차며 그 마구들을 다 털어내 버렸지. 그땐 제대로 된 발차기 기술을 알지도 못했을 때였지만, 포대에서는 다들 그런 건 처음 본다고 했지."

그러자 젊은 노새가 말했다.

"하지만 이번 건 마구나 짤랑거리는 그런 하찮은 일이 아니라고요. 전 이제 그런 건 아무렇지도 않아요, 빌리. 그건 나무 같은 거였는데, 부대 안을 이리저리 뒹굴면서 거품을 물었어요. 제 목을 묶은 밧줄도 끊어지고, 주인도 보이지 않고, 빌리 당신도 보이지 않더라고요. 그래서 이 신사들과 함께 도망쳤지요."

빌리가 말했다.

"쯧! 나는 낙타들이 풀려났다는 이야기를 듣자마자 조용히 막사를 혼자 빠져나왔지. 스크루 포병대 소속 노새가 대포 끄는 황소를 신사라고 부르다니, 어지간히 놀란 모양이군. 거기 바닥에 앉아 있는 댁들은 누구요?"

대포 끄는 소들이 되새김질을 계속하며 대답했다.

"대포 부대의 1번포를 끄는 7조 황소들이오. 우리가 자고 있을 때 낙타들이 몰려왔지. 녀석들이 우리를 밟아대는 통에 하는 수 없이 일어나서 나왔어. 좋은 잠자리에서 불안하게 자는 것보다는 진흙탕에서 조용히 누워 있는 게 백번 낫지. 우리도 여기 당신 친구한테 무서워할 것 없다고 말해줬는데, 어쩌나 아는 게 많고 어쩌나 잘났는지 도통 우리 말을 듣지 않아서 말이오."

소들은 되새김질을 계속했다. 빌리가 말했다.

"겁쟁이가 꼴좋게 됐구나. 대포 끄는 황소들한테 웃음거리나 되니 만족스럽냐?"

젊은 노새가 이빨을 딱 부딪치더니 늙고 둔한 황소 따위 하나도 무섭지 않다고 중얼거리는 소리가 들렸다. 하지만 황소들은 개의치 않고 서로 뿔을 부딪치며 되새김질을 계속할 뿐이었다.

기병대 말이 말했다.

"자, 자, 젊은 친구가 겁 좀 먹은 걸 가지고 그렇게 타박하지 말게. 그건 비열한 짓이야. 밤에 정체를 알 수 없는 뭔가가 덤비는 걸 봤다면 누구든 두려워할 수 있지 않겠나. 우리도 하나둘씩 말뚝을 부수고 도망쳐서 사백오십 마리나 되는 말들이 전부 도망친 일도 있었다니까. 얼마나 어처구니가 없던지. 어느 신참이 고향인 호주에서 본 채찍뱀 얘기를 하고 있었는데, 뭘의 목에 감긴 밧줄 끝이 늘어진 걸 보고 까무러치게 놀라서 그 난리가 난 거였지."

빌리가 말했다.

"캠프 안에서 지낼 때야 그럴 수 있지. 나는 하루 이틀 밖에 나가지 못할 때도 재미 삼아서 우르르 달아나는 짓은 하지 않아. 그런데 자네는 실전에서 하는 일이 뭔가?"

기병대 말이 대답했다.

"아, 그건 완전히 다른 얘기지. 전투나 임무에 나갈 때면 딕 컨리프가 내 등에 올라타서 양 무릎으로 내 몸을 꽉 조인다네. 그럼 나는 앞을 잘 살펴서 발을 내딛고, 뒷다리를 차올리지 않고, 딕 컨리프가 고삐를 당기는 대로 움직이는 거야."

젊은 노새가 물었다.

"'고삐 당기는 대로'가 무슨 뜻인가요?"

기병대 말이 콧방귀를 뀌며 말했다.

"오, 이런, 맙소사. 그럼 자네는 일할 때 고삐가 당기는 대로 움직이는 법을 배우지 않았다는 말인가? 고삐가 당겨지는 즉시 획 돌아설 수 없으면, 대체 무슨 일을 할 수 있다는 거야? 자네를 모는 사람은 물론이고 자네한테도 목숨이 달린 문제인데 말이야. 목에서 고삐가 당겨지는 걸 느끼는 순간 뒷다리를 들지 않고 곧바로 돌아서는 거야. 만약 돌아설 공간이 없으면 조금 뒤로 물러나서 앞발을 들고 도는 거지. 그게 바로 고삐 당기는 대로 움직이는 거야."

그러자 노새 빌리가 퉁명스럽게 말했다.

"우리는 그런 식으로 배우지 않는다네. 대신 우리는 우리 머리 쪽에 있는 사람한테 복종하라고 배워. 그 사람이 앞으로 나가라고 하면 나아가고 들어오라고 하면 들어가는 거야. 뭐, 이러나저러나

결과는 같은 거 같지만 말이야. 자네가 말한 그 멋진 기술이며 뒷다리로 서는 걸 생각해봤을 때 뒷자리 무릎 관절에 상당히 무리가 가겠군. 그래서 주로 하는 일이 뭔가?"

기병대 말이 대답했다.

"상황에 따라 달라. 대부분은 시끄러운 고함 소리가 난무하고 털북숭이 사람들이 번쩍이는 긴 칼을 휘두르는 속으로 뛰어들어야 하지. 그들이 든 칼은 편자 박는 하사관의 칼보다 훨씬 더 무시무시하다네. 그리고 딕 컨리프의 군화가 옆 사람의 군화와 세게 부딪히지 않도록 조심해야 하지. 내 오른쪽 눈으로 딕의 창이 옆에 있는 걸 볼 수 있으면 난 안전한 거야. 그리고 급할 때는 나와 딕 앞을 막아서는 게 사람이든 말이든 가리지 말고 덤벼야 하지."

젊은 노새가 물었다.

"칼에 몸이 다치기도 하나요?"

"뭐, 한 번인가 가슴을 베인 적이 있지. 하지만 딕의 잘못은 아니었어."

"저라면 누구 잘못인지 엄청 신경 쓰일 거예요. 만약 다쳤다면 말이에요."

기병대 말이 말했다.

"자네라면 그랬겠지. 자기 주인을 믿지 못 한다면 차라리 도망치는 편이 나아. 우리 말들 중에도 그렇게 도망친 녀석들이 있지만 딱히 그들을 탓할 생각은 없어. 이미 말했듯이 내가 다친 건 딕의 잘못이 아니었어. 어떤 남자가 땅바닥에 쓰러진 걸 보고 밟지 않으려고 발돋움을 했는데, 그 순간 남자가 밑에서 나를 향해 칼을 휘두르지 뭐야. 앞으로 쓰러져 있는 사람을 넘어가야 하는 일이 또 생기면 그때 그냥 세게 밟고 지나갈 거야."

빌리가 말했다.

"흠! 어처구니 없는 이야기로군. 칼은 추잡한 물건이지. 제대로 된 일이라는 건 역시 균형이 잘 잡힌 안장을 얹고 산에 오르는 거야. 네 발과 귀까지 이용해 절벽에 딱 달라붙어서는 조심조심 걸어 가고 아슬아슬하게 기어오르는 거지. 그렇게 발굽만 겨우 올려놓 을 수 있는 몇 백 미터 높이의 바위 턱으로 올라가는 거야. 그러고 는 꼼짝 않고 서서 조용히 기다리는 거야. 사람들이 대포를 조립하 는 동안 말이야. 사람들한테 머리를 잡아 달라고 부탁하거나 귀찮 게 굴지 않고 가만히 서 있는 거지. 그러고 나면 사람들이 저 아래 멀리 내려다보이는 나무들 속으로 작은 황적색 포탄들을 쏘기 시 작한다네."

기병대 말이 물었다.

"발을 헛디딘 적은 없나?"

빌리가 대답했다.

"노새가 발을 헛디디면 암탉의 귀를 자를 수 있다는 말이 있지 (닭에게는 겉으로 드러난 귀가 없으므로 자를 수가 없다. 즉 노새 는 발을 헛디디지 않는다는 뜻이다). 가끔 안장에 짐을 잘못 꾸려 서 당황하는 일이 있긴 하지만 그런 일은 아주 드물어. 자네에게 우 리 일을 보여 줄 수 있으면 좋을 텐데. 아주 멋진 일이지. 아, 사람 들이 원하는 게 뭔지 이해하는데 자그마치 삼 년이나 걸렸다네. 이 일의 요령은 적에게 모습을 드러내지 않는 거라네. 만약 그랬다간 총에 맞을지도 모르니까 말이야. 특히, 신참, 잘 기억해 둬. 대열에 서 이탈할 일이 생기면 가능한 한 몸을 잘 숨기도록 해. 어디 산에

라도 오를 일이 생기면 내가 부대를 이끌 게 될 테니까."

기병대 말이 골똘히 생각에 잠겨서 말했다.

"총을 쏘는 사람들에게 뛰어들지도 못하고 총을 맞는다니! 난 그런 건 참을 수 없어. 딕과 함께 적들을 공격하고 말지."

"아, 아니야. 그러지 말게. 대포들이 자리를 잡기만 하면 그 다음 공격부터는 대포가 다 하는걸. 아주 과학적이고 깔끔하지. 하지만 칼이라니……. 쯧!"

짐 나르는 낙타는 조금 전부터 앞뒤로 고개를 흔들며 말을 꺼낼 기회만 엿보고 있었다. 마침내 입을 연 낙타가 목을 가다듬고 불안한 목소리로 말했다.

"나, 나도 싸워 본 적이 있긴 하지만, 그렇게 기어오르고 달리고 하지는 않았어요."

빌리가 말했다.

"그래, 말이 나왔으니 하는 얘긴데 자네를 보니 기어오르거나 달리는 일을 그리 잘할 것 같진 않군. 그래, 낙타 양반. 자네 임무는 어떤 거였나?"

"전투에 배치되었을 때 우리는 모두 앉아서……."

기병대 말이 나직하게 속삭였다.

"아이고, 맙소사! 앉아 있다고?"

낙타가 계속 말을 이었다.

"우리는 앉아 있어요. 큰 광장에 백 마리쯤 앉아 있고 사람들이 우리 짐이랑 안장을 광장 밖에 쌓아 놓지요. 그러고는 우리 등 뒤에 몸을 숨기고 총을 쏘는 거예요. 광장 사방에서 총알이 날아오지요."

기병대 말이 말했다.

"대체 누가 총을 쏜다는 거야? 거기 모인 사람들 중에 아무나? 승마학교에서도 우리가 엎드리면 주인이 우리 몸 너머로 총을 쏘는 방법을 배우기는 하지만, 내가 믿고 그렇게 할 수 있는 사람은 오직 딕 컨리프뿐이야. 그렇게 몸을 굽히면 안장을 묶는 끈 때문에 허리 쪽이 간지러워. 게다가 땅에 머리를 박고 있으면 아무것도 볼 수가 없잖아."

낙타가 말했다.

"누가 내 등 뒤에서 총을 쏘든 그게 뭐 대수인가요? 가까이에 사람들과 낙타들이 많이 있는걸요. 엄청난 연기구름이 피어오르면 그땐 하나도 무섭지 않아요. 그저 가만히 앉아 끝날 때까지 기다리기만 하면 되는 걸요."

빌리가 말했다.

"그런데도 나쁜 꿈을 꿨다고 한밤중에 캠프를 발칵 뒤집어 놓는다 말이야? 맙소사! 앉아 있는 것도 끔찍하지만, 심지어 나더러 엎드려 있으라고 하고 사람이 내 위로 총을 쏜다면 그러기 전에 먼저 내 뒷발이 그 사람의 머리통을 갈길 거야. 저렇게 끔찍한 얘기를 들어본 적 있어?"

한참 침묵이 흐른 뒤에 대포 끄는 황소 한 마리가 커다란 머리를 들며 말했다.

"다 바보 같은 얘기뿐이로군. 싸우는 방법은 하나뿐이야."

빌리가 말했다.

"오, 그래? 얘기해봐. 내 말은 신경 쓰지 말고. 자네들은 꼬리에 의지해 싸울 것 같은데?"

두 황소가 동시에 대답했다. 둘은 쌍둥이가 분명했다.

"싸우는 법은 하나뿐이야. 우리가 설명해주지. 두 꼬리('두 꼬리'는 코끼리를 가리키는 속어이다)가 나팔 소리를 내는 순간 멍에를 쓴 스무 쌍의 소들이 큰 대포 쪽으로 가는 거야."

젊은 노새가 물었다.

"코끼리가 뭣 때문에 나팔 소리를 내는 건데요?"

"연기가 피어오르는 반대편 쪽으로는 더 이상 가까이 가지 않겠다는 뜻이지. 두 꼬리는 지독한 겁쟁이거든. 안 가겠다고 반항하는 거야. 그럼 우리가 힘을 합쳐 큰 대포를 끄는 거야. 헤야, 훌라! 히야! 훌라! 우리는 고양이처럼 기어오르지도 않고 송아지처럼 달리지도 않지. 우리 마흔 마리 황소들은 다시 멍에가 벗겨질 때까지 평지를 지나가기만 하면 돼. 그리고 커다란 대포가 평지 너머 어떤 도시의 흙벽을 무너뜨리는 동안 풀을 뜯고 있으면 돼. 그러면 마치 수많은 소들이 동시에 집으로 돌아올 때처럼 뿌옇게 먼지가 피어오르지."

젊은 노새가 놀라서 물었다.

"아니, 그런 때에 풀을 뜯는단 말이에요?"

"그런 때건 어느 때건 상관없어. 먹는 일은 늘 즐거우니까. 우리는 계속 먹다가 다시 멍에를 메고 두 꼬리가 기다리고 있는 곳으로 대포를 끌고 돌아오지. 가끔 도시에 있는 커다란 대포가 울려서 우리 가운데 몇 마리가 죽을 때도 있긴 해. 그럼 살아남은 황소들이 뜯어먹을 풀이 더 많아진다는 뜻이야. 그건 운명이야. 그저 운명일 뿐이지. 그런데도 두 꼬리는 잔뜩 겁을 집어먹어. 이게 우리가 제대로 싸우는 방법이야. 우리 형제는 하푸르에서 왔고, 우리 아버지는 시바 신의 신성한 황소였어. 전에도 말했지만 말이야."

기병대 말이 말했다.

"오늘 확실히 배우는 게 있군. 스크루 포병대의 노새 신사들은 대포알이 날아오고 두 꼬리가 뒤에 있는데도 먹고 싶은 마음이 들 것 같은가?"

"가만히 앉아 있는 우리 위로 사람들이 허우적거리는 것이나 칼을 휘두르는 사람들에게 뛰어드는 것만큼 내키지 않는 이야기야. 난 그런 얘기는 처음 들어. 산속의 바위 틱, 쓰러지지 않게 잘 올려놓은 짐, 내가 올바로 길을 찾게 해주는 믿을 만한 몰이꾼, 이런 조건이 갖추어진다면 더 바랄 것 없이 명령에 복종하지. 하지만 다른 건…… 사양하고 싶군!"

빌리는 그렇게 말하며 발을 쿵 굴렀다.

기병대 말이 말했다.

"물론 모두가 똑같지는 않지. 그리고 자네 아버지 가문으로 봐서는 아주 많은 걸 이해하기도 어렵겠어."

"자네가 우리 집안에 대해 뭐라고 말할 건 없잖아."

빌리는 화가 나서 말했다. 노새들은 아버지가 당나귀라는 사실을 상기시키는 것을 매우 싫어한다.

"우리 아버지는 남부 출신의 신사였고, 어떤 말이든 걸리기만 하면 넘어뜨리고 물어뜯고 발로 차서 너덜너덜하게 만들 수 있었어. 똑똑히 기억해두라고, 이 덩치만 큰 갈색 브롬비야!"

브롬비는 아무 혈통도 없는 야생마란 의미였다. 혈통 좋은 경주마가 짐차나 끄는 노새에게 늙고 별 볼일 없는 말이라는 말을 듣는다면 어떤 기분일지 상상해보라. 그러면 이 호주 출신 말이 느꼈을 기분도 이해할 수 있을 것이다. 나는 어둠 속에서 녀석의 흰자위가 번뜩이는 것을 보았다.

기병대 말이 이를 악물고 말했다.

"이봐, 이 멍청한 말라가(스페인의 항구 도시) 숫당나귀 자식아! 내가 똑똑히 알려주겠는데, 우리 어머니는 멜버른컵 우승자이자 총 서른세 번이나 우승한 위대한 경주마 카빈과 친척이야. 콩알이나 쏘는 장난감총 부대에 있는 멍청한 떠벌이 노새 따위가 함부로 구는 꼴은 우리 고향에서는 있을 수도 없는 일이라고! 맛 좀 볼래?"

빌리가 꽥 소리를 질렀다.

"좋아, 덤벼!"

둘은 서로를 마주보며 뒷걸음질을 쳤다. 나는 격렬한 싸움이 벌어질 거라고 예상했지만, 그때 오른쪽 어둠 속에서 낮게 울리는 목소리가 들려왔다.

"가소로운 것들, 뭐 때문에 그렇게 싸우고 있는 거야? 시끄럽게 떠들지 말고 조용히 좀 해."

둘은 김이 샌 듯 콧방귀를 뀌며 전투 태세를 풀었다. 말도 노새도 코끼리의 목소리를 듣는 게 참을 수 없이 싫었던 것이다.

기병대 말이 말했다.

"두 꼬리잖아! 저놈은 참을 수가 없어! 꼬리가 앞뒤로 있다니 꼴불견이라고!"

빌리가 기병대 말을 슬쩍 자기편으로 끌어들이며 말했다.

"내 말이 그 말이야! 우린 여러 면에서 아주 비슷하군."

기병대 말이 말했다.

"외가 쪽으로 비슷한 점들을 물려받은 거 같군. 싸울 필요도 없는 일이었어. 이보게, 두 꼬리. 자네 묶여 있나?"

두 꼬리는 코가 다 울리도록 웃으며 말했다.

"그래, 밤이니까 말뚝에 묶여 있지. 자네들이 하는 얘기도 다 들었어. 하지만 두려워 말게. 뭘 어찌할 생각은 없으니까."

그러자 황소와 낙타가 동시에 낮게 외쳤다.

"두 꼬리를 두려워하다니…… 말도 안 되는 소리!"

황소가 말을 이었다.

"들었다니 유감이네만 사실이 그렇잖아. 두 꼬리, 자네는 전투 중에 왜 그렇게 겁을 먹는 건가?"

두 꼬리는 한쪽 뒷발을 들어 다른 쪽 다리에 문질렀다. 그리고는 시를 읊는 어린아이처럼 말했다.

"글쎄, 자네들이 이해할 수 있을지 모르겠군."

소들이 말했다.

"우리가 제대로 이해하지 못해도 말은 해보게. 어쨌든 우리는 대포를 끌어야 하니까."

"알아. 그리고 자네들은 스스로 생각하는 것보다 훨씬 더 용감하지. 하지만 난 달라. 얼마 전에 우리 부대장이 나더러 가죽이 두꺼운 동물의 시대착오라고 하더군."

빌리가 다시 기운을 차리고 말했다.

"그것도 일종의 전투법인가?"

"물론 자네는 그게 무슨 뜻인지 모를 거야. 하지만 난 알아. 이러지도 저러지도 못하는 입장이란 거지. 내가 바로 그래. 난 포탄이 터지면 무슨 일이 벌어질지 머릿속에 그릴 수 있는데 너희 소들은 그렇지 않지."

기병대 말이 말했다.

"나도 머릿속에 그려져. 적어도 조금은. 다만 그런 생각을 하지 않으려고 할 뿐이지."

"난 너보다 더 많이 볼 수 있고, 그것에 대해 생각도 해. 나는 신경 써야 할 게 아주 많아. 그 사실을 나도 잘 알고 있지. 가령 내가 아프면 날 치료할 방법을 아는 사람이 아무도 없단 말이야. 사람들이 하는 일이라고는 내가 나을 때까지 내 몰이꾼에게 급료를 주지 않는 게 전부야. 그리고 난 내 몰이꾼을 믿을 수도 없거든."

기병대 말이 말했다.

"아! 이제 좀 이해가 가는군. 나는 딕을 믿을 수 있는데 말이야."

"딕 같은 사람이 연대만큼 몰려와도 크게 달라지는 건 없을 거야. 난 너무 많은 걸 알고 있거, 그래서 마음이 불편한 거야. 그리고 그걸 어떻게 해야 하는지 모르기 때문에 앞으로 나아가지 못하는 거지."

황소들이 말했다.

"우리는 이해가 안 가."

"그렇겠지. 너희한테 하는 얘기가 아니야. 너희는 피가 뭔지도 모르잖아."

황소들이 말했다.

"알아. 땅에 스며들고 냄새가 나는 빨간 거 말이잖아."

기병대 말이 발을 차고 껑충 뛰며 콧김을 내뿜었다.

"피 얘긴 하지 마. 생각만 해도 냄새가 나는 것 같아. 등에 딕만 타고 있지 않는다면 정말 딱 도망가고 싶다니까."

낙타와 황소들이 말했다.

"여긴 피가 없어. 바보 같이 굴지 말라고."

빌리가 말했다.

"피는 정말 기분 나빠. 나는 도망가고 싶은 마음은 없지만, 딱히 얘기하고 싶은 마음도 없어."

그러자 두 꼬리가 꼬리를 흔들며 설명하려고 했다.

"그래, 바로 그거야!"

황소들이 말했다.

"뭐가 그거야? 우리가 밤새 여기 있었는데 뭐가 있다는 거야?"

두 꼬리는 발에 달린 쇠사슬이 쩔렁거리도록 발을 굴렀다.

"아, 너희한테 말하는 게 아니라니까. 너희는 머릿속도 못 들여다 보잖아."

황소들이 말했다.

"그래. 우리는 우리가 가진 네 개의 눈앞에 있는 것만 보지. 앞만 똑바로 쳐다본다고."

"나도 그럴 수만 있다면 너희가 대포를 끌 필요는 없을 거야. 내가 우리 대장 같다면, 그 사람 같다면 대포를 끌 수 있을 텐데. 우리 대장은 대포가 발사되기 전에 이미 무슨 일이 일어날지 머릿속에서 그려볼 있어서 부들부들 떨어. 하지만 너무 많이 알아서 도망치지도 못해. 하지만 내가 그 정도로 똑똑했다면 여기 있지도 않았겠지. 예전처럼 숲 속의 왕 노릇이나 하며 한나절 동안 잠을 자고, 하고 싶을 때 목욕도 하고 그랬을 거야. 벌써 한 달 동안 제대로 목욕도 못했어."

빌리가 말했다.

"다 좋은 이야기야. 하지만 그렇게 주절주절 설명한다고 달라지는 건 없어."

기병대 말이 말했다.

"쉿! 두 꼬리 얘기가 무슨 뜻인지 이해할 것 같아."

두 꼬리가 성난 목소리로 말했다.

"이러면 더 잘 이해하게 될 거야. 자, 왜 이걸 싫어하는지 나한테 해명해봐!"

그리고 두 꼬리는 있는 힘껏 나팔 소리를 내기 시작했다.

"그만해!"

빌리와 기병대 말이 동시에 소리쳤다. 그리고 발을 구르며 몸을 부들부들 떨었다. 코끼리가 내는 나팔 소리는 언제 들어도 불쾌했지만 깜깜한 밤에는 더욱 그러했다.

두 꼬리가 말했다.

"그만두지 않을 거야. 어디 싫은 이유 좀 설명해 볼래? 뿌우! 뿌우! 뿌우우!"

그러더니 코끼리가 갑자기 소리를 딱 멈췄고 어둠 속에서 조그맣게 낑낑거리는 소리가 들려왔다. 마침내 빅슨이 날 찾아온 것이다. 코끼리가 이 세상에서 무엇보다 무서워하는 것이 하나 있다면 그런 바로 짖어대는 조그만 개였다. 그리고 나만큼이나 빅슨도 그 사실을 잘 알고 있었다. 그래서 말뚝에 묶인 두 꼬리를 골려주려고 그 커다란 발 주위를 돌며 요란하게 짖어대기 시작했다. 당황한 두 꼬리는 발을 이리저리 움직이며 소리를 질렀다.

"저리 가, 이 강아지야! 내 발목에 대고 킁킁거지 말라고! 그렇지 않으면 걷어차 버릴 거야. 착하지, 착하지! 저리 가, 이 깽깽대는 조그만 놈아! 아, 왜 아무도 이 녀석을 데려가지 않는 거야? 금방이라도 날 물 것 같아."

빌리가 기병대 말에게 말했다.

"내가 보기에 우리 친구 두 꼬리는 세상에 무서워하지 않는 게 없는 것 같군. 내가 연병장에서 개들을 걷어찰 때마다 배를 채웠으면 지금쯤 두 꼬리만큼 살이 쪘을 거야."

내가 휘파람을 불자 온몸이 진흙투성이가 된 빅슨이 쪼르르 달려왔다. 내 코를 핥으며 나를 찾아 온 캠프를 헤맨 얘기를 끝도 없이 늘어놓았다. 나는 내가 동물들의 말을 알아듣는다는 사실을 이 작은 강아지에게 알려 준 적이 없었다. 사실을 알려주었다면 빅슨은 뭐든지 자기가 좋을 대로 하자고 했을 것이다. 나는 외투 속에 빅슨을 넣고 단추를 채웠다. 두 꼬리는 이리저리 움직이다 쿵쿵거리며 작게 투덜거렸다.

"이상해! 정말 이상한 일이야! 우리 가족 내력인가 봐. 그 작고 귀찮은 녀석이 어디로 갔지?"

코끼리가 코로 사방을 더듬는 소리가 들렸다. 그러고는 코로 나팔을 불며 아까 했던 말을 계속했다.

"내 생각에 우리는 모두 각기 다른 것을 무서워하는 것 같군. 여러분들은 내가 나팔 소리를 낼 때 놀라는 것 같더군."

기병대 말이 말했다.

"정확히 말하면 놀란 건 아니야. 다만 안장이 있어야 할 자리에 말벌들이 있는 것 같은 느낌이 들 뿐이지. 다시는 하지 마."

"나는 조그만 개가 무섭고 여기 낙타는 밤에 꾸는 나쁜 꿈이 두렵지."

기병대 말이 말했다.

"우리가 다들 같은 방법으로 싸울 필요가 없어서 다행이야."

한참 말이 없던 젊은 노새가 말했다.

"제가 알고 싶은 건, 제가 정말 궁금한 건 애초에 왜 우리가 싸워야 하느냐는 거예요."

기병대 말이 한심하다는 듯 콧방귀를 뀌며 말했다.

"그렇게 하라고 하니까."

"명령이지."

빌리는 그렇게 말하고는 이빨을 딱 하고 부딪쳤다.

"명령이다!"낙타가 그렇게 말하자 두 꼬리와 물소들도 따라했다.

"명령이다!"

신병 노새가 다시 물었다.

"그럼 그 명령은 누가 내리는데요?"

"네 머리 쪽에서 걷는 사람."

"네 등에 타고 있는 사람."

"네 고삐를 잡고 있는 사람."

"네 꼬리를 비트는 사람."

빌리와 기병대 말과 낙타와 소들이 차례로 대답했다.

"그럼 그 사람들한테는 누가 명령을 하는데요?"

빌리가 말했다.

"알고 싶은 게 참 많군, 신참. 그러다가 한 대 걷어차이고 말 거야. 넌 그냥 네 머리 쪽에 선 사람의 말을 따르면 돼. 아무것도 물어볼 필요는 없어."

두 꼬리가 말했다.

"빌리 말이 백번 옳아. 나는 이러지도 저러지도 못하는 입장이라 늘 명령을 따르지는 못해. 하지만 아무튼 빌리 말이 맞다고 봐. 네 옆에서 명령을 내리는 사람에게 복종해야 해. 그러지 않으면 매를 맞는 것은 둘째 치고 너 때문에 부대 전체가 멈춰 설 거야."

대포 끄는 소들이 돌아가려고 일어났다.

"아침이 밝아 오네. 우린 우리 부대로 돌아가야겠어. 우리는 우리 눈에 보이는 것만 보고 그렇게 똑똑하지 않은 것도 사실이지만, 그래도 오늘 밤 두려움에 떨지 않은 건 우리뿐이야. 잘 자게나, 용감한 이들이여."

아무도 대답하지 않았고, 기병대 말이 화제를 바꾸었다.

"그 조그만 개는 어디 있지? 개가 있다는 건 근처 어딘가에 사람이 있다는 건데."

빅슨이 캥캥 짖어댔다.

"나 여기 있어. 대포 밑에 주인과 함께 있어. 이 덩치만 크고 멍청한 낙타 양반, 네가 우리 텐트를 뒤집어 놓았잖아. 우리 주인이 단단히 화가 났어."

황소들이 말했다.

"휴! 분명히 백인일 거야."

빅슨이 말했다.

"당연하지. 그럼 내 주인이 흑인 소몰이꾼인 줄 알았니?"

"으악! 자, 어서 여길 떠나자."

황소들은 진흙탕 속에서 고꾸라질 듯 달려가다 탄약차에 멍에가 걸려 옴짝달싹 못하게 되었다.

빌리가 태연한 목소리로 말했다.

"저런, 결국 자네들도 겁을 먹었군. 얌전히 있게. 날이 밝을 때까지 가만히 있어. 그런데 도대체 왜 그래?"

황소들은 인도 소들이 하듯 씩씩 길게 콧김을 내뿜었다. 그리고는 몸을 밀었다가 당겼다가 비틀었다가 다시 발을 구르며 한참 애를 썼다. 그러다 결국 미끄러져서 진흙탕에 쓰러졌다.

기병대 말이 말했다.

"그러다간 자칫 목이 부러지고 말 거야. 백인이 뭐 어쨌다는 거야? 난 백인이랑 사는데."

가까운 쪽에 있던 물소가 말했다.

"백인들은 우리를 잡아 먹는단 말이야! 어서 당겨!"

그 순간 멍에가 뚝 부러지면서 소들은 우르르 달려 도망쳤다.

나는 그때 인도 소들이 뭣 때문에 그렇게 영국인들을 무서워하는지 처음 알게 되었다. 인도의 소몰이꾼은 소에 손도 대지 않지만 우리는 소고기를 먹으니 소들이 싫어하는 것도 당연한 일이었다.

빌리가 말했다.

"내 마구에 잘린 사슬에 얻어맞은 기분이야! 저렇게 덩치 큰 멍청이들이 저리 호들갑을 떨 거라고 누가 알았겠나?"

기병대 말이 말했다.

"그냥 놔둬. 난 이 사람을 좀 살펴봐야겠어. 내가 알기로 백인들은 대부분 주머니에 뭔가 들어 있거든."

"그럼 난 이만 가보겠네. 사실 나도 백인들을 그렇게 좋아한다고는 하기 어렵거든. 게다가 들어가서 잘 곳이 없는 백인은 십중팔구 도둑이기 십상이거든. 내 등에는 정부 재산이 가득 실려 있어. 가자, 신참. 우리 부대로 돌아가야지. 잘 자게나, 호주 친구! 내일 열병식 때 보자고. 잘 자게, 낙타 친구! 마음을 잘 다스려 보라고, 알겠나? 잘 자게, 두 꼬리! 내일 연병장에서 우리 옆을 지나게 되거든

나팔 소리는 내지 말게. 그랬다가는 대형이 엉망으로 흐트러질지
도 몰라."

노새 빌리는 노병다운 거들먹거리는 걸음걸이로 천천히 사라졌
다. 기병대 말은 내 가슴에 얼굴을 디밀었고 나는 녀석에게 비스킷
을 주었다. 그 사이 빅슨은 자신과 내가 수십 마리의 말을 가지고
있다며 허풍을 늘어놓았다.

빅슨이 물었다.

"나는 내일 내 마차를 타고 열병식에 갈 건데, 당신은 어디에 있
을 거죠?"

기병대 말이 정중하게 대답했다.

"제2기병대대 왼쪽에 있을 겁니다. 우리 부대 전체가 제 보폭에
맞춰 행진을 하거든요, 아가씨. 이제 딕에게 가 봐야겠군요. 내 꼬
리가 진흙투성이라 행군 준비를 하려면 두 시간은 꼬박 매달려야
할 겁니다."

삼만 명이 집결하는 대규모의 열병식이 그날 오후에 열렸다. 빅
슨과 나는 총독과 아프가니스탄의 아미르와 가까이 위치한 좋은
자리를 차지했다. 아미르는 러시아산 양털로 만든 크고 길쭉한 검
은 모자를 쓰고 있었는데, 모자 한가운데에 커다란 다이아몬드가
달려 있었다. 열병식 초반에는 모처럼 햇볕이 쨍쨍 내리쬐었다. 덕
분에 다같이 박자를 맞춰 움직이는 다리와 줄지어 늘어선 총들이
물결을 이루며 지나갈 때는 두 눈이 어지러울 정도였다. 다음으로
기병대가 '보니 던디'라는 아름다운 기병대 구보에 맞춰 나타나자
마차에 앉아 있던 빅슨이 귀를 쫑긋 세웠다. 창기병 2대대가 지나

갈 때 보니 거기에 그 기병대 말이 있었다. 명주실 같은 꼬리를 늘어뜨린 모습이었다. 머리는 가슴쪽으로 바짝 당기고 한쪽 귀는 앞으로, 다른 쪽 귀는 뒤로 한 채 왈츠를 추듯 우아하게 다리를 움직이며 대열의 행진 속도를 맞추고 있었다. 뒤이어 대포들이 지나갔다. 두 꼬리와 다른 코끼리 두 마리가 나란히 크고 무거운 공성포를 끌고 가는 게 보였다. 스무 쌍의 황소들이 그 뒤에서 걷고 있었다. 일곱 번째 소들은 새 멍에를 메고 있었는데, 힘들고 지친 기색이 역력했다. 마지막으로 스크루 포병대의 모습이 나타났다. 노새 빌리는 마치 자신이 모든 군대를 지휘하는 사령관이라도 된 듯한 태도였다. 그의 마구는 기름을 바르고 윤이 날 정도로 닦아 반짝거렸다. 나는 노새 빌리를 향해 환호성을 질렀지만 빌리는 고개도 돌리지 않았다.

다시 비가 내리기 시작했고 한동안은 너무 흐릿해서 병사들이 뭘 하고 있는지도 잘 보이지 않았다. 병사들은 들판에 커다란 반원을 만들더니 점점 퍼져 일렬로 늘어서기 시작했다. 줄이 계속 길어지더니 마침내 이쪽 끝에서 저쪽 끝까지 일 킬로미터가 넘는 긴 줄이 만들어졌다. 병사와 말과 대포로 이루어진 단단한 벽이 생긴 것이다. 병사들이 점점 가까워지자 땅이 흔들리기 시작했다. 마치 엔진이 빠르게 돌아가는 증기선의 갑판 위에 서 있는 기분이었다.

단순한 열병식에 지나지 않는다는 것을 알면서도 한 줄로 늘어선 군대가 계속해서 다가오는 모습은 보는 사람들에게 두려운 감정을 안겨 주었다. 얼마나 무서운지 그 자리에 앉아 있지 않고서는 쉽게 예상하기 힘들 것이다. 나는 아미르를 바라보았다. 그때까지는 놀라는 기색이 전혀 없었다. 그러나 이내 두 눈이 점점 더 커지더니 앉아 있던 말의 고삐를 잡고 뒤를 돌아보았다. 금방이라도 칼을 뽑아 들고 뒤쪽 마차에 타고 있던 영국인들을 향해 휘두를 기세였다. 그 순간 다가오던 병사들이 딱 멈춰 섰다. 그와 동시에 땅이 흔들리던 것도 멈췄다. 전 부대가 경례를 했고 서른 명의 악단이 일제히 연주를 시작했다. 열병식이 끝난 것이다. 각 부대원들은 빗속에서 각자의 막사로 돌아갔고, 보병 악단의 연주가 시작되었다.

동물들이 둘씩 짝을 지어 가네.
만세!
동물들이 둘씩 짝을 지어 가네.
코끼리와 포대의 노새.
그들 모두가 비를 피해
방주로 들어갔네.

그때 아미르와 함께 온 중앙아시아의 나이 든 족장이 인도 장교에게 묻는 소리가 들렸다.
"도대체 어떻게 이런 일을 하는 겁니까? 어떻게 이렇게 근사한 일을 할 수 있지요?"
장교가 대답했다.
"명령을 내리면 그에 따르는 겁니다."
족장이 다시 물었다.
"그럼 짐승들도 사람만큼 똑똑하단 말인가요?"
"짐승들도 사람처럼 명령에 복종합니다. 노새, 말, 코끼리, 황소가 각자 자기를 모는 병사에게 복종합니다. 병사는 또 하사관에게, 하사관은 중위에게, 중위는 대위에게, 대위는 소령에게, 소령은 대령에게, 대령은 세 연대를 지휘하는 준장에게, 준장은 장군에게, 장군은 총독한테 복종하지요. 총독은 여왕 폐하의 신하고요. 그렇게 되는 겁니다."

족장이 말했다.

"아프가니스탄에서도 그렇게 된다면 좋겠군! 우리는 다들 제멋대로 행동하거든요."

그러자 인도 장교가 콧수염을 비비 꼬며 말했다.

"바로 그런 이유 때문에, 즉 족장님이 왕에게 복종하지 않기 때문에 족장님의 왕인 아미르 왕이 여기에 와서 우리 총독의 명령을 받아야 하는 겁니다."

캠프 동물들의 행진곡

포병 부대의 코끼리들

우리는 알렉산더 대왕에게 헤라클레스의 힘을 빌려주고,
머리의 지혜와 무릎의 재주를 빌려주었네.
우리는 고개 숙여 복종하고, 목줄은 다시는 풀리지 않네.
길을 비켜라, 바위보다 무거운 대포를 끄는
거대한 덩치의 코끼리들이 나가신다!

대포를 끄는 소들

대포를 끌던 저 영웅들은 포탄을 피하네.
그들은 포탄을 잘 알고 있기에 두려워하네.
이제 우리가 다시 대포를 끌 차례라네.
길을 비켜라, 바위보다 무거운 대포를 끄는
스무 쌍의 소들이 나가신다!

창기병대의 말들

분명 기병대가 세상에서 가장 멋진 행진곡을 연주하네.
'보니 던디'에 맞추어 행진하는 기병대의 구보는
내게 '마구간'이나 '물'보다 더 감미롭다네.
먹이와 보살핌, 훌륭한 기수와 머물 곳을 달라.
그리고 우리를 기병대에 세우라.
일렬로 '보니 던디'하는 군마가 나가신다!

스크루 대포 부대의 노새들

언덕을 기어오르네. 낙석에 길이 사라져도 계속해서.
우리는 비틀거리면서도 어디든 나아갈 수 있으니
어디든 발 디딜 곳만 있으면 기쁘게 산꼭대기에 오르네.
우리에게 길을 안내하는 모든 하사관들에게는 행운이,

짐도 제대로 꾸리지 못하는 몰이꾼들에게 불행이 있으라!
우리는 비틀거리면서도 어디든 나아갈 수 있으니
어디든 발 디딜 곳만 있으면 기쁘게 산꼭대기에 오르네.

식량 보급대의 낙타들
우리는 발 맞춰 걸을 행진곡이 없다네.
하지만 우리의 목이 바로 털복숭이 트롬본
이것이 우리의 행진곡이라네.
못해! 하지 마! 싫어! 안 돼!
전 대열에 행진곡을 전달해라!
누군가의 짐이 등에서 떨어지네. 그게 내 짐이라면 얼마나 좋을까!
누군가의 짐이 길바닥에 떨어졌네. 꾸지람을 듣는 낙타에게 박수를!
덕분에 행렬이 멈추었네. 누군가 꾸지람을 듣고 있네!

모든 동물들이 합창
우리는 캠프의 아이들, 모두 각자의 역할을 하네.
멍에, 몰이꾼들의 막대기, 마구, 안장, 짐.
평야에 늘어선 우리를 보라.
뒷발을 묶는 밧줄처럼 또다시 휘어져
뻗고 비틀고 구르며 멀리 전쟁터까지 휘몰아 가네.
먼지를 뒤집어 쓴 채 졸음을 견디며 말없이 옆에서 걷는 사람들은
우리와 그들이 왜 매일 행군하며 고통 받는지 말해줄 수 없네.
우리는 캠프의 아이들, 모두 제 각자의 역할을 하네.
멍에, 몰이꾼들의 막대기, 마구, 안장, 짐.

정글북

1판 1쇄 인쇄   2016년 6월 1일
1판 1쇄 발행   2016년 6월 8일

지은이   러디어드 키플링
옮긴이   강신홍
발행인   조은희
발행처   아토북

등 록   2015년 7월 31일 (제2015-000158호)
주 소   (10521)경기도 고양시 덕양구 무원로 41, 907-1504
전 화   070-7535-6433
팩 스   0504-190-4837
이메일   attobook@naver.com

* 값은 뒤표지에 있습니다.
* 잘못 만들어진 책은 구입하신 서점에서 바꾸어 드립니다.

ISBN   979-11-957010-1-8 (03840)